책사냥

개정판

책사냥

황인규 장편소설

도화

[일러두기]

1. 본 작품은 『1417년, 근대의 탄생』(스티븐 그린블랫 지음, 이혜원 옮김)에서 영감을 얻고 작품에 나오는 역사적 사실의 많은 부분이 이 책에 기반했음을 밝힌다.
2. 수도원의 생활과 묘사는 움베르토 에코의 『장미의 이름』을 참조하였다.
3. 본문에 나오는 루크레티우스의 말은 『사물의 본성에 관하여』(강대진 옮김, 아카넷, 2012)의 인용 내지 변용이다.
4. 포조가 장서관에서 헤맨 육각형 방은 호르헤 루이스 보르헤스의 「바벨의 도서관」에 대한 오마주다.
5. 인명과 명칭은 될 수 있는 한 라틴어식으로 표기했으나 관용화된 표현은 그대로 따랐다.

◆차례

예수께서 말씀하시길,
구하는 자는 찾을 때까지 멈추지 말지어다.
구하면 혼란스러울지라도,
혼란 속에서 경탄하리로다.
그리고 모든 걸 뜻대로 하리라.
— 〈도마복음서〉 2장 1~4절[1]

도심 속 수녀원의 종소리는 류머티즘을 앓는 노인의 걸음처럼 조심스럽다. 살강거리는 종소리의 여운을 음미하며 나는 천천히 걸었다. 본당으로 가는 길은 늘 천국이 지척인 것처럼 가슴 부풀게 하지만 그 지척이 천 리라는 것 또한 누구나 알고 있다.

"가브리엘 신부님!"

오후 소임을 마친 테레사 수녀가 종종걸음으로 다가왔다.

———————————

1) Jesus said, "He who seeks should not stop seeking until he finds.
2) When he finds, he will be troubled.
3) When he is troubled, he will marvel,
4) and he will reign over all.
—Mavin Meyer. ≪Gospel of Thomas≫ 2:1—4

올리베타노 수녀원에 머무르는 동안 나를 담당하고 있는 수녀다. 올리베타노 수녀원은 베네딕토 수도회 소속으로 부산 광안리에 있다. 작년 가을 나는 이곳에 강의담당 신부로 부임했다.

일흔세 살의 은퇴 수사를 불러주는 곳이 있다는 것만 해도 감지덕진데 부산은 나의 고향이기도 하다. 이십 대 중반 나는 작가와 사제의 갈림길에서 방황했다. 이쪽으로 한 발 디뎠다가 소스라치며 저쪽으로 두 발 내밀었다가는 슬그머니 거두기도 했다. 두 개의 길을 동시에 갈 수 없는 게 인생인지라 결국 어느 한쪽을 선택해야 했다. 문학이냐 구원이냐. 나는 후자를 택했다.

나 자신에게 특별히 성소가 있다고 생각하지는 않았다. 훌륭한 사제가 될 남다른 자질은커녕 보통의 사제가 갖춰야 할 인내와 절제심이나마 과연 갖추고 있는가 하는 우려가 앞서기도 했다. 그럼에도 사제의 길을 택한 것은 구원이라는 말에서 우러나오는 어떤 울림에 이끌렸기 때문이다. 흔들리지 않고 곧게 가는 삶이 좋은 생일 것이라고, 당시엔 그렇게 판단했다.

젊은 시절 고뇌의 흔적이 짙게 밴 고향에 나는 3년이라는 기한을 정하고 내려왔다. 그리고 일 년하고도 3개월이 지났다.

"탈고하셨나요?"

테레사 수녀가 잔웃음을 띠며 물었다. 머리쓰개를 벗으면 넓고 시원한 이마가 펼쳐질 것만 같은 그녀다.

"퇴고 중입니다."

"저도 읽어보고 싶어요."

"글쎄요, 부족한 것 같아 걱정스럽습니다만 수녀님께서 원하신다면 보여드리겠습니다. 아마 첫 독자가 되겠죠."

"정말요? 첫 독자의 영광을 저한테 주시겠다니, 고맙습니다. 주님께 감사기도 올려야겠습니다."

이럴 때 테레사 수녀는 어린아이 같다. 아직 젊고, 어려서 수도원에 들어와 그렇겠지만 마음의 겹이 얇은 느낌이다. 신부나 수녀는 의외로 감정의 결이 두터워야 직분을 잘 수행해 나갈 수가 있다. 주께서 모두에게 알맞은 권한과 직책을 내리실 것이니 내가 염려해야 할 바는 아니지만.

올리베타노 수녀원에 라틴어 지도신부로 초빙될 때만 하더라도 비릿한 갯내와 왁자한 항구도시의 정취가 떠오르며 마음속 저 밑바닥에 고여 있는 어릴 적 향수에 젖어 들었다. 그래서 그런지 짐을 쌀 때 가벼운 흥분에 휩싸이기도 했다. 신부의 짐이라 해봤자 별거 있겠는가. 옷가지 몇 벌과 책 몇 권을 추려 상자에 넣다가 문득 손길이 멎었다. 책장의 책들 사이에 꽂혀 있는 누렇게 변색된 노트가 눈길을 사로잡은 것이다. 섬광이 스치면서 아득한 기억의 한 페이지가 환하게 펼쳐졌다.

노트를 들고 멍하니 서 있다가 이내 낱장을 후드득 넘겼다.

노트는 세월의 더께를 털어내며 43년 전 비밀서고의 내음을 고스란히 떠올려주었다. 퀴퀴하고 텁텁하고 코털을 자극하는 간지럼까지. 나는 몇 권의 책을 상자에서 꺼내 책장에 도로 꽂아놓고 손에 쥔 노트를 가방에 넣었다. 이 노트 한 권이면 적어도 일 년은 거뜬히 지내리라.

43년 전 신학도인 나는 교황청이 설립한 그레고리안 대학교(Pontifical Gregorian University)에서 석사과정을 마치고 마지막 논문 제출을 남기고 있었다. 석사논문 주제는 고민에 고민을 거듭하다가 초기 르네상스 인문주의 사상을 신학의 테두리 안에서 해석하고 신학적 근거를 살펴보는 것으로 정했다. 인문학의 태동에 신학이 근원적인 자양분을 제공하지 않았을까 하는 가설을 세운 것이다.

나의 계획을 들은 지도교수는 약간 당황스러운 표정을 지었다. 인문주의와 신학은 양립하기 힘든 영역이다. 양립할 수 없다기보단 조화를 이루기 어렵다는 게 정확하다. 신의 질서에 반발해 나온 사상이 바로 인문주의라고 일반적으로 이야기되기 때문이다. 하지만 내 생각은 달랐다. 인문주의 역시 신의 계획과 섭리 속에서 발현된 사상이라는 것이다.

맹목적인 복종과 두려움에 떨며 경배를 드리는 피조물보다는 찬양의 의미를 스스로 터득하고 숭모 속에서 희열을 느낄 수 있는 피조물이야말로 진정 그분이 원하는 게 아닐까. 이런 측면에서 인문주의는 한 차원 높은 신앙으로 당신에게 경배를 드릴 수 있도록 인도하는 길이 아닐까. 이 길 또한 신께서 예비해 놓으심이 아닐까. 이런 식으로 생각하면서, 나 자신의 관념이 허공에 떠 있지 않음을 학술적으로 논증해 보이고 싶었다.

언제나 그렇듯 신의 계획은 인간이 짐작하기 어렵고 그분의 섭리는 지나고 나서야 알아챌 뿐이다. 인문주의 역시 그분이 심어놓은 씨앗이건만 인간은 지층을 뚫고 발아한 싹만 보고 이를 자신이 가꾼 수확이라고 여긴다. 나는 인문주의 속에 새겨진 신의 흔적, 후마니타스의 씨앗을 분석해보면 거기엔 신의 말씀이 아로새겨진 디엔에이가 있을 것이라 여기고 이를 증명하고자 했다. 신께서 세상의 질서를 허락하시매 허투루 하심이 없고, 사람이 택하기 전에 이미 부르심이 있었다는 진리를 보여주고 싶었다.

이와 같은, 다소 치기 어린 주제에 대해 지도교수는 고개를 갸웃하다가 반쯤 허락했다. 뒤늦게 생각해보니 그는 논문지도 과정에서 자연스럽게 주제를 변형하거나 방향을 틀 수 있으리라 생각하고 일단 허락한 것 같았다. 그런 지도교수의 전략은 맞아떨어졌다. 나는 그 주제를 가지고 끝내 논문을 완성할 수 없었다. 가설을 뒷받침할 만한 근거는 부족했고 신학에 배태한 인문주의의 흔적을 추출할 수 있는 논증은 막혔다. 결국 나는 평범하고 무난한 주제로 방향을 전환할 수밖에 없었다. 덕분에 한 학기 더 고생한 대가를 치러야 했지만.

한창 의욕이 넘칠 무렵 나는 신이 예비한 인문주의 사상의 근거를 찾기 위해 바티칸도서관을 매일 드나들었다. 1475년 교황 식스투스 4세가 정식으로 승인한 바티칸도서관은 성 베드로 성당과 광장이 맞닿은 곳에서 왼쪽으로 50미터 정도 들어가면 있다. 도서관은 아무나 출입할 수 없다. 사전에 방문 신청을 하고 허가를 받은 사람만 들어갈 수 있다. 교황청대학 학생이어서 그런지 나의 도서관 방문 신청은 순조롭게 허가가 났다.

도서관에 들어가자 처음 마주치는 시스티나홀은 나를 주눅 들게 하기에 충분했다. 1587년 교황 식스투스 5세의 의뢰로 당대 최고의 건축가 도메니코 폰타나가 설계한 시스티나홀은 들어서자마자 환한 빛 속에 서 있는 것처럼 말을 잊게 했다. 장엄한 천국의 모습이 프레스코화로 뒤덮여 있는 천장에선 신의 목소리가 흘러나올 것만 같았다. 기둥엔 위대한 학자와 순교자가 그려져 있고 벽면은 가톨릭교회의 역사와 기념비적인 행사 그림이 이어져 있다.

시스티나홀을 지나면 비로소 장서와 열람실이 나타난다. 이 또한 동방의 구석진 나라에서 유학 온 학생의 기를 죽이기에 충분할 만큼 웅장했다. 이처럼 바티칸도서관의 공간은 압도적이었지만 자료는 내가 공부하고 있는 그레고리안 대학의 장서와 큰 차이를 보이지 않았다. 외려 내가 원하는 자료는 빈약하다고 할 수 있었다. 단테, 페트라르카, 보카치오, 살루타티, 브루니로 이어지는 초기 인문주의 흐름에서 그 사상의 단초를 보여주는 원사료를 찾을 수 없었다. 며칠 동안의 수고가 아무런 소득 없이 끝나 실망감을 안고 돌아서는데 사서 직원이 나에게 다가왔다.

"찾는 자료가 없나요? 제가 도와 드릴까요?"

그녀는 갈색 머리를 뒤로 넘기면서 나에게 말을 건넸다.

당시만 하더라도 쉽게 볼 수 없는 동양인이 서고를 돌아다니며 하루에도 몇 번씩 열람을 신청하는 행동이 그녀의 눈길을 끌었음이라. 거기에 별 성과 없이 돌아서는 뒷모습이 딴에는 안타까워 보인 모양이었다. 나는 사정을 설명하고 인문주의 사상가들의 저서가 아닌 편지나 자필 기록 등 원사료를 찾을 방법이 없냐고 물었다. 그녀는 고개를 갸웃하고는 입술을 옴지락거리며 무슨 말을 할 듯 말 듯하다가 조심스레 입을 열었다.

"그런 건 비밀장서고에 가야 있을 겁니다."

그때서야 비로소 나는 바티칸 비밀장서고(Archivum Secretum Vaticanum)를 떠올렸다. 1612년 교황 바오로 5세가 교황청의 외교문서와 편지 그밖에 사적이고 민감한 내용을 보관하기 위해 만든 비밀서고 말이다.

비밀장서고는 도서관 옆 별채에 있었지만 나는 출입할 수 없었다. 열람 신청을 했으나 허가가 나지 않았다. 할 수 없이 비장의 카드를 꺼내기로 했다. 바티칸 교회에 도움을 요청한 것이다. 바티칸 주교의 추천장과 탄원서를 손에 쥐고 사제복을 입은 다음에야 나는 겨우 비밀장서고에 들어갈 수 있었다. 그마저도 서고 직원과 동행하는 조건이었다.

'비밀'이라는 수식어가 붙어 있는 곳이니만큼 왠지 음침하고 서늘한 기운이 감돌 줄 알았는데 자물쇠를 열고 안으로 들어가자 전면에 맞이하는 홀은 바티칸도서관의 시스티나홀이나 베스티볼로처럼 밝고 화려했다. 천장엔 프레스코화가 천국의 입구처럼 펼쳐져 있었다. 가운데 원에 말의 고삐를 잡고 함께 뛰는 아름다운 청년이 있고, 그 둘레를 천사들이 에워싸고 있는 모습이 그려져 있다. 참으로 목가적이고 평화로운 전경이었다. 입구 정면에는 비밀장서고를 만든 바오로 5세의 초상화가 자신의 업적을 자랑이라도 하듯 오연한 시선을 보내고 있다.

하지만 거기까지였다. 홀을 기점으로 여러 갈래로 뻗친 실내로 들어서자 전형적인 도서관 서고 진열대가 전개되었다. 아니 그보다 훨씬 못했다.

당시 바티칸도서관은 보존시설을 현대화하기 위해 대대적인 공사를 벌이고 있었다. 비밀장서고 역시 구간 구간 헤집어 놓은 상태였다. 수백 년 된 나무책장을 현대식 철제책장으로 교체하고 격실과 방을 따로 만들어 환기와 통풍 설비를 새로이 갖추는 공사를 하고 있었다. 끝도 없이 이어진 책장은 나무와 철제가 뒤섞여 있고 간격도 두서가 없었다. 책장 사이로 종이상자를 대여섯 개씩 쌓아놓기도 했다. 오래된 장서고의 전형적인 냄새가 실내에 미만했다. 곰팡이, 좀벌레, 특유의 시큼함을 뿜어내는 양피지, 소독약, 이 모든 게 어우러져 뭐라 딱히 꼬집어 표현할 수 없는 냄새가 코를 싸하게 찔렀다.

　　현대의 문헌학적 분류는 엄두를 못 내는지 자료는 시대와 주제별로만 보관돼 있었다. 하지만 체계적 분류가 아니라 마구잡이 보관이라는 말이 어울렸다. 갈릴레이를 예로 들면, 16~17세기에 걸쳐 있는 생애 때문인지 초기 저서와 장년기 저서가 각기 다른 세기의 카테고리에 보관돼 있고, 그에 관한 교황청 소송문서는 따로 종교재판 코너에 따로 가있는 형국이었다. 분류학에서 인류의 오랜 숙제인 시계열과 테마별 카테고리가 두서없이 혼재돼 있거나 터무니없이 떨어져 있었다.

　　나는 먼저 15세기 기둥 앞에 섰다. 1450년을 기점으로 왼쪽으로는 그 이전, 오른쪽은 그 이후다. 페트라르카를 찾으려면 14세기로 가야 하지만 그러기에는 너무 시간이 오래 걸릴 것 같아 살루타티와 브루니가 활동했던 시기인 1401년부터 시작했다. 이 시기엔 종이가 활성화되기 전이라 양피지 책이 주종을 이루고 코덱스(서책)보다는 문서로 많이 존재했다.

브루니 구역에서 상자 하나를 열었다. 거기엔 문서들이 차곡차곡 쌓여 있었다. 일일이 살펴보니 브루니가 그의 대표작인 『피렌체 시민사』를 집필하기 위한 기초 자료 같았다. 메디치 가家와 주고받은 편지와 로마 교황청에 보낸 서류 등이 있었지만 나의 관심을 끌 만한 내용은 없었다. 문서들 속에서 나흘을 보냈지만 원하던 사료를 구할 수 없었다.

당시 나는 단테와 보카치오에서 브루니로 이어지는 인문주의의 계보에서 신학의 유전자를 발견할 수 있으리라 확신하고 있었다. 이들이 인문주의자로 규정되고 있지만 비기독교인 건 아니다. 이들의 사고와 생활은 여전히 신의 말씀과 규율에 속박돼 있었다. 그들은 신의 말씀을 부정한 게 아니라 신의 질서 속에서 인간의 주체성을 부각시키고 조화를 이루고자 했다. 즉 인문주의는 신의 질서 속에서 인간을 새롭게 발견한다는 사상이다. 여기서 발견이란 신과 동물 사이에 있는 인간이 둘 사이를 연결함으로써 그 존엄을 획득한다는 의미다. 존엄한 인간은 곧 신에 대한 의무를 지게 된다. 그러니 그들의 저서나 생활 속의 글에는 분명히 신의 말씀이 어려 있는 언행이 분명 담겨 있을 것으로 여겼다. 하지만 그 증거는 끝내 찾을 수 없었다. 실망감 속에서 알베르티, 조토, 도나텔로—이들은 르네상스를 연 선구자들이긴 하지만 문필가라기 보다는 예술가다—등의 자료까지 살폈지만 별다른 수확은 없었다.

15세기 자료의 검색이 끝났다. 긴 시간이었다. 16세기 기둥 옆에서 이 작업을 계속해야 할지 말지 잠시 고민에 빠졌다. 그러면서도 나의 손은 여전히 상자를 열고 문서철을 뒤적이고 있었다. 그때 아래쪽에서 '피렌체에서 온 문서들'이라는 제목의 상자가 눈에 들어왔다. 나는 여기까지만 살펴보기로 했다. 서책은 둘째 치고 개인적이고 내밀한 생각을 담은 메모나 지인들에게 보낸 편지 같은 거라도 건질 수 있기를 바랐지만 상자 안의 종잇장들은 대부분 공문서나 피렌체 시뇨리아(통치기구)의 기록물이 대부분이었다.

쉽지는 않을 거라고 생각했다. 하지만 여태 헛수고했다는 생각에 슬며시 화가 치밀어올라 이쯤하고 그만 나갈까 싶은 마음이 고갤 들었다. 그러면서도 한편으론 이왕 꺼낸 상자이니만큼 바닥까지는 뒤져보자 싶었다. 기록물을 건성으로 훑으면서 건져내다가 마침내 상자 바닥에 도달했다. 아래쪽에 깔린 문서는 공문서나 공식기록물처럼 양털을 꼬아서 만든 끈이나 가죽 끈으로 묶여 있지 않고 낱장으로 여러 겹 쌓여 있었다. 처음엔 기록물에서 떨어져 나온 낱장인 줄만 알았다. 그런데 글씨체가 공문서와 달랐다. 종이 상태나 글씨체로 보건대 이 열댓 장의 문서는 한 사람이 쓴 게 틀림없었다.

"피렌체 공국의 서기장 나, 포조 브라치올리니는 사직을 앞두고 젊은 날 있었던 일주일 간의 행적을 고백한다."

첫 문장이 이렇게 시작하는 문서였다.

'포조 브라치올리니(Poggio Bracciolini)'

생각 날 듯 말 듯한 인물이었다. 라틴어로 된 문서 몇 줄을 더 읽어 내려가면서 비로소 포조가 어떤 인물인지 떠올랐다.

기억의 지층을 뚫고 올라온 그에 대한 몇 개의 단편적 지식은 다음과 같다. 브루니와 같은 살루타티의 제자로서, 대립교황 요한네스 23세의 비서에서 시작해 평생을 교황청에서 일하다가 말년에는 피렌체 공국 서기장을 역임한 것까지 거의 판박이라 할 정도로 브루니의 행적을 뒤따른 인물이다. 심지어 최초의 근대적 역사서라 불리는 브루니의 『피렌체 시민사』의 보론을 가필했고 그 외에도 다양한 기록을 통해 15세기 당시의 사회상을 포착할 수 있는 중요한 사료를 남긴 인물 정도로 알려져 있다. 그러나 포조가 인문주의자 계보에서 말석에나마 이름을 올릴 자격이 있는 것인가 대해선 약간의 거부감이 들었다. 인문주의자라고 칭하기에는 수상쩍은 몇 가지 행보가 거슬렸기 때문이다.

포조는 중세의 모호하고 초월적 언어 사용을 비판한 인문주의자 라우렌티우스 발렌시스를 에피쿠로스주의자로 매도하는 등 가차 없는 비방과 교묘한 술책으로 정적들을 무자비하게 제거해 나갔다. 브루니는 때론 권력에 맞서기도 하며 자신의 신념에 따라 행동했지만 포조는 권력의 양지에서 한 번도 벗어나지 않은 출세주의자이자 처세의 달인이었다.

이와 같은 경박함과 간교함으로 인해 나는 포조를 인문주의자, 즉 인간 본성의 선함을 믿는 그런 사람들의 범주에 넣기가 꺼려졌다. 물론 인문주의자가 윤리적 인간을 의미하고 도덕적 인격을 함양하는 것이 인문주의의 목표가 아님은 신학도인 내가 잘 알고 있다. 그건 중세 천년 내내 가톨릭이 해왔던 일이니까.

그나마 르네상스의 개화에 일조한 포조의 공을 추려내자면, 그가 개발한 간결한 글씨체가 때마침 불어닥친 인쇄 혁명에 아주 유용하게 쓰였다는 사실이다. 출판에 딱 들어맞는 그의 글씨체는 훗날 로만체라고 불리며 인쇄용 활판의 기본체가 되었다.

내가 포조를 단박에 떠올리지 못한 건 그의 문서가 16세기 상자에 들어 있었기 때문이고, 그 이유는 나중에 가서야 짐작할 수 있었다.

포조가 쓴 기록지는 양피지가 아닌 종이였다. 요즘의 도화지 정도 두께인데 질감은 훨씬 거칠었다. 누르스름하게 변색된 바탕에 거뭇한 곰팡이 자국이 군데군데 퍼져 있었다. 검지와 중지로 표면을 살짝 쓸어보니 표면의 결이 우르르 일어났다. 오백년 평온한 잠을 깨운 것에 항의하는 것 같기도 하고 긴 잠을 깨워줘서 고마워하는 것 같기도 했다. 고문서에서 흔히 맡게 되는 아마 냄새에 정체를 알 수 없는 후텁한 군내가 섞여 후각세포에 훅 파고들었다. 머리가 핑 돌면서 잠시 나른한 어지러움에 빠져들었다. 시간의 입자는 그렇게 자기 존재를 알렸다.

기록지는 온전한 낱장이 별로 없었다. 제본된 책자를 급히 찢어내느라 그랬는지 대부분 귀퉁이가 떨어져 나갔다. 문서를 파기하려고 급히 찢어냈다가 마음이 바뀌어 낱장으로 보관한 것인지도 모른다는 생각이 들었다. 심지어 삼분지 일 정도가 떨어져 나간 낱장도 있다. 글자 대부분을 알아볼 수 있다는 게 그나마 다행이었다.

문서는 보고와 고백의 중간쯤에 해당했다. 스스로의 행적을 드러내며 자신은 에피쿠로스주의자가 아니지만 에피쿠로스주의를 널리 퍼지게 한 장본인임을 고백하고 있었다. 긴 시간 아무 도움이 되지 않는 자료들 속에서 슬슬 치밀어 오르던 짜증과 나른함은 어느새 사라졌다. 포조의 글을 읽는 동안 나는 등골을 타고 오르내리는 전율에 여러 번 진저리쳤다. 마치 전기고문에 쓰이는 봉을 잡고 욕조 속으로 들어간 느낌이었다. 내가 그토록 찾고 있던 르네상스의 씨앗이—의도했든 아니든— 포조로 인해 널리 뿌려졌음을 뒷받침하는 사료들을 마침내 발견했기 때문이다.

당시만 해도 나의 라틴어 실력은 형편없었을 뿐만 아니라 중간중간 해독할 수 없는 이탈리아 고어가 섞여 있어 온전한 독해를 할 수 없었다. 그렇다고 이 귀중한 자료를 놓치긴 싫었다. 하지만 대출은 고사하고 사진찍는 것조차 금지하고 있다. 달리 비밀장서고이겠는가. 어떡하든 이 자료를 얻고 싶었으나 방법이 없었다. 가장 원초적이고 확실한 수단 외에는.

다음날부터 나는 펜과 노트를 가지고 포조의 문서를 필사했다. 사흘 동안 고개 한 번 들지 않았다. 감시하는 직원은 나의 무지막지한 행동에 기가 찼는지 내가 노트를 펼치면 아예 밖으로 나가 장서관 입구에서 기다렸다. 어차피 도서관 문 닫을 시간까지 내가 꼼짝하지 않는다는 걸 알기 때문이다. 그 역시 건조한 바람이 뿜어나오는 텁텁한 실내에서 필사에 여념 없는 신학도를 지켜보는 것 또한 보통 고역이 아니었을 터이다.

그렇게 사흘 동안 베낀 글이 노트로 서른세 장이 되었다. 하지만 나는 이를 제대로 활용할 수 없었다. 앞서도 언급했지만 지도교수가 나의 주제를 탐탁지 않게 여겼을 뿐 아니라 나 역시 필사한 문서가 포조의 것이라고 확신할 수 없었기 때문이다. 설령 포조가 쓴 글이 맞다 할지라도 나의 주장을 뒷받침할 만한 문헌학적 증거를 제시할 수 없었다. 그런 자료를 학술적으로 사용하기엔 구멍이 너무 많았다. 엄중한 학술의 영역에서 개인적 감상을 논증의 근거로 삼기엔 무리라는 건 나 자신도 인정할 수밖에 없었다.

흥분이 가라앉자 현실로 돌아왔다. 나는 지도교수의 권유를 받아들여 평범하고 일반적인 주제에 주석이 주렁주렁 달린 석사논문을 제출했다. 노트에 필사한 포조의 글은 가방에 담겨 지구 반대편으로 왔고 그 후 반세기 가까이 나의 서재에서 기나긴 잠에 빠져들었다.

귀국 후 성직자로서 나의 삶은 눈코 뜰 새가 없었다. 어찌나 바쁜지 신부가 기도할 새도 없다면 말 다 하지 않았겠는가. 그러다 어느 날 달력을 보니 넬모레 은퇴였다. 신부의 일생이란 아침에 기도드리고 돌아서자마자 저녁 미사를 준비하던 수련사 생활과 다를 바 없었다. 은퇴 후에도 강연이다 뭐다 이리저리 불려 다니다 보니 세월이 저 혼자 훌쩍 건너뛰어 이 나이까지 왔다.

그 와중에도 포조의 글은 나를 평생 놓아주지 않았다. 잊을 만하면 묵은 숙제처럼 다시 떠올라 마음을 조급하게 만들었다. 결국엔 갚아야만 해결될 빚이었다. 나는 마침내 번역을 결

심했다. 올리베타노 수녀원에서는 일주일에 여섯 시간의 라틴어 수업만 하고 나면 자유였다. 주님께서 숙제할 시간을 주신 것이다.

포조의 글은 주로 라틴어로 쓰여 있고 대화나 묘사에서 간간이 이태리어가 섞여 있다. 해독할 수 없는 어휘가 중세 이태리어인 줄로만 알았는데—현대 이태리어는 어느 정도 알고 있다— 알고 보니 피렌체 속어였다. 후일 단테의 신곡이 피렌체 속어로 쓰여 있다는 걸 알고 그레고리안대학의 단테학 전공교수 라비오 박사에게 자문을 구했다. 덕분에 포조의 글에 있는 피렌체 속어 대부분을 해독할 수 있었다.

그렇다고 완전히 해결되는 건 아니었다. 문제는 라틴어로 된 중세의 문체다. 고대 그리스·로마의 모든 문학이 그렇듯 포조의 글 역시 운율에 따르는 시가詩歌 형식을 띠고 있다. 엄밀히 따지면 시가는 아니지만 그와 비슷한 문체를 구사했다. 서술은 운율을 따르고 묘사는 구어체와 비슷하되 피렌체 속어로 표기하는 등 언어체계가 전혀 다른 이방인이 해독하기엔 쉬운 일이 아니었다. 우리말로 옮기는 과정에서 의미를 전달할 순 있지만 글맛과 울림까지 살리는 건 불가능했다. 호머나 단테의 작품 역시 시가로 되어 있지만 현대인들이 제대로 즐기기 위해서 구어체로 번역한 것처럼 포조의 글 역시 우리말에 맞게 전달하기 위해선 구어체로 번역해야 할 필요성을 느졌다. 의역 과정에서 생생한 현장감을 전달하기 위해 대화를 삽입하게 되었고 그러다 보니 아예 소설로 각색해보자는 욕심이 생겼다. 생각해보니 그 욕심은 이십대에 내가 배반했던 문학의 복수였다. 오랜 시간 세상을 주유했지만 알고 보니 나는 결국 목줄에 끌려 제 자리로 돌아와 있는 것 아닌가. 교묘하고 길었던, 너무 길어서 한 번도 의식하지도 못했던 목줄이었다. 이제 그 목줄을 풀어 놓고 이야기를 시작해보자.

제1부
공의회

1

　창밖으로 목화송이 같은 구름이 산타마리아 델 피오레 성당의 돔 위를 한가하게 지나가고 있다. 저 구름도 한때는 비를 머금은 적이 있었을까. 무거운 짐을 털어내고 나면 저렇게 맑고 가벼워지는 것인가. 나는 하얗게 센 머리칼을 귀 뒤로 넘겼다. 시뇨리아[1] 우피치(청사)에서 언제쯤 짐을 쌀까. 요즘 들어 부쩍 서기장직을 내려놓고 싶다. 내 나이 일흔일곱, 이제 모든 걸 내려놓을 때가 되지 않았나.

　4년 전 카를로 마르수피니 경이 서거하여 서기장직이 공석이 되자 코시모 데 메디치 공이 나에게 그 자리를 제안했다. 그

---

1 13, 14세기경 북부 이탈리아는 여러 도시국가 형태로 분열되어 있었다. 피렌체는 애초 자치도시로 출발했으나 크고 작은 당파 싸움으로 정치적 불안이 계속되자 시민들은 공화정을 대신할 강력한 군주를 원하게 되었다. 이에 따라 출현한 군주정을 시뇨리아Signoria라고 하며, 그 지도자를 시뇨레Signore라고 한다. 여기서는 피렌체시 통치기구를 의미한다.

때만 해도 인생의 마지막을 장식할 멋진 직책이 될 것이라고 생각했다. 일흔셋의 나이 든 서기장이 할 수 있는 일이 무엇이겠는가. 도시를 실질적으로 통치하는 메디치 가문의 한낱 대리인에 불과할지라도 나에겐 영광이었다. 테라누오바에서 태어난 촌놈이 이탈리아 최고의 도시 피렌체의 서기장이 되었다는 건 내 생에 신의 은총이 함께 했다는 증거이지 않은가. 게다가 이만큼의 수壽도 누렸으니 무슨 여한이 있겠는가.

돌이켜보면 여덟 살 때 아버지의 빚 때문에 집안이 쫓기듯 아레초로 이사하였고, 열네 살에 볼로냐에서 법률을 공부한 후 열여덟에 피렌체와 처음 만났다. 피렌체에서 공중사무 아르테(Arte, 길드)에 들어가 실무를 익히던 중 볼로냐 대학에서 나를 가르쳤던 살루타티 경의 추천으로 로마 교황청에 일자리를 얻었다.

파릇한 젊음을 시련이라는 통과의례 한 번 없이 포근하게 받아준 피렌체는 진정 나의 연인이자 베누스였다. 반면에 로마는 마르스다. 교황청 스크립토르(scriptor: 문서작성자이자 필사가)로 시작하여 교황의 복심이라는 세크레투스(secretus: 비서)까지 올라갈 수 있도록 전장戰場을 제공한 곳으로 진정 지옥이라 불려야 마땅한 곳이었다. 아니 지옥의 바닥을 한층 더 파고 내려가면 이곳이 나올 것이다. 한때 내가 거짓말 공작소라는 의미인 '부잘레(Bugiale)'라고 명명했듯이.

누구나 그렇겠지만, 마지막 장까지 넘겨야 하는 인생이란 책자에서 양피지의 낱장이 닳고 닳도록 떠올리는 기억의 페이지가 있다. 서른일곱, 젊지도 늙지도 않은 나이에 순례자처럼 떠돌다 만난 그와의 해후. 세간에서 말하는 인문주의자라는 범주 속에 나를 각인시킨 그 사건.

2

"필사 속도는 어떤가?"

"하루에 양피지 다섯 장 정도 씁니다."

"그 정도면 늦은 편은 아니구먼. 라틴어는 아는가?"

"볼로냐 대학에서 필경사 보조로 있을 때 배웠습니다. 능숙하진 않지만 해독하는 데 어려움은 없습니다."

"볼로냐에선 얼마나 있었나?"

"약 이 년 가량 있었습니다."

"아르테나 직인職人 동아리에 속해 있었나?"

"게르만 사람이라고 가입시켜 주지 않았습니다."

나는 고개를 끄덕이며 안타깝다는 표정을 지어주었다.

"그리스어는 아는가?"

"조금 압니다."

"조금이라니?"

"필사는 가능합니다만 해독하진 못하고 속도도 빠르지 않습니다."

"그럼 자넨 그리스어도 제대로 모르면서 필사가에 지원했단 말인가?"

나는 얼핏 화가 난 것처럼 억양을 높였지만 그리스어를 아는 자를 구하기 쉽지 않다는 것쯤은 누구보다 잘 알고 있다. 게다가 나의 주머니 사정을 고려한다면 그리스어 능숙자를 고용하는 건 언감생심이다. 나는 체구가 자그마하고 오종종한 얼굴의 이 게르만 청년을 필사 서기로 채용해야 할 수밖에 없음을 받아들여야 했다.

공의회 중에 급히 알아보는 바람에 특별히 따질 계제가 아니었지만 그래도 라틴어는 물론이고 그리스어도 어느 정도 능란한 자가 지원하기를 바랐다. 그러나 그런 기대가 무리라는 건 나 스스로도 잘 알고 있다. 콘스탄츠 같은 시골에서 어찌 로마나 피렌체 수준의 필사가를 구할 수 있으랴. 마르코라는 이 청년은 자신이 콘스탄츠 인근에서 가장 필체가 좋을 것이라고 자신 있게 말했다. 나는 필체보다 속도가 중요하다고 했다. 필체야 나중에 내가 다시 필사하면 되니까.

마르코에게 대략 3개월의 여정으로 여러 수도원을 방문할 것이라고 나의 계획을 설명해주었다. 당시 나는 바르톨로메오 아라가치와의 경쟁 때문에 마르코에게 40플로린이라는 거금을 제시했다. 나로선 상당한 출혈이다.

장크트 갈렌 수도원에서 나온 후 바르톨로메오와 헤어졌다. 이상한 호승심에 휩싸여 서로를 견제했기 때문이다. 아니면 현실의 환멸 때문에 서로를 감당하기 힘들었거나.

나와 바르톨로메오는 공통점이 많았다. 우선 둘 다 토스카나 출신이다. 그가 태어난 몬테풀치아노는 내가 태어난 테라누오바보다 큰 도시이긴 하지만 우리가 직업을 얻은 로마에 비하면 촌놈 출신이긴 매한가지다. 교황청 사무국에 스크립토르로 들어가 비서실에서 같이 일하다가 교황을 수행하여 콘스탄츠까지 함께 오게 된 것도 그와 내가 친할 수밖에 없는 이유다. 그러나 뭐니 뭐니 해도 그와 나를 가장 강력하게 이어주는 끈은 고대 문헌을 발굴하는 취미가 같다는 것이다. 물정 모르는 사람들은 책사냥꾼이라고도 하지만 우리끼리는 인문주의자라고 칭한다.

말이 나왔으니까 말이지 내가 스스로를 인문주의자라고 생각한 적은 없다. 아니 인문주의자가 무엇인지도 제대로 모른다. 아레초 출신의 현인 프란체스코 페트라르카의 학문적 세례를 받은 것이 전부라면 전부이다. 내가 페트라르카를 흠모하는 건 같은 토스카나 지역 출신이라는, 그런 수준 낮은 동기 때문은 물론 아니다. 그의 고전학에 대한 열망과 부흥이 나를 그 세계로 이끌었기 때문이다.

이십 대 시절 교황청 스크립토르로 일하면서 페트라르카의 시를 처음 접했을 때 나는 전율했다. 그때의 감동을 떠올리면 지금도 내 가슴은 뛰기 시작한다. 연인 라우라에게 바치는 헌정시 칸초니에레는 비록 사제는 아니지만 금욕의 성에서 살아가는 나에게 묘한 환상을 안겨주었다.

나의 젊음은 시적 감성이 구축하는 상상의 세계 안에서 연인과의 달콤함을 꿈꾸었다. 고된 필사 노동이 끝나고 나면 매일 칸초니에레를 펼쳐놓고 연인 라우라를 눈앞에 그렸다. 그리고 그녀를 만나러 잠자리에 들었다. 라우라는 페트라르카의 연인이 아니라 나의 연인이었다. 그 뒤로 나는 페트라르카 선생의 작품과 서간집을 찾아 읽었고 자연스레 그의 사상에 흠뻑 빠져들었다.

헤어지면서 바르톨로메오는 알프스 산중의 수도원으로 찾아가겠다고 했다. 짐작컨대 그는 이제 베네딕토 수도원에서는 더 이상 얻을 게 없다고 보고, 보다 은둔적인 시토수도회나 클뤼니수도회 소속 수도원으로 가려는 것 같았다. 그와 나, 둘 중에 누구든지 희귀한 서적이나 눈에 띄는 고전을 손에 넣으면 피렌체의 니콜로 니콜리 경에게 연락하기로 했다. 고전에 대한 해박한 지식을 갖추고 있을 뿐만 아니라 뛰어난 안목의 소유자인 니콜리 경은 우리의 후원자이기도 하다. 나의 이번 여행도 실은 니콜리 경의 후원하에 이루어진 것이다.

바르톨로메오와 달리 나는 게르만 내륙으로 향했다. 나귀를 타고 마르코와 함께 라인강을 따라 거슬러 오르는 여정이다. 도중에 몇 개의 자그마한 수도원을 방문했지만 예상대로 별 소득이 없었다. 중소 규모의 수도원에서는 수도사들이 귀족들의 소소한 취미 생활을 북돋아 줄 아라비아 실용서나 마나님들의 낮을 간질여 줄 시시껄렁한 이야기책을 필사하여 팔아먹고 있었다. 아우크스부르크 지역을 벗어나면서 더 이상 중소 규모 수도원에서 시간 낭비하지 않기로 맘먹고 애초에 목표한 수도원으로 향했다.

그곳은 게르만의 심장부 풀다이다.

사실 내가 풀다수도원으로 곧장 향하지 않은 건 약간의 위축감이 내 발걸음을 무겁게 했기 때문이다. 굳이 그곳까지 가지 않더라도 고서적을 구할 수 있지 않을까. 잘 알려지지 않은 중소 규모 수도원에 오히려 희귀서적이 숨어 있지 않을까, 하는 심정으로 미적댔지만 기실 따지고 보면 핑계에 불과했다. 역시 중부 유럽 최대의 장서관으로 곧장 직행했어야 했어. 나는 스스로를 꾸짖었다.

풀다수도원은 카롤루스 대제가 독자적인 사법권과 면세권, 그리고 조세권까지 부여함으로써 하나의 왕국처럼 인근 지역을 지배했던 곳이다. 성 보니파키우스의 유골이 모셔져 있고 게르만 귀족가문 출신 수도사들이 즐비했던 곳. 예전에 비해 쇠락했다지만 아직도 옛 영화의 유산이 남아 있는 곳이다. 영광이 쇠락한 곳에는 번성했던 문화의 낙엽이 뒹굴어 다닌다. 그곳은 나의 광맥이 될 수도 있다. 하지만 나는 보잘것없는 가문 출신에 불명예스럽게 폐위된 전 교황의 비서. 수도원장 면담은 고사하고 수도원 문이나 열어줄지 내심 걱정이다.

품속에 교황 인장이 찍힌 양피지와 교황청 문양이 그려진 문서가 있다한들 황제를 지지하는 기벨린이 득세하는 지역에서 그들은 나를 교황 지지파 겔프로 취급할 것이 뻔하다. 게다가 공의회에서 교황의 위상이 바닥까지 추락한 지금은 더더욱 장서관의 문을 밀고 들어갈 권위가 없다. 결국 나의 개인적 능력에 의존해야 한다. 나의 개인기. 십오 년 동안 단련된 내공. 모략과 음모와 술수가 일용할 양식인 교황청에서 내가 터득한 생존기술로 돌파해야 하는 것이다.

"왜 풀다수도원인가요?"

가파른 포겔스베르크 준령을 넘다가 쉬는 차에 마르코가 물었다.

"베네딕토 교단이기 때문이지."

나는 그것도 모르냐는 표정으로 바라보며 대답했다.

"베네딕토 수도원에 책이 많다는 건 저도 알고 있지만 굳이 풀다까지 가야하는 이유가 있는 건가요?"

"풀다수도원은 쟁쟁한 학자들을 배출한 곳으로 유명하다. 그러니 그곳에 가면 희귀 장서들이 오죽 많지 않겠느냐."

"아우크스부르크 쪽에는 도미니크회 수도원이나 프란체스코회 수도원이 많이 있는데 거긴 들르지 않나요?"

나는 문득 이 자가 게르만 내륙까지의 여정이 부담스러워 슬쩍 떠보는 걸까 하는 의구심이 들었다.

"도미니크회나 프란체스코회 그리고 아우구스투스회와 같은 탁발 수도회는 금욕과 청빈을 너무 강조한 나머지 교의에 대한 엄밀한 인식이 차츰 희미해졌다. 설립 초기에는 이들 수도회가 신학의 중심지가 되기도 했었다. 당시만 해도 수도원은 지혜의 우물이었고 지식의 텃밭이었지. 수도회 출신 수도사들에 의해 교리는 한 단계 끌어올려졌고 교의는 한 차원 높은 세계를 지향했다. 너도 들어서 알고 있겠지만 위대한 학자 알베르트 마그누스와 그의 제자 토마스 아퀴나스는 도미니크회 소속이고, 성인 토마스와 쌍벽을 이룬 걸출한 학자 보나벤투라와 둔스 스코투스는 프란체스코회 수도사였다. 그러나 탁발수도회가 교의보다는 실행에 몰두하는 사이에 학문의 중심은 점점 수도원에서 대학으로 옮겨 가게 되었다. 그중에서도 파리대학은 신학의 최고봉으로 평가받는다."

이 여정에서 마르코를 잘 활용하려면 교육이 좀 필요하겠다는 생각을 하면서 나는 수도원의 역사에 대해 조곤조곤 설명을 이어갔다.

"도미니크회와 프란체스코회가 창설된 지 2세기가 지난 지금 양 수도회는 두 갈래로 뻗어갔다. 하나는 사제 조직에 깊이 침윤되어 청빈과는 거리가 멀어졌고, 다른 하나는 염결廉潔한 금욕주의에 빠졌다. 전자는 교권이라는 달콤한 열매의 과즙에 취해 있고, 후자는 누구를 위한 금욕이고 무엇을 위한 청빈인지도 모른 채 맹목적이고 극단적인 고행만 강조하고 있다. 금욕을 지나치게 강조하다 보면 발두스파[1]라는 이단의 사생아가 태어나기도 하고 알비파[2]라는 이교와의 혼종이 독버섯처럼 피

---

1 12세기 말 리옹의 피터 발도(Peter Valdo, 발데스Valdes, 왈도Waldo라고도 한다)에게서 시작된 신앙 운동. 부유한 상인이었던 그는 재산을 가난한 사람들에게 나눠주고는 라틴어로 된 복음서와 교리를 번역하여 이를 근거로 사람들에게 설교했다. 발도는 일정한 주거지가 없이 맨발로 구걸과 동냥을 하며 돌아다녔다. 재산을 소유하지 말고 믿음에 충실하라는 그의 가르침을 따르는 사람들을 '리옹Lyon의 빈자貧者들'이라고 부른다. 발도 추종자들의 신앙운동은 스페인, 프랑스 북부, 플랑드르, 이탈리아 남부, 보헤미아까지 급속히 퍼져 나갔다. 정규 사제교육을 받지 않은 발도가 설교를 하고 가톨릭교회의 집전에 따르지 않는다는 이유로 1184년 교황 루키우스 3세에 의해 이단으로 규정되었다. 이후 이단심문관들에 의해 악마 숭배, 마법사, 마녀 그리고 점성술사 등으로 매도되면서 처형당했다. 훗날 종교개혁의 선구자로 보는 시각이 있을 만큼 발도파는 당시 로마가톨릭의 부패와 부조리에 저항했던 신앙운동이었다.

2 12~3세기 프랑스 남부지역에서 퍼졌던 신앙운동으로 이원론과 영지주의에 기반한 카다리파의 영향을 받아 이교적인 요소가 있다고 한다. 알비파는 가톨릭교회 성직자들의 부패를 비판하고 반성직자 운동을 벌였다. 금욕생활을 권하고 성직제도를 부정하는 이들의 교리는 많은 사람들의 지지를 받았다. 1209년 교황 인노첸시오 3세는 시토수도회 수사들에

어나기도 했다. 고행이 목적이라면 이미 동방의 이교도들이 차고도 넘치게 수행하고 있다. 육체의 고행에 있어서만큼은 이교도들이 훨씬 더 엄격하고 완성된 경지에 올라 있지. 들리는 말에 의하면 머나먼 인디아의 이교도들은 불 속에 뛰어들기도 하고, 아무것도 걸치지 않는 채 설산에서 수련하고 있다고도 한다."

나는 말을 멈추고 침을 한번 삼켰다. 마르코는 멍한 듯한 눈빛으로 나를 바라보고 있다. 갑자기 이 어리석은 자의 텅빈 머릿속에 뭔가를 채워주고 싶은 욕구가 불쑥 솟았다.

"그들은 고행이 종교이고 고통의 극단이 구원이라고 한다. 이 무슨 헛소리란 말인가. 모름지기 구원이란 내세의 강녕 속에서 영생을 누림인즉 이를 위해 명정한 사고로 신을 인식하고 정결한 마음으로 신을 맞이해야 한다. 이러한 길을 닦는 최고의 수단이 교리를 정련精鍊하여 이단의 공격으로부터 굳건히 성채를 지키는 것이다. 베네딕토회는 이를 모토로 하고 있다."

긴 이야기를 듣던 마르코가 눈치를 보며 말을 보태었다.

"프란체스코회 수도사들은 저잣거리에서 가난하고 핍박받

게 알비파에 대한 십자군 원정을 선포하라고 명령했다. 이 십자군 원정을 구실로 프랑스 북부의 귀족들은 알비파 지원했다며 남부 프로방스 귀족들을 공격했다. 이 와중에 알비파 신자들이 대량학살 당하기도 했다.

는 자들을 위해서 성경 구절만 읽어주는 게 아니라 그들의 남루한 수도복까지 벗어준다고 들었습니다."

"그런 수도사들을 보았느냐?"

"보진 못했습니다만 그렇게 들었습니다."

나는 여기서 말문이 막혔다. 고작 떠도는 소문 따위로 수도회를 평가하는 이 저급한 인식을 어떻게 깨뜨려야 하나. 이 정체불명의 필경사에게 진정한 신앙과 그 신앙을 매개로 한 구원의 의미를 어떻게 설명해야 할까. 솔직히 말하자면 거기까지는 나도 모른다. 그냥 수도원에 별 탈 없이 가서 희귀본 고전 문헌을 찾고 무사히 베껴나오면 그만이다. 이 정도로 하자.

흠, 나는 헛기침을 한번 내뱉고 말을 이었다.

"베네딕토 수도사들은 책을 읽고, 번역하고, 필사하는 게 성무의 주요 일과로 되어 있다. 수도원은 개인의 자발적 독서 외에 강제 독서도 규약으로 정해놓았지. 식사 시간에 수도사들이 지정된 책을 돌아가면서 낭독하는 것이 그 예다. 게다가 베네딕토 수도사들은 책을 읽고 그 내용을 새기는 단순한 독서를 하는 게 아니야."

"읽고 새기는 독서가 아닌 다른 독서도 있나요?"

"성스러운 독서, 그러니까 렉시오 디비나(lectio divina)라는 독서법이 있다."

"독서법요?"

"그래, 렉시오 디비나는 성서를 거룩하게 받아들인다는 의미다. 신의 말씀에 온 주의를 집중하여 읽고, 구절을 음미하며, 기도하고 실천하는 생활의 전 과정을 일컫지. 세부적으로는 읽기(lectio), 묵상(meditatio), 기도(oratio), 관상(contemplatio, 觀想)의 과정으로 되어 있다.[3]"

"다른 건 알겠는데 관상은 또 뭡니까?"

마르코가 고개를 갸웃하면서 물었다.

"우리는 묵상과 기도의 과정을 거쳐 신을 맞이하게 되지. 관상의 단계는 거기서 더 나아가 신을 맞이하게 되고, 신의 품 안에서 깊은 평화에 머무르는 상태를 뜻한다. 이 단계에서는 신과 자신의 관계가 새롭게 정립되고 세상과 사물에 대한 새로운 인식을 얻게 되는 거야. 그러면서 이런 새로운 인식이나 깨달음에 대해 무한한 감사를 느끼게 된다."

"책을 읽으면서 그런 단계에 도달할 수 있긴 한가요?"

---

3 카르투시오 수도회 9대 원장인 귀고 2세(Guigo II, 1174~1180)는 "수도자의 사다리"라는 글에서 렉시오 디비나는 4단계의 영적 사다리를 거친다고 했다. 주의 깊게 하나님의 말씀을 읽고 듣는 독서(lectio) 단계. 말씀 속의 숨은 진리를 깨닫기 위해 적극적으로 이성과 정신을 사용하는 능동적 단계인 묵상(meditation). 사랑의 불붙은 마음으로 하나님을 향해 갈망 속에서 기도(oratio)하는 단계. 끝으로, 자신을 벗어나 하나님께로 들어 올려져 영원한 즐거움과 감미로움을 맛보는 관상(contemplatio) 단계이다. 관상은 오로지 하나님의 은사로 주어지는데, 지상의 것들은 모두 잊고 인간의 말과 생각을 초월해 오직 하나님의 충만한 임재와 현존에 머물러 있게 된다. (이후정, 「동방교부 수도원 전통에서의 거룩한 독서」)

"이들은 성서를 읽으며 역사적 사건으로 보지 않고 동시대의 사건으로 받아들인다. 수도사들이 상상력을 동원하여 어떤 장면에 몰입하도록 장려되고 있다. 이들은 홍해를 앞에 둔 모세와 같이 있거나, 예수님이 산상 설교를 하는 현장에 앉아 있거나, 십자가를 지고 골고다 언덕에 오르는 예수님의 고통이 나의 것으로 전이된다."

"생각만으로 어찌 경험이 됩니까?"

"다시 말하면 생각과 마음으로 신의 임재를 경험한다고 보면 된다. 더 이상은 묻지 마라. 나도 경험해보지 않아 모른다."

마르코의 집요한 물음에 나는 이쯤에서 발을 빼야겠다고 생각했다.

"그럼, 렉시오 디비나를 수련하는 베네딕토 수도사들은 다들 현자나 성자가 되었겠군요."

"뭐, 너도 알다시피 이론상 그렇다는 거고, 현실은 좀 다르겠지."

"세상이 다 그렇죠……, 뭐."

마르코와 나는 서로를 바라보며 빙긋이 웃었다.

"어쨌든 베네딕토 교단의 수도원에는 사서가 많을 뿐만 아니라 장서도 훌륭하게 보관되어 있다. 그중에서도 풀다수도원이 가장 유명하다. 그러니 안 갈 수가 없는 거지"

프랑스나 스위스 지역의 수도원은 바르톨로메오와 내가 이

미 샅샅이 뒤진 터라 더 이상의 희본稀本을 찾을 수 없다는 말
까진 하지 않았다.

3

9시과(오후 2시에서 3시 사이) 무렵 풀다수도원이 보였다. 두 개의 탑이 응답을 구하는 팔처럼 하늘을 향해 뻗어 있다. 가까이 가자 바실리카(본성당)의 웅장한 자태가 드러났다. 과연 신성로마제국 황제의 사랑을 듬뿍 받았을 만한 규모였고 제국 곳곳에 영지를 가지고 있는 수도원다웠다. 성곽은 한때 작센 영주의 공격을 막아낸 요새로서의 위용도 어김없이 드러내고 있다. 완만한 구릉지 정상 부근에 자리 잡은 건물들은 길게 뻗은 남쪽 사면을 제외하고는 축대를 빙 둘러서 쌓았다. 북쪽은 비교적 경사가 가팔라 축대 높이가 성곽 이상이었다. 그 너머로 풀다강이 몸을 뒤척이며 흐르고 있다.

정문에 도착하니 일꾼들이 마차를 끌고 드나드는 모습이 보였다. 그중 한 명에게 말을 걸었다.

"총무일과 담당 수도사를 만나고 싶습니다."

마악 수레를 끌고 가려던 일꾼은 나의 차림을 아래위로 훑었다. 한눈에 정체 파악이 되지 않아 미심쩍은 눈빛이다. 그도 그럴 것이 나의 복장은 수도사도 귀족도 아니었다. 우플랑드를 입었으되 모피나 실크 장식이 하나도 없는 수수한 옷이라서 겉모습만으로는 어떤 신분인지 가늠하기 어려울 것이다. 그래도 나귀를 타고 시자를 거느린 꼴로 봐서 함부로 여길만한 대상은 아니라고 판단했는지, 기다리쇼. 라는 짧은 말과 함께 정문 옆에 있는 쪽문으로 들어갔다.

곧이어 베네딕토 수도회 특유의 검은색 수도복을 입은 중년 수도사가 나타났다. 주름이 자글하고 머리가 벗어져 윗부분을 따로 삭발하지 않아도 될 것 같았다. 수도원의 온갖 잡사에 시달려 넌더리가 난 표정이 역력했다. 그는 성호를 긋고 입을 열었다.

"어떻게 오셨는지요."

"저는 교황청에서 왔습니다."

"오호, 교황청에서 이 먼 곳까지?"

수도사는 의외라는 듯이 눈을 동그랗게 떴다가 끔벅이며 물었다.

"어인 일로?"

"고대 문헌을 조사하기 위해 공무차 왔습니다. 수도원장님을 알현할 수 있을까요?"

총무일과 수도사는 나를 아래위로 훑더니 긴가민가하면서 안으로 들어갔다. 잠시 후 앳된 수련사가 나와서는 우리에게 따라오라고 했다. 먼저 마구간으로 가서 나귀를 기둥에 맸다. 나귀에서 짐을 벗기자 수련사가 방문자 숙사로 보이는 건물로 데려간 다음 입구에 짐을 내려놓으라고 했다. 숙소 배정은 원장님 면담 후에 있을 것이라고 한다. 수도원장의 허락이 있어야 방문객의 숙식이 제공되는 모양이다. 이런 점에선 프랑스나 에스파냐 수도원에 비해 까다롭다. 수련사는 우리를 다시 안내했다.

대성당을 지나자 몇 개의 건물이 보였다. 게르만 사람들이 좋아하는 고딕양식을 일반 건물에도 적용한 듯 모두가 뾰족뾰족했다. 수련사는 우리를 본당 동쪽 편에 자리한 자그마한 건물로 안내했다.

"원장님 집무실입니다."

수련사는 문을 열고 들어갔다. 집무실엔 수도사 한 사람이 의자에 앉아 손으로 묵주를 돌리고 있다. 베네딕토 수도사들의 특징인 뾰족한 후드를 덮어쓰고 있어서 얼굴을 자세히 볼 수가 없다. 이윽고 사내가 후드를 벗었다. 넓적한 얼굴에 자그마한 눈이 생쥐처럼 반짝이고 턱 밑으론 살집이 잡혀있어 성직자라기보다는 재바른 상인 같았다. 그는 테이블을 가리키며 앉으라고 했다.

"교황청에서 오셨다고요?"

수도사가 성호를 긋고 나서 물었다.

"네, 여기 공문이 있습니다."

나도 성호를 긋고 품에서 교황청 문양이 새겨져 있는 문서를 내밀었다.

"장서관에서 고대 문헌을 찾는다……고요?"

수도사는 초점이 안 맞는지 양피지 문서를 손에 쥐고 팔을 쭉 뻗었다. 교황의 인장을 자세히 확인하려는 것 같았다. 아무렴 가짜일 리가 있겠는가. 맘만 먹으면 언제든 내 손에 쥘 수 있는 게 바로 교황의 인장이다. 그러나 인장은 진짜일망정 문서는 가짜다. 내가 임의로 작성한 것이니 말이다. 수도원을 방문하여 장서관을 뒤질 때마다 써먹는 수법이다. 교황청 공식 문서를 내밀면 웬만한 수도원은 장서관의 문을 열어준다. 남을 기만하는 것은 주님의 뜻에 반하여 죄를 짓는 것이지만, 진리의 봉인을 뜯어 빛을 밝힌다면 이 또한 주님께서 용서하시리라.

"요한 폰 메를라우 수도원장이오."

원장이 손을 내밀자 나는 한쪽 무릎을 꿇고 반지에 입을 맞추며 말했다.

"교황청 세크레타리우스 도메스티쿠스(secretarius domesticus) 포조 브라치올리니입니다."

나는 일부러 세크레투스라는 약칭 대신 정식 명칭으로 소개했다. 이어서 수도원의 유구한 역사와 전통을 상찬하면서 화제를 이끌었다.

"성 보니파키우스가 건립한 풀다수도원의 명성을 익히 들어 알고 있습니다. 게르만 땅을 밟은 김에 유서 깊은 풀다수도원을 그냥 지나칠 수 없음을 제 발이 먼저 알고 이곳으로 인도했습니다. 이 모든 게 주께서 예비해 놓으신 발걸음이라고 생각합니다."

나는 침을 한번 삼키고는 말을 이었다.

"성 보니파키우스의 성스러운 유해가 안치돼 있고, 3대 수도원장이자 위대한 건축가이신 라트가, 대학자로 명성이 드높은 라바누스 라우르스, 일곱 명의 마인츠 대주교, 성인이면 성인, 성직자라면 성직자, 장인이면 장인, 학자라면 학자, 어느 방면에서나 걸출한 인재를 배출한 풀다수도원을 오래도록 흠모해 왔습니다. 일찍이 카롤루스 마그누스(대제)께서 성지로 격상시킨 것에 걸맞게 그 어떤 정치적 세력으로부터의 간섭 없이 수도원만의 독창적이고 세련된 문화를 꽃피우고 있다는 명성이 제가 있는 로마까지 자자합니다. 문화뿐이겠습니까, 작센과 헝가리의 침략에 굴복하지 않고 의로서 맞서 싸운 수도원의 굳셈 또한 칭송받아 마땅하옵니다. 다윗의 용기와 솔로몬의 지혜 이 모두를 갖춘 곳이 바로 귀 수도원 아니겠습니까."

다소 장황하게 말을 이어가며 수도원장의 표정을 살폈다. 그는 나의 상찬을 반기는 것도, 반감을 갖는 것도 아닌 무심한 표정을 지었다. 그의 성격 탓인지 아니면 이런 식의 의례에 무감해진 것인지 알 수 없었다. 그러나 수도원장의 다음 질문으로 인해 그의 관심사가 따로 있다는 걸 알았다.

"콘스탄츠는 현재 어떻게 진행되고 있습니까?"

수도원장은 단도직입으로 공의회 소식을 물었다.

"전 교황 요한네스 23세의 행보는 이미 아시겠지요."

1년 6개월 전 교황 요한네스 23세의 공식 퇴위 사건을 나는 이런 식으로 우회해서 물었다.

"물론이오. 후임 선출이 어떻게 되었는가를 묻고 있는 거요."

수도원장은 무뚝뚝하게 답했다.

"콘클라베가 진행 중입니다."

"오, 일 년이 넘었는데 아직도 선출하지 못했단 말이오?"

"그게 워낙 첨예하게 대립되고 복잡하게 얽힌 일인지라……."

"복잡할 게 뭐 있겠소. 탐욕이냐 절제냐의 문제지요. 세상에! 지난 세기 두 명의 교황도 모자라 이번 세기에는 세 명의 교황이라니……. 말세가 멀지 않았음을 보여주는 징표 아니겠소?"

"만사를 주관하시는 주님의 뜻이 깊으시니, 저희가 어찌 가늠이나 하겠습니까."

나는 달리 할 말이 없어 하나 마나 한 말로 맞장구를 쳤다.

"발다사레 코사는 현재 어떻게 되었소."

원장은 요한네스 23세의 속명을 거침없이 불렀다.

"고트리벤 성 지하 감옥에 수감돼 있습니다."

"교활한 자 같으니라고."

원장은 혀라도 쯧쯧 찰 듯하다가 시선을 창밖으로 돌리며 성호를 그었다.

"옆에 계신 분은?"

원장은 그제서야 마르코가 눈에 들어온 모양이었다. 그만큼 공의회 소식이 궁금했나 보다.

"사무국 서기입니다. 보조필사가로 함께 왔습니다."

마르코를 개인 시자가 아닌 교황청 서기로 소개했다. 마르코가 눈치 빠르게 한쪽 무릎을 꿇자 수도원장이 손을 내밀었다. 마르코가 수도원장의 반지에 입을 맞추며 경의를 표했다.

"숙소부터 배정받으시고 좀 쉬도록 하시지요. 만과(晚課: 오후 5시경) 성무가 끝나고 우리 수도원 성례가 따로 있어 시간이 맞지 않으니 장서관 담당 수도사는 내일 소개시켜 드리리다."

원장이 창문 옆에 있는 줄을 당기자 아까의 수련사가 나타났다.

"이분을 먼저 숙소로 안내해 드리게."

원장이 마르코를 가리켰다. 나도 일어서려 하자 원장이 제지했다.

"세크레투스께서는 저와 좀더 얘기를 나누시지요."

그제서야 나는 눈치를 챘다. 그는 공의회 소식을 자세히 알고 싶은 것이다. 수도원장 입장에서는 새카맣게 어린 필사 보조 앞에서 자신의 정치적 입장을 드러내고 싶지 않아 먼저 숙소로 보낸 것이리라. 내가 수도원장의 호기심을 어느 정도는 충족시켜 준다면 이곳에 온 목적을 달성하는 데 도움이 될 터이다.

마르코가 수련사를 따라서 방을 나가자 수도원장은 나를 지그시 바라보며 입을 열었다.

"세크레투스께서 콘스탄츠 현장에 계셨다니, 좀 더 자세히 알고 싶은 게 있어서 소매를 잡았습니다. 결례를 용서하시오."

"용서라뇨, 천부당만부당입니다. 교회의 운명을 결정하는 공의회 소식은 성사에 임하는 사제라면 누구나 알 권리가 있습니다. 제가 아는 한에서 가감 없이 전해드리겠습니다."

"프라하 사람 히에로니무스가 화형당했다면서요?"

원장은 뜻밖에도 히에로니무스 얘기를 꺼냈다.

"그렇습니다. 공의회 기간 중 보헤미아 사람 얀 후스가 화형기둥에 매달린 사건은 아시죠?"

"아다마다요."

원장은 아무리 세속과 담을 쌓고 지내는 수도원이지만 그 정도는 알고 있다는 투로 말했다.

"후스가 화형을 당한 지 여덟 달 만에 후스의 지지자이자 친구인 프라하 사람 히에로니무스도 화형 선고를 받았습니다."

"이유가 뭐죠?"

"그야 종교재판에서 이단으로 판정받았으니까요."

"히에로니무스 역시 후스처럼 위클리프[1]를 추종하는 자였

---

1 존 위클리프(John Wycliffe, 1320?~1384). 영국의 기독교 신학자이며 종교개혁가이다. 옥스퍼드의 발리올 대학에서 공부하고 캔터베리 대학 학장을 지냈다. 성 어거스틴의 영향을 받은 그는 활발한 저작 활동으로 교회개혁 운동을 주도했다.
종교개혁의 샛별이라 불리는 위클리프는 성경의 절대적이고 최종적인 권위를 주장했다. 1378년에 쓴 『성경의 진리』에서 위클리프는 성경을 가장 궁극적인 기준으로 제시하면서 교회, 전통, 공의회, 심지어 교황까지도 반드시 성경의 검증을 받아야 한다고 주장했다. 성경은 어떠한 부수적인 전통의 도움 없이 그 자체로 구원에 필요한 모든 것을 담고 있다. 더나아가 사제들만이 아니라 모든 그리스도인들이 스스로 성경을 읽어야한다. 이러한 이유로 위클리프는 성경을 당시의 일상 언어로 옮기는 일에 적극적이었다.(『기독교 인물·사상 사전』)
1379년에 쓴 『교황의 권력』에서 그는 교황권은 하나님이 세운 것이 아니라 인간이 세운 공적인 제도일 뿐이라고 하며 교황권 자체를 철저하게 부정했다. 나아가 교황을 정점으로 하는 성직계층을 교회로 보는 개념을 부정하고 "교회는 하나님으로부터 예정 받은 사람들로 구성된 보이지 않는 공동체"라고 주장했다. 그리고 교회의 법은 성경이며, 교황이 만든 법

지만 공의회 도중 개심을 했다고 들었소. 내가 알기론 거기까지인데 들리는 소문에 의하면 그 후 화형기둥에 매달렸다니까 궁금해서 묻는 것이오."

"그는 개심하지 않았습니다. 일시적으로 믿음이 흔들린 적은 있었지만 이내 그걸 번복하고 자신의 소신을 굽히지 않았습니다. 재판 내내 당당했습니다."

"그의 신앙관은 후스와 같았겠지?"

"그렇습니다. 제가 볼 때는 교회의 타락과 성직자의 부패를 후스보다 더욱 신랄하게 비판했습니다."

이 교회법은 아니"라고 강조하고 교황의 면죄부도 부정했다. 나아가 위클리프는 교황을 적그리스도로 보았는데, 이는 중세 교회에 대한 치명적인 도전 행위였다.(공종은, 기독연합신문, 2017.9.6.)
위클리프는 로마가톨릭교회의 공식 성찬 교리였던 화체설(化體設, 사제가 축성하는 순간 빵과 포도주가 예수 그리스도의 몸과 피로 변한다는 해석)을 비판하면서 맞섰다. 그는 빵과 포도주가 그리스도의 살과 피로 전환되었다고 본 토마스 아퀴나스와 빵과 포도주의 성질이 소멸되었다고 주장한 둔스 스코투스, 둘 다 비판하고는 성찬에서의 빵과 포도주가 그리스도의 살과 피로 변한다는 것은 미신을 조장하는 일이라고 했다. 위클리프는 "성례전에 사용되는 빵과 포도주는, 성찬을 제정하신 그리스도의 몸과 피에 대한 상징적인 표지일 뿐이며 그리스도는 영적으로 임재한다"며 '영적 임재설'을 주장했다. 위클리프의 화체설 비판은 그동안 그를 지지했던 잉글랜드의 권력자와 귀족계층들이 등을 돌리는 결정적인 악재로 작용했다.(공종은) 콘츠탄츠 공의회에서 교황 요한네스 23세는 위클리프의 오류를 마흔다섯 가지로 정죄했고, 그의 유골은 파헤쳐진 후 불태워졌다. 교황청의 숱한 위협에도 굴복하지 않은 위클리프는 얀 후스와 히에로니무스의 정신적 스승이 되었고, 역사적으로는 종교개혁의 초석을 놓은 선구자로 평가받고 있다.

나는 원장의 말에 반박하고 싶은 충동을 느꼈다. 엄밀히 따지자면 위클리프와 후스 그리고 히에로니무스가 비판한 것은 신앙의 본질이 아니라 성직자와 교회의 윤리관이었다. 위클리프의 화체설이 교황청의 신앙관과 대립한 건 맞지만 이에 관해 후스는 교황청의 입장을 받아들였다. 하지만 히에로니무스는 한 발 더 나아갔다. 그렇다고 수도원장과 신학 논쟁을 벌이고 싶진 않았다. 우선은 내가 수도사들과 논쟁을 벌일 만큼 신학에 대한 지식이 갖춰지지 않았고, 다음으로 나는 손님으로서 이들의 교리와 신앙관에 대해 가타부타 참견할 자격이 없기 때문이다. 그리고 무엇보다 나의 목적은 다른 데 있으니 이들의 심기를 불편하게 하고 싶지 않았다.

"면죄부 판매를 말하는 건가?"

"그것뿐이겠습니까. 구원이 교황이나 성직자에게 달려 있지 않고 하나님 외에는 누구도 사람을 파문시킬 권능이 없다는 후스의 주장을 완벽하게 그리고 더욱 드높여 외쳤습니다."

"나도 후스나 히에로니무스의 희생을 안타깝게 여기는 사람이긴 하나 그리스도의 살과 피로 전환된 성체성사 가운데 어느 한 부분이라도 부정하는 건 잘못됐다고 보오. 성인 토마스께서 이교도 아리스토텔레스의 논리학까지 끌어들여 정교하게 틀을 짜고 심혈을 기울여 구축한 교리를 그토록 쉽게 부정하는 건 아니지 않겠소."

원장은 성호를 그으면서 말했다. 원장의 반응을 보며 어떻게 이 사건을 설명해야 할지 고민에 빠졌다. 당시 나는 굉장한 충격에 휩싸였고 엄청난 혼란으로 갈피를 잡지 못하고 있었기 때문이다. 원장은 사건 현장을 자세히 말해달라고 청했으나 히에로니무스 최후의 장면을 마치 다른 사람에게 들은 걸 전하듯 무덤덤하게 얘기할 자신이 없었다. 당시의 상황으로 다시 빠져들지 않도록 스스로 경계하면서 담담하게 회고하고 싶었지만 그게 마음대로 될는지 장담할 수 없었다.

히에로니무스는 후스만큼 강건하지도, 일관되지도, 철저하지도 않았다. 그는 베드로가 예수를 부인한 것처럼 자신의 입장을 부인하기도 했고, 고난 앞에서 욥처럼 완벽하게 순종하지도 않았다. 그렇기 때문에 나는 그가 성서에 나오는 성인이 아닌 보통의 인간처럼 생각되었다. 후스가 성인이라면 히에로니무스는 인간이었다. 인간이기에 괴로웠고, 인간이기에 굴종했고, 인간이기에 호소했다. 하지만 그는 끝내 가룟 유다의 길을 가지 않았다. 화형대에 올라선 마지막까지 그는 하나님께 영광을 돌리는 걸 잊지 않았다. 그 방법이 그를 화형기둥에 매단 자와 달랐다는 게 비극이었지만.

마지막 심판대에서 히에로니무스는 자신의 진면목을 마침내 드러냈다. 나는 그가 그처럼 위대하고 당당하게 순교를 받아들일 줄은 상상조차 못했다. 그는 사람의 아들에서 어느 순간 신의 아들로 도약했다.

38년이 지난 이 시점에서 당시 내가 수도원장에게 히에로니무스의 화형 현장을 어떤 식으로 묘사했는지는 자세히 기억나지 않는다. 하지만 그때의 나로 다시 돌아가는 건 어렵지 않다. 왜냐면 기억의 문을 여는 순간 그가 활활 타오르고 있는 환영이 아직도 선명하게 떠오르기 때문이다.

4

하나님 아버지의 독생자이신 주 예수께서 이 세상에 오신 지 1414년 후. 보덴호숫가의 자그마한 마을 콘스탄츠는 갑자기 몰려든 사람들로 인해 천지가 개벽하고 말았다. 오천 명 남짓 살던 마을이 불과 일 년 사이에 십만 명이 우글거리는 도시로 변한 것이다. 신께서 천지를 창조하셨다면 교황은 도시를 창조했다. 당시 가톨릭 세계는 세 명의 교황이 난립해 각자가 자신에게 정통성이 있다고 주장했다. 로마의 요한네스 23세, 베네치아의 그레고리우스 12세, 아비뇽의 베네딕투스 13세가 그들이다.

모두 알고 있는 사실이지만 새삼 연원을 밝히자면, 1377년 교황 그레고리우스 11세는 70년에 걸친 아비뇽 시대를 마감하고 로마로 돌아왔다. 그는 교황의 권위를 세우기 위해선 교황청을 로마로 옮겨야 한다는 신념을 가지고 있었다. 그러나 아쉽게도 다음 해 선종하고 말았다. 대부분 프랑스인으로 채워진 추기경들은 새로운 교황이 아비뇽으로 돌아가야 한다고 주장했다. 반면에 로마 시민들은 교황이 당연히 로마에 머물러야 할 뿐 아니라 교황은 이탈리아인이어야 한다고 생각했다.

이러한 분위기 속에서 추기경들은 파리 대주교 바르톨로메오 프리그나노를 교황으로 선출하였으니 그가 곧 우르바노 6세이다. 교황 우르바노 6세는 자기를 뽑아준 추기경들의 기대와 달리 교황청을 아비뇽으로 옮기지 않았고 오히려 프랑스의 영향력을 약화시키려고 했다. 배신감을 느낀 추기경들은 제네바의 추기경 로베르를 교황 클레멘트 7세로 추대하고 아비뇽에 자리 잡았다.

그로부터 약 40년 동안 두 명의 교황이 양립했다. 그들은 로마와 아비뇽에 각각 기반을 두고 저마다 정통성이 자기에게 있다고 주장했다. 가톨릭 세계에는 대분열이 일어났다. 국가는 국가대로, 교구는 교구대로, 영주는 영주대로 각자의 이해관계와 친소親疏에 따라 지지하는 교황이 달랐다. 이러한 상황을 타개하기 위한 노력 끝에 각 교구의 주교들은 추기경들의 손에 맡기지 말고 공의회를 통해 교황을 선출하자고 건의했다. 그 사이 로마의 교황은 우르바누스 7세, 보니파키우스 9세, 인노첸시우스 7세, 그레고리우스 12세로 바뀌었고, 아비뇽의 교황은 클레멘트 7세, 베네딕투스 13세로 이어졌다.

1408년, 양쪽 교황의 추기경들이 만나서 새로운 교황을 추대하기 위한 공의회를 피사에서 개최하기로 합의했다. 각 교구의 추기경, 주교, 저명한 수도원장, 지역 교구장, 신학자, 교회법 박사, 세속 영주와 평신도 대표까지, 1409년 3월 25일에 시작하는 피사 공의회에 초청되었다. 아비뇽과 베네치아—피사 공의회 이후 그레고리우스 12세는 베네치아 교구의 비호 아래 거처(그들이 주장하기로는 교황청)를 베네치아로 옮겼다— 양쪽 교황들은 자신들이 공의회를 승인하지 않았다는 이유로 참석하지 않았다. 공의회 참석자들은 분열과 이단의 책임을 물어 양쪽 교황 모두를 해임했다. 이어 크레테 출신 프란체스코회 수도사 피에트로 필라고가 새로운 교황으로 선출돼 바티칸에 입성했다. 그는 알렉산데르 5세라고 성호를 정했다.

　　이로써 모든 문제가 해결될 줄 알았는데 상황은 더욱 꼬이고 말았다. 이제는 세 명의 교황 각자가 자신이 베드로의 후임이며 상대방을 가짜 그리스도의 사주를 받은 자라고 공격했다. 그렇게 주장할 만한 부분적 진실이 있는 것도 사실이었다. 아비뇽과 베네치아 교황은 공의회 소집권이 교황에게 있는 만큼 애초부터 공의회의 효력이 발생하지 않았다는 것이고, 로마의 교황은 교회를 대표하는 기관과 수장들이 모인 회합에서 추대받았으니 정통성이 자기에게 있다고 했다. 일은 묘하게 틀어져 알렉산데르 5세는 즉위한 지 불과 일년도 안 된 1410년

5월 갑자기 선종했다. 다시 공의회를 개최할 여력이 없는 가톨릭 교구들은 볼로냐의 추기경 발다사레 코사를 급하게 교황으로 추대했으니 그가 바로 요한네스 23세다.

당시 나는 교황 요한네스 23세의 세크레투스로 일하고 있었다.

지역 교구들의 에큐메니컬(교회 통합) 압박이 거세지자 마침내 신성로마제국 황제 지기스문트가 나섰다. 그는 이 기회를 통해 제국의 영향력 확대를 노렸다. 특히 혼인으로 뜻밖에 지배권을 얻게 된 보헤미아의 안정적 통치가 눈앞의 과제였다. 당시 보헤미아는 프라하대학 총장이자 성직자인 얀 후스가 이끄는 개혁운동이 들불처럼 번지고 있었다. 성경에 쓰인 대로! 성경에는 교황도 없고 추기경도 없다. 그들만이 성만찬을 베풀 자격이 있는 건 아니다, 라는 주장은 기득권 성직자들의 분노를 사기에 충분했다.

이런 상황에서 황제는 교회의 분열을 통합하고 보헤미아의 안정을 위해 공의회 소집과 함께 후스가 요구하는 공개토론을 동시에 추진했다. 물론 내가 모시고 있는 교황은 황제가 판을 까는 공의회 소집에 응할 생각이 조금도 없었다. 그러나 주님께선 우리의 교황을 외면하셨으니! 나폴리 왕국의 군주 라디슬라스가 그레고리우스 12세를 정통 교황으로 인정하라며 로마를 침탈했다. 보나마나 베네치아 상인들이 라디슬라스를 조종했을 것이다. 피렌체로 피신한 요한네스 23세는 지기스문트 황제의 중재를 받아들일 수밖에 없었다. 공의회 소집에 응하는 조건으로.

황제는 교회의 통합을 위한다는 명분으로 영향력을 확대하고, 요한네스 23세는 공의회를 통해 정통성을 인정받고, 얀 후스는 공개토론을 통해 자신의 신앙적 입지를 확보하려는 것이 콘스탄츠 공의회를 둘러싼 각자의 계산이었다.

여름이 끝나갈 무렵 피렌체에서 로마로 돌아온 교황은 바티칸 궁의 집무실에서 나를 불렀다.

"포조 브라치올리니 세크레투스. 모든 것이 내 부덕함 때문이오. 무지하고 탐욕스런 군주 라디슬라스 따위에게 쫓겨 피렌체로 피신한 것 자체도 크나큰 모욕이건만 신성로마제국 황제를 자칭하는 게르만 영주 따위의 협박에 밀려 억지로 공의회를 떠맡다니, 시련의 끝은 어딘지 모르겠구료."

교황은 큰 눈에 슬픔을 가득 담아서 자신의 비서인 나에게 위로를 구하고 있었다. 오른손 검지로 눈가를 짓누르는 그를 보며 나는 복잡한 감정에 휩싸였다.

교황은 도무지 가늠할 수 없는 사람이었다. 냉철하기 그지 없다가도 어떨 땐 앞뒤 재지 않고 돌진하고, 너그러운 태도를 보이다가도 갑자기 사소한 것을 물고 늘어지며 냉담하게 돌아서기도 한다. 큰 그림을 그리는 전략적 판단은 뛰어나지만 때로는 지엽말단에 집착해 대세를 그르치기도 한다. 예컨대 나폴리 왕국의 라디슬라스에게 약간의 겸양과 화해의 몸짓만 보였더라도, 라디슬라스가 다짜고짜 쳐들어오지는 않았을 것이다. 그때 나는 로마 대주교를 특사로 보내라고 건의했지만 교황은 들은 척도 하지 않았다. 그 결과가 이런 궁색한 처지로 이어진 것이다.

"시련은 큰 뜻을 예비하려는 주님의 역사입니다."

별 의미 없는 형식적인 말로 교황을 위로했다.

"세크레투스도 그렇게 생각하오?"

교황의 입가에 슬며시 번지는 미소가 유치하게 느껴졌다.

"일단 공의회 준비에 만전을 기해야 합니다. 이번 공의회는 우리 바티칸 교황청으로선 천재일우의 기회입니다. 정통성 논란을 잠재우고 가짜 교황들을 단죄할 수 있으니까요. 만약 우리 힘만으로 공의회 요청을 했다면 아비뇽이나 베네치아의 가짜 교황들이 응할 생각이나 했겠습니까. 그러니 이번 콘스탄츠 공의회는 정통의 뿌리가 바티칸 교황청에게 있음을 백일하에 드러내게 해주시려는 주님의 뜻이라고밖에 볼 수 없습니다."

나는 실무자답게 담담하게 말했다.

"교활한 지기스문트 황제가 순순히 우리 편을 들어줄까?"

교황의 눈에서 빛이 발했다. 머릿속에서 뭔가를 꾸밀 때 그의 눈에서 뻗쳐 나오는, 뭐라 정확히 표현할 수 없는 기운이다. 타고난 모사꾼이라고 내가 교황을 단정하는 이유 중의 하나가 바로 이런 눈빛 때문이다.

"우리 편을 들어줄 수밖에 없는 조건을 만들어야 합니다."

"세크레투스는 역시 나의 복심이야. 그런데 그 조건을 어떻게 만들어야 할까. 세크레투스의 복안을 들어보고 싶군."

교황은 노련하게 나의 심중을 파고들었다.

"가짜 교황들의 약점을 조사해 놓았습니다. 먼저 아비뇽의 베네딕투스 13세, 즉 에스파냐의 페드로 드 루나가 톨레도 추기경으로 봉직할 당시 금전수수 의혹이 있습니다. 확실한 물증은 없지만 증인을 내세우면 될 것입니다. 다음으로 베네치아의 그레고리우스 12세, 즉 안젤로 코레는 상인들과의 밀착설이 파다합니다. 밀착설 자체만으로는 공격하기 힘든 입장입니다. 무엇보다 베네치아 상인들은 자신들이 연루되기를 바라지 않을 거니까요. 베네치아 상인들과는 될 수 있는 한 마찰을 피하는 게 상책입니다. 그들의 자금력과 정보력으로 볼 때 자칫하면 역공당할 위험이 있습니다. 따라서 베네치아 가짜 교황은 여자관계로 공격하는 게 낫다고 봅니다."

"그자의 추문에 관한 정보가 있는가?"

"아직은……."

여운을 남기는 나의 답에 교황의 입꼬리가 슬며시 올라갔다. 이 정도면 술수의 대가인 그가 알아차릴 것이다. 내가 무얼 꾸미려는지. 물론 나 역시 내가 직접 추문을 조작할 정도로 어리석진 않다. 교황청의 스크립토르들은 필사뿐만 아니라 문서 가공의 달인들이기도 하다. 그들의 재주를 이럴 때 써먹어야 한다. 주님의 왕국 건설에 문서실의 필사가라고 빠질 순 없다. 각자의 달란트가 공의를 위해서 쓰여야 하지 않겠는가.

"가짜 교황들에 대한 공세는 비교적 어렵지 않습니다. 정작 중요한 문제는 그자들 역시 교황 성하에 대한 공격을 준비할 것이라는 점입니다. 방어를 어떻게 하시려는지요?"

여기서 나는 교황의 아픈 곳을 건드렸다. 나는 아프지 않게 넘어갈 수 있지만 적들은 결코 그냥 넘어가지 않을 것이다. 그러니 아파도 지금 아파야 나중을 대비할 수 있다. 나는 교황의 얼굴을 살폈다.

"음, 그렇겠지. 그 문제는 내가 알아서 고민할 터이니 세크레투스는 가짜 교황들에 대한 대비나 잘해주시오."

교황은 자신의 문제를 누구보다도 스스로 잘 알고 있다. 나에게 따로 대책을 준비하라고 지시하지 않는 것을 보니 생각해둔 복안이 있을 것이다. 나는 그렇게 생각하면서 화제를 돌렸다.

"제가 보기에 가짜 교황들과 정통성을 다투는 것보다 더욱 걱정스런 일이 있습니다."

"뭐지?"

교황은 눈을 치켜뜨고 나를 바라보았다.

"최악의 경우, 세 명의 교황을 모두 물러나게 하고 새로운 인물을 교황으로 추대하자는 주장이 나오는 겁니다. 이 주장이 공의회 주류 분위기로 떠오른다면 우리로서도 어쩔 수가 없습니다."

"……."

요한네스 23세는 입을 꾹 다물었다. 그도 그런 사태가 발생하는 것을 가장 꺼릴 것이다. 황제나 추기경, 대주교들로선 세 명의 교황을 모두 인정하지 않고 새로운 인물을 추대하는 것이 일을 가장 깔끔하게 마무리는 하는 것일 수도 있다. 이 경우 가장 크게 받는 타격 받는 사람이 내 눈앞에 있는 요한네스 23세, 속명 발다사레 코사다.

피사에서 추대된 전임 교황 알렉산데르 5세가 발다사레 코사가 추기경으로 있는 볼로냐를 방문했다가 느닷없이 선종했다. 들리는 말로는 저녁 식사 후 한 시간도 지나지 않아 교황이 쓰러졌다고 한다. 볼로냐 추기경이 교황을 독살했다는 소문이 파다하게 번졌다. 그럼에도 불구하고 발다사레 코사는 차기 교황에 올라 요한네스 23세가 되었다. 사실이든 낭설이든 그에게는 이 소문이 언제든지 치명적인 약점이 되어 자신의 목을 겨눌 수 있다는 점을 알고 있다. 새로운 인물이 교황으로 선출된다면 이 사건을 그냥 덮어두지 않을 것이다.

"내 생각은 다르다네, 세크레투스."

침묵하던 교황의 입가에 알 듯 모를 듯한 미소가 번졌다.

"5년 전(1409년) 피사 공의회에서 아비뇽과 로마 교황 모두를 부정하고 새로운 교황을 추대한 결과 어떻게 되었나? 통일은커녕 또 하나의 교황이 탄생하여 교황이 세 명이나 되지 않았나? 마찬가지로 이번 공의회에서 새로운 교황이 추대되고 나를 비롯한 다른 교황들이 이를 인정하지 않는다면, 그리고 새로운 추기경이 자신이 진짜 교황이라고 우기면, 네 명의 교황이 난립하게 되는 사태가 발생하지 말란 법이 어디 있겠는가. 그렇게 되면 네 번째 교황은 지기스문트의 비호 아래 룩셈부르크 교황으로 불리겠지. 프랑스에 이어 게르만도 교황을 만들었으니 교회의 분열은 갈수록 더 심해질 것이고, 이는 서방교회 스스로 자충수를 두는 것이지. 따라서 새로운 교황을 추대하는 건 쉽지 않을 것이라네."

교황은 속으로 다 계산하고 있었다. 그의 예상이 맞을 수도 있고 맞지 않을 수도 있다. 어떤 사태가 벌어지든 내 눈앞에 있는 교황은 그 상황에 맞는 대처를 모색해 놓았을 것이다.

"지기스문트 황제는 지난 세기 루드비히 황제의 전철[1]을 밟진 않을 것입니다."

나는 화제를 황제 쪽으로 돌렸다.

"당연히 그렇겠지. 지기스문트는 이번 공의회에서 교황과 지나치게 대립하지 않으려 할 것이네. 외려 태도를 바꿀지도 모르지. 어설픈 힘겨루기보다는 교회의 지지를 얻어 세속적 영향력을 확대하는 게 현실적으로 득이 될 테니 말이야. 교회는 교회대로 황제는 황제대로 각자의 실속만 차리면 그만 아니겠는가."

연신 눈알을 굴려대는 교황의 얼굴을 바라보자 불현듯 욕지기가 치솟았다. 꿀꺽, 불필요한 감정을 삼키며 나는 가슴을 쓸

---

1 1328년. 비텔스바흐 가문의 루드비히 4세는 합스부르크 가문의 프리드리히를 묄도르프 전투에서 제압하고 신성로마제국의 황제에 올랐다. 그는 대관식을 올리기 위해 로마에 갔으나 아비뇽에 있던 교황 요한네스 22세는 대관식을 거부했다. 루드비히 4세는 로마 시민의 추대 형식으로 황제대관식을 치르고는 아비뇽 교황을 인정할 수 없다며 니콜라우스 5세를 대립교황으로 내세웠다. 루드비히 4세가 로마를 떠나자 니콜라우스 5세는 즉각 대립교황직을 내려놓고 아비뇽으로 달려가 요한네스 22세에게 항복했다. 이후 교황 클레멘스 6세는 루드비히 4세를 파문하여 폐위 조치를 내리고는 룩셈부르크 가문의 카를 4세를 대립왕으로 내세웠다. 한편 청빈을 표방하는 프란체스코 수도회가 교회의 재산을 문제 삼으며 교황을 비롯한 성직자를 공격하자 교황 요한네스 22세는 이들을 이단시하며 탄압했다. 루드비히 황제는 프란체스코회 수도사 미켈레 체세나, 윌리엄 오컴, 마르실리우스 파도바 등을 비호하면서 교황과 맞섰다. 이로써 가톨릭 세계는 교황파(겔프)와 황제파(기벨린)로 분열하게 되었다.

어내렸다.

내가 보기에 신성로마제국 황제 지기스문트는 보통 인물이 아니다. 형식상으론 로마의 교황 요한네스 23세가 공의회를 소집한 것으로 되어있지만 실질적으로 이번 공의회를 주무르고 있는 사람은 황제 지기스문트다. 게르만 지역 콘스탄츠에서 공의회를 개최하는 것부터가 그의 영향력을 방증하는 것이다. 어쨌든 우리의 교황 요한네스 23세는 이번 공의회에서 자신의 지위를 공고히 해야만 한다.

나는 이어 교황에게 지역 판세를 보고했다. 이탈리아 북부와 중부, 프랑스, 게르만 대다수 지역, 잉글랜드, 보헤미아, 헝가리, 스칸디나비아 등은 로마 교황을 지지하고, 아라곤, 카스티야, 스코틀랜드, 히베르니아, 나폴리, 시칠리아, 게르만 일부는 아비뇽 교황을 지지하며, 이탈리아 중부와 오스트리아, 플랑드르, 폴란드, 세르비아, 트란실바니아, 바바리아가 베네치아 교황을 지지하고 있다. 베네치아의 그레고리우스 12세는 사태에 따라 언제든지 물러날 위인이라 그다지 염려할 바는 아니고 우리가 가장 견제해야 할 상대는 아비뇽의 베네딕투스 13세라고 보고했다. 나는 공의회를 대비해 전략을 짜고 계획을 검토했다. 그렇게 바티칸의 가을은 깊어갔다.

10월 25일. 마침내 출발 날짜가 정해졌다.

"세크레투스, 성 베드로 교회 주인의 위용을 보여주기 바라오."

화려하고 장엄한 행렬을 갖춰 두 명의 가짜 교황이 주눅 들게 만들라는 것이 교황의 주문이었다. 교황을 필두로 9명의 추기경, 1,600명의 기병으로 구성된 로마주교단은 알프스를 넘어 콘스탄츠로 향했다. 마지막 능선에 오르자 백마를 탄 교황은 산 아래 보이는 콘스탄츠를 손가락으로 가리키며 뇌까렸다. 저곳이 여우를 잡는 곳이로군. 마치 자신의 운명을 예언이라도 하듯이.

보헤미아의 얀 후스는 우리가 입성한 후 5일이 지난 11월 3일 도착했다. 교황 요한네스 23세는 후스의 자유로운 행동은 허용하되 미사 집전은 금한다는 성명을 발표했다. 겉으로는 관용을 베푸는 것 같지만 성직자의 권리를 박탈하여 이단의 죄를 물은 것이다. 이제 알 것 같았다. 공의회의 이목을 신학 논쟁과 이단심판으로 돌리고자 하는 것이 교황의 복안이었다. 이단심판, 사람들을 가장 빨리 흥분시키고 가장 단순하게 만드는 사육제. 내가 다른 교황들과의 경쟁만을 생각할 때 요한네스 23세는 판을 새로 짜는 전략을 들고나온 것이다. 복심이라던 나에게 하등의 귀띔도 없이 말이다. 마침내 교황의 간계에 놀아난 아우스부르크 주교가 후스를 연행하여 추기경 앞으로 데려왔다. 이에 질세라 콘스탄츠 주교는 후스를 도미니크회 수도원 지하에 재빨리 감금해 버렸다.

그 과정을 곁에서 지켜본 나는 교황이란 자의 교활함과 냉혹함에 치를 떨었다. 이 일련의 과정은 나로 하여금 발다사레 코사가 나폴리 해적 출신이라는 소문을 떠올리게 했고, 전임 교황 알렉산데르 5세가 그의 독약에 의해 쓰러졌다는 음모론에 귀를 기울이게 만들었다. 아! 신은 어찌 이런 자를 교황으로 앉혔으며, 나를 어찌 이런 자의 비서로 곁에 머무르게 했단 말입니까. 나는 욥처럼 울부짖고 싶었다.

성탄절을 앞두고 지기스문트 황제가 입성했다. 그는 이미 아헨에서 치른 대관식을 콘스탄츠에서 다시 한번 거행해 황제로서의 위엄을 과시했다. 성탄절 주교좌성당. 수탉이 울자 교황은 황제에게 관을 씌우고 복음서를 낭독한 후 검劍을 수여했다.[2] 검은 교회와 성직자를 보호하는데 사용할 것을 명령했다.

새해 들어 멀리 캔터베리 주교단까지 도착하자 콘스탄츠는 그야말로 발 디딜 틈이 없는, 세상에서 가장 복잡한 도시가 되었다. 색색의 면직물로 제복을 갖춰 입은 플랑드르 주교단과

---

2 교황 보니파키우스 8세(Bonifacius VIII, 1294~1303)가 1302년 로마 공의회에서 반포한 교령 〈거룩한 하나의 교회 Unam sanctam〉에 의하면, 교회의 권력 속에는 영적인 검과 물리적 검이 있는데 전자는 교황을 통해 교회 자체에 의해서 사용되고, 후자는 사제의 지도하에서 왕과 병사들의 손으로 행사되어야 한다는 내용이 있다. 이후 대관식에서 교황이 황제에게 검을 하사하는 전통이 생겼다.

백파이프 악단을 앞세우고 화려하게 치장한 800명의 기사를 거느린 스코틀랜드 주교단의 행렬은 두고두고 사람들 입에 오르내렸다. 사람들의 이목은 이단심판보다 각 교구들의 행차에 더 쏠렸다.

황제가 도착하기 전에 이단논쟁과 이단심판 분위기가 한껏 고조되기를 바랐던 요한네스 23세의 기대는 바람대로 되지 않았다. 평민들은 공의회가 무슨 축제라도 되는 것처럼 사방 각지에서 온 지역 교구들의 풍물에 대해서만 이야기꽃을 피웠고, 사제단들은 공의회가 어떻게 진행될 것인가에 촉각을 곤두세우며 각자의 정치적 셈에 몰두했다. 애먼 프라하 사람 얀 후스만 갇혀버린 채 말이다.

나를 비롯한 교황청 관료들은 요한네스 23세의 입지를 굳히기 위해 분주히 움직였다. 각종 회의에 참석하여 분위기를 알아보고 추기경과 주교들의 성향을 파악했다. 회의 관련자만 해도 추기경 33명, 총대주교 5명, 대주교 47명, 주교 145명, 배정된 교구가 없는 명의주교 93명, 신학교수 217명, 교회법과 세속법 교수 361명이었으니 눈코 뜰 새 없이 바쁠 수밖에 없었다.

해가 바뀌었다. 공의회 초기, 로마 교황 요한네스 23세가 교황직을 신실하게 수행하고 성직 매매 금지 권고안을 추기경들이 통과시킬 때만 해도 그에게 유리하게 돌아가는 분위기였다. 그러나 그의 과거 행적이 사람들의 구설에 오르내리면서 분위기가 반전되기 시작했다. 발다사례 코사가 저지른 악행을 기록한 소책자가 시중에 나돈 것이다.

세 명의 교황 모두 사퇴해야 한다는 주장이 갈수록 지지를 얻기 시작했다. 특히 파리대학교 명예총장 요한 제르송이 가장 강력하게 주장했다. 주교들이 그들이 속한 나라의 교황에게만 순명하고 있으니 이래 가지고서는 합의가 요원하다면서 세 명의 교황 모두 퇴위하는 것만이 사태를 원만하게 해결할 수 있다는 것이 그의 주장이다. 또한 이탈리아 주교들이 월등히 많으므로 한쪽으로 지지가 쏠리는 것을 방지하기 위해 투표권을 나라 별로 한 표씩 주어야 한다고도 했다. 이렇게 되면 요한네스 23세의 교황 승인은 요원해진다.

나는 이러한 일련의 과정이 겉으로는 학자의 주장이라는 탈을 썼지만 실제로는 아비뇽 교황 베네딕토 13세와 지기스문트 황제의 합작품일 것이라는 생각을 지울 수가 없었다. 정통성을 인정받지 못할 가능성이 큰 아비뇽의 교황으로선 공의회라는 체스판에서 둘 수 있는 최선의 행마가 동반 사퇴다. 물론 증거는 없다. 그러나 교황청에서 닳고 닳은 나의 촉수는 그렇게 감지했다.

"세크레투스, 원인이 무엇 때문이라고 생각하나?"

교황은 굳게 다문 입술을 손가락으로 톡톡 건드리며 싸늘한 눈빛으로 나를 바라보았다. 그는 나에게 사태가 이 지경이

된 책임을 추궁하는 것이다. 애초 계획대로라면 로마 교황이 아니라 아비뇽 교황과 베네치아 교황이 각자 추문에 휩싸여야 했다. 뇌물과 여자관계로 곤경에 처해져야 할 그들은 멀쩡하고 외려 로마 교황이 과거의 행적 때문에 곤혹스럽게 되었다.

대체 자넨 무얼 했단 말인가? 무언의 질책이었다.

"베네치아의 호색한은 황제와 뒷거래하고 아비뇽의 돼지는 프랑스를 뒷배 삼아 추기경들을 구워 삶은 것 같습니다."

나는 자신없는 말투로 답했다.

"그건 자네가 굳이 짚어주지 않아도 뻔한 거 아닌가. 나를 음해하는 문서가 돌아다니고 비방의 말이 떠돌고 있는데 대체 자넨 뭘했나."

교황은 단도직입으로 나를 추궁했다.

"우리쪽에서도 준비했습니다만 역부족였습니다."

사실 우리쪽에서도 아비뇽 교황의 뇌물수수와 베네치아 교황의 여자문제를 소책자로 만들고 공작원을 통해 시중에 유포했다. 그러나 메시지의 강도가 달랐다. 다른 교황들에 대한 추문은 진부했다. 주교나 추기경 등 고위 성직자라면 으레 따라 다니는 추문에 불과했다. 반면 로마 교황의 추문은 구체적이고 실감이 났다. 이미 입에서 입으로 파다한 풍문였는데 공의회라는 행사를 만나자 짚더미에 불쏘시게가 던져진 것처럼 확 타올랐을 뿐이다. 여기서 그의 추문을 일일이 열거하진 않겠다. 입안을 헹굴 깨끗한 물이 준비되어 있지 않기 때문이다.

"늦었어. 좀 더 일찍 움직여야 했어."

교황은 허공을 바라보며 내뱉었다. 지금에 와서 시기를 말하는 건 어불성설이다. 공의회가 확정되자 나는 사전 작업을 위해 콘스탄츠에 먼저 가 있겠다고 했다. 각 주교단의 행차 규모, 주교들 간의 만남, 추기경의 성향 등을 미리 파악해 놓으려 했다. 한마디로 첩보 활동을 위해 먼저 파견되기를 원한 것이다. 그러나 교황은 자신의 성대한 행차를 위해 나를 붙잡아 놓았다. 그에겐 판세를 읽는 것보다 자신의 위엄이 더 중요했다. 물론 교황도 나의 수고를 알고 있다. 내가 얼마나 치밀하게 준비하고 치열하게 상황에 대처하고 있는지를. 그런데도 면전에서 내 탓을 하고 있다니.

분위가 묘하게 돌아가자 마침내 요한네스 23세는 교황직 사임을 공표하기에 이르렀다. 사면초가의 상황에서 사퇴라는 패를 던져 신변의 안전이나마 확보하려 한 것이다. 그러나 그의 도박은 계획대로 되지 않았다. 권력을 내려놓겠다는 그의 의도마저 의심의 불구덩이 속에 던져졌으니. 교황직을 양도하는 조건으로 3만 길더를 요구했다는 소문이 파다하게 떠돌았다. 나는 이것까지는 모략이라고 생각한다. 그 상황에서 교황이 뒷거래를 제안할 정도로 어리석진 않을 것이기 때문이다. 나는 뒷수습에 열중했다. 이왕 이렇게 된 바에야 차기 교황 선출에 최대한 영향력을 행사하고 훗날을 대비해야 했다.

그러던 중 그야말로 마른하늘에 날벼락 떨어지는 사건이 발생했다. 5월 20일 요한네스 23세가 콘스탄츠에서 몰래 도망친 것이다. 자신의 악행이 재판에 넘겨질까 두려운 그는 명목상 공의회 소집자인 자신이 사라짐으로써 공의회 자체가 무산되기를 바랐던 것이다. 경비를 강화하라는 황제의 엄중한 명령을 비웃으며 그는 마부로 변장하고 경호원 한 명만 데리고 도시를 빠져나갔다.

당시 주교단 회의를 기웃거리고 있던 나는 제대로 뒤통수 맞았다. 교황은 자신의 오른팔이라 할 수 있는 나에게마저 일언반구도 없이 도주한 것이다. 충격으로 인해 머릿속이 하얘졌다. 무엇을 어찌해야 할지 아무런 생각이 떠오르지 않았다. 그의 인간성에 대해선 진작부터 기대한 바가 없지만 일이라는 측면에서 맡은 바 소임이 있는지라 나름대로 최선을 다하던 중이었는데, 결국 그는 그런 인간이었다. 자포자기에 빠진 나는 될 대로 되라는 심정으로 이후의 상황을 망연자실 지켜보았다.

도주하던 요한네스 23세는 붙잡혀와 감옥에 갇혔고 5월 29일 공식 폐위되었다. 그의 죄명은 존속 살해, 남색, 성직 매매, 이단 옹호, 그리고 전임교황 살해였다. 황제는 교황이 없더라도 공의회는 계속되어야 한다고 선언했다. 7월 4일에는 그레고리우스 12세가 사임했다. 그러나 마지막 남은 베네딕투스 13세는 사임을 거절하고 버텼다. 황제는 에스파냐와 물밑 협상을 벌여 신성로마제국의 황제 선출에 관여할 수 있는 다섯 번째 민족의 지위를 주는 대가로 베네딕투스 13세의 지지를 철회하도록 요구했다. 거래는 받아들여져 1417년 7월 26일 베네딕투스 13세마저도 해임되었다.

교황의 구금 소식이 내 귀에 들려온 지 사흘 만에 나는 콘스탄츠 성당 지하에 갇혀 있는 요한네스 23세, 아니 발다사레 코사에게 면회를 갔다. 면회가 될지 안 될지 모르는 상태에서 신청 했지만 다행히 허가가 났다.

콘스탄츠 성당은 대성당(cãthedrális)이 아니라서 따로 감옥이 있지 않을 것이고 교황은 아마 지하 창고에 갇혀 있을 것이다. 젊은 사제는 나를 접견실로 안내하고는 기다리라고 했다. 잠시 후 창을 든 병사가 교황과 함께 들어왔다. 교황은 수도원의 수도사들이나 입을 법한 잿빛 수도복을 입고 있다. 초췌하거나 파리할 줄 알았는데 의외로 안색은 좋았다. 사제는 나가고 병사는 문 앞에서 지키고 섰다. 우리의 대화가 자세히 들리진 않겠지만 큰 소리는 알아들을 수 있는 만한 거리다.

"교황 성하!"

나는 가볍게 떨리는 목소리로 전 교황을 불렀다.

"세크레투스, 자네가 올 줄 알았네. 자네에게 일언반구 없었던 건 자네의 안전을 위해서였다네. 실패해도 자네는 책임을 면할 수 있기 때문이지. 그러니 섭섭하게 생각치 말게."

교황은 마치 업무 지시를 하듯 덤덤하게 말했다. 권력의 정점에서 수직 낙하하는 자가 종종 보일 법한, 넋이 나가 있거나 자신의 처지를 징징대는 모습 따위는 조금도 없었다. 역시 그다웠다.

"뒷수습은 어떻게 하오리까?"

면회 시간이 얼마나 주어질지 몰라 나는 바로 용건부터 들어갔다.

"주님의 뜻에 맡기겠네."

교황은 손을 모으고 오른손과 왼손 검지를 나란히 펴고는 입술에 대며 말했다. 주님의 뜻에 맡긴다는 건 전 교황이 이미 대책을 강구해 놓았거나 아니면 어떤 복안을 마련해 놓았다는 의미다. 그는 결코 기도에만 의지하며 사태 해결을 기다리는 무력한 인간이 아니다.

"성모 마리아의 은사는 어떻게 하시렵니까?"

교황은 내가 그 문제를 거론할 줄 몰랐다는 듯 눈을 크게 뜨고 나를 물끄러미 바라보았다. 성모 마리아 은사품은 그와 나 사이의 은어다. 교황청 집무실 안쪽에 있는 비밀방에는 각종 보화들이 궤짝으로 쟁여 있다. 그의 통치 자금이기도 하고 축재이기도 하다. 안에 무엇이 들어있는지 본 적은 없지만 궤짝의 존재와 용도는 내가 알고 있다.

"로마 대주교가 알아서 할 것이네."

교황은 상체를 기울여 얼굴을 가까이한 다음 복화술처럼 입을 벌리지 않고 말했다. 들릴락 말락 아주 낮게. 탈출을 계획했을 때 그가 임명한 로마 대주교에게 모종의 조치를 취하도록 한 모양이다. 어쩌면 콘스탄츠에 오기 전 이런 사태가 일어날 수도 있다는 걸 가정하고 미리 숨겨놓았을 수도 있다. 그라면 능히 그럴 만하다. 궤짝 속의 보화가 구명운동에 유용하리라 싶어 물어본 것인데. 그렇다면 굳이 내가 나설 필요는 없다.

"지내시기에 어려움은 없습니까?"

가까워진 거리가 불편해 나도 모르게 상체를 뒤로 젖히면서 물었다.

"날 함부로 대하진 못할 걸세."

교황이 얼굴을 쓱 문지르며 말했다. 약지에 낀 반지가 반짝 빛났다. 일명 '어부의 반지'라고 일컫는 황금색 교황반지는 여전히 그의 손가락에 끼어 있다. 반지를 인장으로 사용할 때 요한네스 23세는 깊은 충만감에 쌓여 있었다. 그는 항상 반지에 먼저 입을 맞춘 다음 인장을 찍었다. 폐위된 전 교황이 뭘 믿고 자신을 함부로 대하지 않을 것이라고 큰소리치는지 알 수 없지만 분명 뭔가 있는 것 같았다. 그의 깊은 속을 내가 어찌 알랴.

면회는 길지 않았다. 경비병이 시간을 시간을 제지하기 전에 내가 먼저 면회가 끝났음을 알렸다. 교황은 나의 안위나 앞날에 대한 걱정 따위는 조금도 없었다. 면회 오기 전, 대화 중에 기회가 닿으면 밀라노 추기경에게 소개장까지는 아니더라도 언질 정도는 부탁할까 했는데 쑥 들어가고 말았다.

"잘 가게, 나의 세크레투스."

이것이 그가 나에게 한 마지막 말이다. 콘스탄츠 성당을 나오니 오월의 햇살이 환했다. 주님은 심판하러 오시리라. 나는 중얼거렸다.

한편 신학자 대표인 요한 제르송은, 교황은 공의회를 해산시킬 권리가 없으니 교황이 없더라도 공의회가 지속되어야 한다고 주교단 회의에서 연설했다. 마침 나는 바르톨로메오와 같이 그 현장에 있었다.

"세속의 권력은 교회의 명령에 복종해야 한다는 보니파키우스 8세의 교서 '거룩한 하나의 교회(Unam sanctam)'[3]는 이

---

3 징세권 및 재판권 문제로 프랑스 국왕 필리프 4세와 갈등을 겪던 교황 보니파키우스 8세는 1302년 로마 공의회에서 교령 〈Unam sanctam, 우남 상크탐〉을 선포한다. 그 이전까지 정치적 충돌에 대해 언급한 적이 없는 교령과 달리 Unam sanctam은 교황의 완전권(plenitudo potestatis)에 의거해 영적 권한은 물론 세속권까지 포함시켰다. Unam sanctam의 마지막

제 현실성을 잃어버린 공허한 외침이 되었습니다. 당시 동방의 마니교에서 유래한 이원론을 경계하느라 내렸던 교시에 불과하니까요. 이후 우리 가톨릭은 백 년 동안 어떤 이단의 유혹에도 흔들리지 않을 단단한 교리의 반석을 놓았습니다. 80년 전 파도바 사람 마르실리우스가 '평화의 수호자(Defensor pacis)'[4]에서 주장했듯이 교황도 사제도 신민臣民에 속합니다.

구절은 교황권 우위를 표현한 결정적 표현이다.

"그러므로 우리는 모든 인류 피조물이 로마 교황에게 종속되는 것이 구원을 위해서 절대적으로 필요하다는 것을 선언하고, 선포하며, 규정합니다(Porro subesse Romano Pontifici omni humanae creaturae declaramus, dicimus, et diffnimus omnino esse de necessitate salutis)."

보니파키우스 8세에게 있어서 (물리적인 힘을 소유하고 있는) 프랑스 왕에 대적할 수 있는 유일한 길은 기독교적 정서 위에서 교황의 권한을 정당화시켜 줄 수 있는 법적·사상적 무장이었다. 그에 의해서 교황 완전권 이론을 중심으로 확립된 철저한 성직자 정치론은 교황 현세권 이론의 중세적 절정이라고 할 수 있다. 그러한 면에서 보니파키우스는 중세 시대의 어느 교황도 감히 요구한 적이 없는 절대적 교황권을 제시했으며, 교황의 현세권을 강화하고자 했던 교황들 중에 마지막 교황이었다. 하지만 세속의 권력이 점차 강해지는 당시 서유럽 세계의 정치적 현실에선 수용될 수 없는 주장이었다.(장준철, 「교령 〈Unam sanctam〉에 나타난 교황의 보편적 지배권론」) 이러한 칙령을 공표했다는 것 자체가 교황권의 권위에 금이 가고 있다는 방증이라고 할 수 있다.

4 이탈리아 자유도시 파도바에서 태어난 마르실리우스(1275~1343)는 파도바대학에서 의학을 공부해 의사가 되었다. 후에 철학과 신학을 더 깊이 공부해 파리대학 교수를 지냈고 짧게나마 파리대학 총장을 맡기도 했다.

마르실리우스가 『평화의 수호자』를 쓴 것은 당대 유럽의 정치 상황과 관련이 있다. 파도바가 속한 이탈리아 북부는 황제파와 교황파 사이 갈등이 끊이지 않았다. 황제와 교황이 서로를 부정하고 적대하는 이 분란의 교회의 권위와 사제의 권리는 여전히 존중받아야 하지만 이를 구성하는 원리와 절차는 세속의 질서와 조화를 이루어야 합니다."

노학자 제르송의 연설은 현학적이면서도 정연했다.

"천국법의 최종 판단자이신 그리스도조차 세속적인 영역에서 판결권을 갖지 않았습니다. 예수께서는 폰티우스 필라투스(Pantius Pilatus, 본디오 빌라도)의 판결에 따라 십자가에 못박히셨습니다. 이는 인간 그리스도가 세속의 판결권에 따른 것을 뜻하고 또 그렇게 하도록 가르치신 것입니다. 하물며 사

와중에 교황을 비판하고 황제를 지원할 목적으로 쓴 것이 『평화의 수호자』다. 그러므로 '평화의 수호자'라는 제목은 분란의 원인인 교회와 교황에 맞서는 세속적 정치권력을 뜻하고, 더 직접적으로는 신성로마제국 황제를 가리킨다.(고명섭, 한겨레 2022.5.6)

마르실리우스가 볼 때 통치의 유일한 정당성은 공정한 법을 통한 인간의 보호(평화)에 있었다. 그 외 다른 것은 모두 불의였다. 그중에서도 가장 큰 불의는 권력과 땅, 종교 때문에 전쟁을 하는 것이었다.(리하르트 다비트 프레히트, 『세상을 알라: 고대와 중세 철학』)

후대의 학자들은 마르실리우스가 정치의 의미와 목표를 신의 의지 실현이 아닌 '보통사람들'의 필요와 판단의 영역으로 옮김으로써 탈종교화된 국가이론으로의 길을 열었다고 해석한다. 뿐만 아니라 전체 공동체의 의지 혹은 그중 다수나 대표자들의 판단을 정치제도와 행위의 핵심에 둠으로써 공동체의 합의와 법의 지배를 강조하는 근대정치관의 탄생을 알렸다고 보았다.(윤비, 경향신문 2022.5.6) 즉 고대 그리스·로마의 정치사상이 마르실리우스의 저술을 통과해 근대 정치사상으로 이어진 것이다.

교황 요한네스 22세가 1324년에 출간된 『평화의 수호자』를 괘씸하게 생각하는 건 당연했다. 그는 이 책을 천인공노할 이단의 정점이라 선언하고 불태울 것을 명령했다.

제가 이를 따르지 않음은 그리스도를 본받지 않는 것입니다. 우리는 세속의 법을 따르고 그 준칙을 이해해야 합니다. 오늘 그 준칙에 따라 공의회가 시행하는 법령의 준수는 교황을 포함한 모든 교인에게 구속력을 갖고, 공의회의 권위는 교회의 모든 문제에 적용돼야 합니다. 개인으로서의 교황은 실수할 수 있지만 집단으로서의 공의회는 오류를 범하지 않습니다. 이는 공의회의 권위가 성령과 모든 신자들의 믿음에 의해 주어지기 때문입니다. 따라서 공의회는 한 사람의 필요에 의해 소집되는 것이 아니라 전체의 필요에 따라 구성되어야 합니다. 이것이 마르실리우스가 주창한 공의회주의 정신입니다."

연설을 듣는 각 교구의 주교들은 교황권 축소를 주장하는 제르송의 달변에 남몰래 미소 지었을 것이다.

이로써 공의회는 교황이 편리하게 소집, 해산하는 편의기구가 아니라 가톨릭교회 전체의 공식적 의결기구가 되었다. 15년 후 바젤에서 소집된 공의회에서, 공의회 수위설(Sacrosancta)이 공식적으로 확인되었으니 이야말로 요한네스 23세의 공적이라면 공적이다.

사태는 엉뚱한 방향으로 흘러가 요한네스 23세가 그렇게 원하던 이단심판은 그가 쫓겨나고 나서 본격적으로 시작되었다. 이것만 보아도 주님께서는 발다사레 코사에게 역사하지 않음을 알 수 있었다.

5

요한네스 23세가 폐위된 지 두 달도 안 돼 얀 후스가 화형대로 보내졌다. 한때 후스와 추기경들 간의 논쟁으로 공개 심문장이 뜨거웠던 적도 있었으나 성직자들의 횡포를 이겨내지 못하고 후스는 얼마 지나지 않아 곤경에 처해졌다. 그들은 후스를 감옥에 가두더니 그의 저서를 불태우고 그의 주장을 이단으로 몰아 마침내 화형을 언도했다.

나는 그들의 신학 논쟁에 관심이 없다. 고작해야 성찬식의 영성체를 그리스도의 육화로 봐야 하느니 마느니 하는 싸움으로 밤을 새우고, 성직자에게 영적 특권이 있느니 없느니, 면죄부 판매가 옳으니 그르니 하는 다툼으로 입에 거품을 물뿐이니까. 그딴 논쟁이 신앙과 무슨 상관이란 말인가. 법률을 공부한 내가 보기에 그들이 따지는 건 성경의 해석이 아니라 교회법의 적용에 관한 것이고, 그것은 기실 그들의 권력과 밥그릇 싸움에 지나지 않는 것이다.

내가 더욱 분노한 것은 황제의 처신이다. 그 어떤 정의나 도덕도 권력의 유혹 앞에선 봄눈처럼 녹아버린다는 건 익히 알고 있지만, 황제는 스스로의 권위를 공고히 하기 위해서라도 자신의 말에 책임을 졌어야 했다. 후스를 초대하면서 황제는 신변보장을 약속했고 황제의 인장이 찍힌 통행증도 발급했다. 그러나 공의회에서 후스를 이단 쪽으로 모는 분위기가 고조되자 황제는 냉정하게 돌아섰다. 그에겐 후스의 안전보다 추기경들의 지지가 더 중요했다. 황제는 자신의 파렴치를 의식했는지 이단에게는 황제의 안전통행권도 구속력이 없다는, 변명 같잖은 변명을 했다. 신앙과 교회법에 저촉되는 서약은 지키지 않아도 된다고 함으로써 스스로 세속의 권위를 추락시킨 셈이다.

나는 후스의 화형식에 가지 않았다. 그에게 연민을 느끼지 않는 바는 아니었으나 교황과 황제에 대한 반감과 알 수 없는 무력감이 발걸음을 떼지 못하게 했다. 후스의 주장에 고개가 끄덕여지는 면이 있는 건 분명하지만 현실의 공고한 세력들이 교단을 차지하고 있는 한 결코 이루어질 수 없는 꿈이다. 어쩌면 나는 후스의 화형식에 가지 않음으로써 내면 깊숙이 자리잡은 그에 대한 연민의 불씨를 꺼뜨리고 싶었을지도 모른다.

후스의 최후는 소문을 들어 알고 있다. 그는 골고다 언덕을 올라가는 예수처럼 군중의 조롱을 받았다고 한다. 로마 병사의 채찍질은 없었어도 '이단의 수괴'라는 글귀가 쓰여진 모자를 가시면류관처럼 쓰고 십자가 대신 쇠사슬을 두른 채 형장으로 끌려갔다고 한다. 화형대에 불이 잘 붙지 않아 고통에 몸부림치는 그를 보다 못해 잘 마른 장작들을 던져준 농민에게 '오, 이들의 신성한 단순함이여(Sancta simplitas)!'라고 내뱉었다고 한다. 나는 다만 힘없는 백성들을 향한 그의 연민을 추측할 뿐이다. 마지막까지 신앙관을 철회하면 목숨을 살려주겠다는 회유가 있었으나, "내가 전하는 복음을 기쁜 마음으로 새기며 죽을 것이오!"라며 거절하고는 지상의 마지막 말을 들어줄 고해신부도 필요 없다고 했단다. 그는 '사탄의 장소'라고 명명된 콘스탄츠 광장에서 불꽃처럼 산화했다.

'악인은 그의 환난에 엎드러져도 의인은 그의 죽음에도 소망이 있느니라.' 나는 잠언 14장 32절의 말씀을 떠올리는 것으로 그의 죽음을 애도했다. 이외에 달리 어떤 말이 필요하겠는가.

로마교황청 관료들은 요한네스 23세가 도주한 후 각자 살길을 찾아 뿔뿔이 흩어졌다. 다른 추기경 밑에서 자리를 얻는 것이 그들이 택할 수 있는 최선의 방책이었다. 발다사레 코사의 세크레투스라는, 이제는 오명이 된 딱지가 붙은 나는 선뜻 다른 추기경을 찾아가 손을 내밀 수가 없었다. 자존심이라기보다는 환멸 때문이다. 당시 나는 현실에 대한 환멸 때문에 그 무엇에도 반응하지 않는 무기력에 빠졌다. 어서 빨리 이곳을 뜨자, 침대에서 이불을 걷어찰 때마다 중얼거리면서도 정작 실행에 옮기진 못했다. 콘스탄츠 시내를 어슬렁거리며 시장 바닥에서 악다구니 쓰며 살아가는 군상들을 무료하게 바라보는 것이 하루하루의 일과였다. 기도도 문서도 없는 생활을 무엇으로 채워야 하나. 나는 텅 빈 주머니처럼 헛헛했다.

거리에는 각지에서 온 사람들로 넘쳐났다. 동쪽으로 비잔틴 제국과 접경을 이룬 트란실바니아에서 온 사람이 있고, 서쪽 끝 갈리시아에서 온 사람도 있었다. 북쪽에서 온 스칸디나비아 사람들이 큰 키를 휘청거리며 다니는가 하면, 샤르데니아, 시칠리아 사람들이 아담한 체구로 인파 사이를 요리조리 빠져다니고 있었다.

장사치들은 또 얼마나 많았던가. 금속 조각을 주렁주렁 매달고 다니는 갑옷수선공, 공터마다 임시 화덕을 설치하고 고함을 지르는 빵장수들, 떠돌이 악사들, 양피지 뭉치를 어깨에 멘 필경사들, 금세공인, 마부, 말장수, 도축업자, 재단사, 목수, 대장장이, 땜장이, 갖바치들로 거리는 넘쳐났다. 이들과 더불어 정체불명의 뜨내기들도 골목 구석구석에 들끓었다. 집시, 거지, 추방자, 범죄자, 도망자, 맨발수도자, 그리고 보기에도 역겨운 창녀들. 장사치가 거리에 핀 꽃이라면 이들은 골목에 핀 곰팡이다. 거리마다 호객, 전도, 비방, 토론으로 시끄러울 때 골목에선 싸움, 욕설, 토악질, 배변, 방뇨, 소매치기, 들치기, 날치기가 횡행했다.

웃통을 벗은 채 채찍으로 자신의 몸을 갈기며 지나가는 고행자가 가장 나의 눈길을 끌었다. 그의 등판에는 채찍질로 인한 상처로 빈틈이 없다. 죽죽 그어진 가느다란 흉터를 가로지르며 지렁이가 들러붙은 듯 울끈불끈한 덧 흉터가 얼기설기 포개져 있다. 그의 채찍 끝에는 납이 달려 등을 칠 때마다 차악, 착 감기는 소리와 함께 벌건 자국이 생겼다. 어떤 곳에는 핏물이 배어 나오고 있다. 고행자는 채찍을 한 번 갈길 때마다 "회개하라! 천국이 가까웠도다! 참회하고 또 참회하라! 예수께서 재림할 날이 머지않았도다!" 하면서 고함을 질렀다. 그런 기이한 행각조차 콘스탄츠 사람들에겐 무뎌진 일상이 되었는지 그다지 주목받지 못했다. 나는 재미 삼아 그의 뒤를 반나절 정도 좇아다녔다. 채찍고행자에게 은전을 베푼 사람은 수줍은 듯 뭔가를 손에 쥐어 주고 재빨리 사라진 여인 하나뿐이었다. 보다 못한 내가 헤어지기 전에 동전 한 닢을 주었다. 고행자는 나에게만 들릴 정도로 조그맣게 말했다. "긍휼히 여기는 자는 복이 있나니, 저희가 긍휼히 여김을 받을 것이로다."

가장 인기 있는 사람은 이야기꾼이다. 이야기꾼은 정강이 높이의 나무 단壇을 들고 다니다가 사람들이 서너 명만 모여 있으면 얼른 단을 땅에 놓고 그 위에 올라섰다. 그리고 두 손을 모아 입에 대고 소리친다. "여러부~운." 사람들이 돌아보면 "제 이야기 좀 들어보세요. 이교도들과 벌인 사투와 참혹한 전쟁터에서 죽을 고비를 넘기고 살아 돌아온 저의 경험담입니다"라고 운을 뗴었다. 사람들이 주위에 모이기 시작하면 이야기 보따리를 풀었다. 그가 풀어놓은 얘기는 자신이 젊었을 때 십자군 성전에 뛰어들어 이교도 무리와 피 터지게 싸우는 과정에서 죽을 고비를 몇 번이나 넘겼다는 내용이다. 무슨 전투에선 일당백으로 싸웠고, 무슨 공성전에선 자기가 맨 먼저 성벽에 올랐다고 했다. 그때 입은 영광스러운 상처라며 옷을 들춰 흉터를 보여주기도 했다. 그런데 아무리 생각해도 앞뒤가 맞지 않았다. 그가 다섯 살 때 십자군 전쟁에 참전했다손 치더라도 지금쯤 130살이 넘어야 했다. 어쨌건 사람들은 그런 걸 따지지 않고 그의 재담에 박수치며 동전을 던졌다.

각종 행사 또한 축제처럼 펼쳐졌다. 무도회, 마상시합, 곡예, 음악공연이 벌어졌고, 차력사, 마술사, 연금술사들이 사람들의 시선을 끌기 위해 목청껏 외쳐댔다. 도시 외곽에는 나환자들이 모여 있다. 그들은 대여섯 명씩 옹기종기 모여 해바라기하다가 누군가 지나가면 에워싸듯이 슬금슬금 접근해 적선을 요구했다. 사람들은 그들의 끔찍한 모습에 주눅 들어 얼른 동전을 던지고 줄행랑 놓는다. 프란체스코 성인은 저들의 삶 속으로 들어가 저들의 헐고 부스러진 피부에서 피고름을 닦아 주었다고 하던데. 그들을 바라보며 든 생각이다.

그해 콘스탄츠에서 성직자들이 머리를 맞대고 천국의 길을 논하고 있는 동안 군중들은 지옥의 풍경을 만들어 놓고도 뭐가 그리 우스운지 낄낄대고 있었다.

6

인제 와서 이런 고백이 쑥스럽긴 하지만, 이 나이쯤 되면 무엇을 고백해도 용서되기 마련 아니겠는가. 아니, 그 어떤 고백이라도 사람들은 낼모레 천국의 심판대 위에 설 늙은이의 말에 관심을 기울이며 과거 행적에 대한 심판 따위를 운운하진 않을 것이다. 그러니 나는 늙은이의 무감한 낯짝을 믿고 그때의 일을 밝히겠다.

공의회 기간 중 거리 곳곳에서 축제라도 벌어진 것처럼 들렸을지 모르겠지만 그런 건 전혀 아니었다. 콘스탄츠라는 벽촌에 사람들이 모이면서 급격하게 도시로 변모하는 와중에 온갖 군상들이 악머구리처럼 들끓고 있는 것을 그럴듯하게 묘사했을 뿐이다. 도시는 몸살을 앓으며 성장했다. 성장하되 기형적으로 성장했다. 그도 그럴 것이 주님의 말씀이 미치는 땅이면 어느 곳도 예외 없이 주교단이 성대한 행렬을 거느리고 몰려들었으니 그 혼잡은 이루 말할 수 없지 않겠는가. 그나마 콘스탄츠가 보덴호수로 흘러들어 오는 라인강을 끼고 있어서 다행이었다. 강과 호수는 재화를 나르는 배들로 넘쳐났다.

콘스탄츠 공의회가 시작된 후 7차 회의까지는 요한네스 23세에 유리하게 전개되었다. 그러나 8차 회의를 앞두고 사달이 벌어지는 바람에 로마 주교단은 모든 게 엉망진창 되어버렸다. 어느덧 해가 바뀌고 봄을 지나 여름에 접어들었다. 공의회 주제는 이단 심판 문제로 넘어갔고 주인 잃은 망아지 신세인 나는 발길 닿는 대로 터덜터덜 돌아다녔다.

급격하게 비대해진 이 도시의 뒷골목에는 언제나 비릿한 내음이 떠돌았다. 가장 많이 눈에 띄는 사람들은 건물 짓는 일꾼들이다. 언제 끝날지 모르는 공의회를 위해 본격적으로 집을 짓기 시작하면서 벽돌 굽는 가마와 벽돌공들이 여기저기 눈에 띄었다. 라인강이 호수와 맞닿은 곳에 질 좋은 충적토가 널려 있다 보니 벽돌을 굽는 가마가 강변을 따라 늘어섰다. 이밖에 공의회 특수니 만큼 각종 성물聖物 장신구를 파는 장사치와 공예업자들이 골목마다 난전을 펼쳤다.

그나마 내가 관심을 기울일만한 책장수들은 코빼기도 보이지 않았다. 하긴 이런 난장에서 가게를 차릴 정신 나간 서적상이 있을까. 더구나 나는 고서적에만 관심이 있는데. 그래도 양피지를 양어깨에 두르고 고함을 지르며 호객하는 행상을 만

나면 나는 "여보오, 어디 고서적이나 고문서 파는 사람을 아시오?"하고 물어보곤 했다. 그러면 양피지 장수는 "이보시오, 나는 공의회 문서를 기록하는 서기들만 상대하오"라고 딱 잘라 말하면서, 교회에서 코란을 찾고 모스크에서 성경을 찾는 별엉뚱한 인간 다 보냈네 하는 표정을 지었다.

공의회가 열리는 콘스탄츠 대성당과 부속 건물들은 황제의 근위대와 영주의 경비병들이 보초를 서고 순찰을 돌았다. 대성당에서 서쪽으로 1마일 정도 가면 광장이 나오는데 이곳은 사람들로 북적였다. 이곳이 나중에 전 유럽 사람들의 입에 오르내리는 콘스탄츠 광장이다. 아직 화강암 보도가 깔리지 않았고 군데군데 움푹 파인 데만 자갈과 찰흙으로 다지고 그 위에 불량품으로 나온 벽돌을 조각내 덮은 정도다. 얼마 지나지 않아 건물을 지을 때 나온 자투리 대리석으로 광장 중앙에 지름 20피트 가량의 원을 만들었는데 이곳이 바로 후스와 히에로니무스가 산화한 곳이다.

유월 중순 어느 날이었다. 광장에서 성사극聖史劇 공연이 벌어졌다. 가설무대를 세우고 분장한 배우들이 연기를 하고 있다. 보나마나 뻔한 성경 속 이야기다. 요셉이 이집트로 향하거나, 모세가 홍해를 건너거나, 다니엘이 사자굴에 던져지거나, 다윗이 골리앗을 쓰러뜨리는 이야기다. 글을 모르는 무지한 사람들을 위해 성서의 내용을 극으로 전달한다는 취지가 무색하게 사람들이 이미 그 내용을 뻔히 알고 있는 식상한 무대다. 어느 주교단에서 주최하는지 몰라도 그다지 인기를 끌지 못하고 있었다.

무대 앞에 열댓 명 정도가 서 있고 지나가는 사람들이 흘깃거리는 정도다. 나 역시 무대를 일별하고는 곧바로 북쪽으로 뻗은 길로 향했다. 건물 사이로 들어서자 제법 너른 공터가 나왔는데 한쪽 구석에 사람들이 빙 둘러서서 희희낙락하는 모습이 보였다. 못해도 오륙십 명은 족히 될 것 같은 군중들이 우와아, 히히, 어쭈, 그려어, 하는 등의 헛바람 같은 추임새를 넣고 있었다. 나도 호기심이 일어 군중들 뒤에 섰다. 비교적 키가 큰 편인지라 앞선 사람의 머리 너머로 맞은편이 보였다.

군중들이 빙 둘러싼 공터 안에는 네 명의 사내와 한 명의 여인이 기묘한 의상을 입고 서로 삿대질해가며 대거리하고 있었다. 유랑극단의 풍자극이다. 이들은 각자 귀족, 사제, 평민, 그리고 사라센 복장을 하고 있다. 그런데 이들의 차림새가 신분과 딱 맞아떨어지는 건 아니다. 귀족 역할을 맡은 자의 복장은 어설프면서 부자연스러웠다. 오른쪽 다리엔 반바지에 긴 양말을 신었는가 하면 왼쪽 다리엔 평민들처럼 풍성한 바짓자락을 묶었고, 상의는 누가 봐도 싸구려인 실크를 어깨에서 사선으로 허리까지 늘어뜨렸다. 사제가 입은 옷은 더욱 가관이었다. 추기경을 상징하는 붉은색 제의이긴 하되 수도사처럼 후드가

달렸고 허리를 끈으로 잘록 묶었다. 오히려 평민과 사라센인의 복장이 제대로였다. 평민은 여자가 남자로 분했다.

이들의 풍자극은 연기랄 것도 없이 만담이 주를 이루었는데 너무나 능청스럽고 육담이 그럴듯해 나도 모르게 빠져들었다. 내용은 귀족과 사제가 사라센인과 맞서 싸우다 곤경에 처하자 평민이 구해준다는 내용이다. 주로 게르만어로 말했지만 프랑스어와 이탈리아어도 자주 섞었다. 중요한 장면에선 세 가지 언어를 차례로 등장시키면서 재연했다. 이들의 욕설과 걸쭉한 패설이 재밌기도 하지만 배우들의 익살스런 표정과 과장된 연기에 사람들은 더욱 신이 났다.

나 역시도 처음엔 빙긋이 미소를 짓다가 차츰 입이 헤벌쭉 벌어지며 극에 빠져들었다. 이런 내 모습이 갑자기 우습게 여겨져 흠칫하고 정신을 차렸다. 주위를 둘러보니 어느새 내 뒤로도 사람들이 몇 겹으로 둘러싸 있고 옆에는 젊은 여자가 서 있다. 새카만 머리와 짙은 눈썹이 옆모습에서도 도드라져 보였다. 그녀는 자그마한 키 때문에 시야가 가리는지 고개를 기웃거리며 사람들 틈새로 파고들려고 했다. 나는 그녀를 위해 한 발자국 물러서며 공간을 마련해 주었다. 하지만 그녀는 나의 호의는 안중에도 없이 그저 무대 쪽으로만 까치발을 세웠다. 적어도 눈인사 정도는 해주는 것이 예의 아닌가 하는 생각이 들었지만 나도 이내 관심을 무대로 돌렸다.

평민 옷을 입은 남장여인이 귀족, 사제, 사라센을 모두 평정하면서 풍자극은 끝났다. 나는 오랜만에 아무 생각 없이 소극笑劇에 빠진 것에 만족했다. 사람들은 흩어지면서 무대 앞에 놓여 있는 상자에 동전이나 값나가는 장신구를 던졌다.

나도 동화銅貨 한 닢 정도는 던져줘야 할 것 같았다. 옆구리에 찬 전대를 앞으로 여미는 순간 머릿속이 하얘졌다. 전대 주둥이를 묶은 끈이 잘려져 있고, 전대 안에 있어야 할 동전들은 사라지고 자잘한 돌 부스러기가 들어있는 것 아닌가. 순간적으로 나의 동선을 되짚어 보았다. 주교단 숙소에서 광장으로 바로 왔고, 성사극은 힐끗 눈길만 준 뒤 이곳 공터로 곧바로 왔다. 음식점도 가게도 들린 적이 없다. 그렇다면 내가 소매치기당한 곳은 풍자극을 구경한 이곳밖에 없다!

문득 새카만 머리와 짙은 눈썹의 여자가 떠올랐다. 아, 그 여자였어! 그러고 보니 옷차림도 게르만 여인들의 것과 조금 달랐던 것 같다. 품이 넓은 붉은 치마와 옷깃을 세운 민소매 덧옷은 카탈루냐나 안달루시아풍 같았다. 황급히 그녀를 찾았으나 이미 사람들은 흩어져 버렸고 유랑극단 배우들만 무대를 정리하고 있다.

내가 멍하니 서 있자, 사제 복장을 한 배우가 날 보며 야릇한 미소를 지었다. 너도 당했니? 하고 위로하는 것 같기도 하고, 이런 멍청이 같으니 라며 비웃는 것 같기도 했다. 저질 풍자극에 마음을 뺏겨 전대가 털리는 것도 모를 정도로 넋이 나갔던 나 자신이 한심스러워졌다.

전대 안에는 베네치아 은화 두카트 다섯 개와 자잘한 동전이 들어있었다. 은화는 베네치아 주교단의 세크레투스와 정보 교환을 하면서 받은 대가였다. 공의회 초기 그들은 내게서 고급 정보를 얻기 위해 혈안이 되었다. 정보 교환은 상호적이었지만 정보의 대가는 동등하지 않았다. 물론 나의 정보가 훨씬 비쌌다. 그때까지만 해도 로마 교황이 쥔 칼자루의 길이가 다른 두 교황보다 더 길었기 때문이다. 베네치아 은화가 전 재산은 아니었지만 요즘 같이 한량처럼 어슬렁거리며 쓰기엔 무척 유용한 돈이다. 무엇보다 미래를 확신할 수 없는 입장에서 이제 돈을 아껴야겠다고 마음먹은 참이라 더욱 속이 쓰렸다.

부글부글 끓는 마음을 안고 숙소로 돌아왔다. 며칠 동안 아무것도 하지 않고 침대에서 뒹굴었다. 더 이상 공의회장을 기웃거릴 엄두도 나지 않았고 그럴 이유도 없었다. 저잣거리에 대한 흥미도 싹 가셨다. 문득 오래된 양피지의 텁텁하면서도 눅눅한 냄새가 코끝에서 아른거렸다. 책사냥이나 하러 다닐걸. 하는 후회가 슬그머니 고개를 내밀었다.

나를 고문헌의 세계로 인도한 프란체스코 페트라르카.

나의 스승 클루치오 살루타티께서 로마를 방문했을 때 나는 일부러 찾아가 인사를 드렸다. 선생은 나를 몹시 반겨주었다.

당시 나는 선생의 추천으로 교황청에 들어와 스크립토르(문서 서기)로 일하고 있었다. 선생께서는 법학을 전공하고도 신의 말씀을 좇는 곳에서 일하려니 무척 고달플 것이라면서 책을 하나 선물해 주셨다. 그 책은 선생의 친한 벗 페트라르카가 지은 칸초니에레라는 시가집이었다. 소네트 형식의 14행 운율은 당시 내가 접하고 있던 문서와 판이하게 달랐다. 그때까지 성경 주석과 법률 조항, 이 두 개의 텍스트가 내 언어 세계의 틀을 이루는 골조였다. 이 골조의 틈바구니로 운율의 씨앗이 날아와 넝쿨이 자라고 꽃을 피웠다. 칸초니에레의 운율을 따라 읊조리는 게 나의 버릇이 되었다.

어느덧 나는 페트라르카 선생의 저서란 저서는 모두 구해 탐독했다. 선생은 로마공화정 시대를 동경했다. 갈기갈기 찢기고 이민족 출신 귀족들에게 농락당하는 이탈리아의 현실을 개탄하며 위대한 로마 시대를 재건해야 한다고 주장했다. 그러기 위해선 로마의 정신(Romanità)을 이어받아야 하는데, 로마의 정신적 원류는 그리스라고 했다. 그러므로 선생은 우리가 그리스 고전으로 돌아가야 하며, 멸실되지 않은 그리스 서적을 찾아내 부활시켜야 한다고 주장했다. 이후 고전문헌 발굴이 나의 사명이자 취미가 되었다.

예의 책사냥 충동이 내 안에서 슬며시 고갤 들기 시작했다. 현실의 환멸을 치유하기엔 이보다 더 효과적 방법이 없을 것만 같았다. 그러나 당장 책사냥을 떠나자니 발목을 잡는 몇 가지가 있다. 우선 공의회의 진행을 좀 더 지켜보아야 했다. 요한네스 23세의 안위 따위를 걱정돼서가 아니라 차기 교황이 누구로 선출되느냐에 따라 나의 행보를 결정해야 한다. 다음으로 복귀든 해산이든 로마 주교단의 뒤처리까지 잘 마무리해야 나의 평판을 유지할 수 있다. 끝으로 공의회 동안 될 수 있는 한 많은 추기경이나 대주교들과 안면을 익혀 놓는 것이 향후 입지를 확보하는 데 유리하다. 늙은 로마 대주교는 공의회가 끝날 때까지 나를 곁에 두고 싶어 했다.

뒷이야기지만 요한네스 23세는 역시 처세의 달인이자 모사의 대가다웠다. 옥중에서도 끝없이 협상 카드를 내밀어 새로운 교황이 들어선 지 불과 5개월 만에 마침내 감옥에서 풀려나왔다. 그리고 고향 나폴리로 잽싸게 돌아갔다. 그와 나와의 인연은 그렇게 끝이 났다.

슬슬 좀이 쑤셨다. 나는 다시 저잣거리에 나가기 시작했다. 전대는 겉옷 안에 단단히 묶고 주전부리용 동전 몇 개만 주머니에 넣고 다녔다. 그렇게 며칠을 쏘다녔다. 공의회는 개최된 지 일 년을 넘기고 있었지만 결론을 내지 못하고 있었다. 추기경과 대주교들은 두 달에 한 번씩 열리는 공식기록 회의에만 모습을 드러내고 각자의 입지를 드나들었다. 공의회는 흐지부

지될 것 같았지만 사람들은 점점 더 모여들었다. 시장은 더 커지고 건물은 더욱 많아졌다. 콘스탄츠는 이제 도시의 모습을 완연히 갖췄다.

나는 광장을 가로질러 호수가 있는 동쪽으로 향했다. 보덴 호수의 탁 트인 시야가 답답한 가슴을 열어줄 것만 같았다. 상가가 있는 대로에서 주택가 골목으로 들어가는데 어디선가 경쾌한 음악 소리가 들렸다. 음악 소리가 나는 쪽으로 걸어가니 조그마한 공터에 사람들이 빙 둘러 모여 있다. 나도 모르게 손으로 전대를 꼭 그러쥐었다.

공터에는 끽해야 열댓 살 먹은 소녀가 춤을 추고 그 뒤에 수염투성이 악사가 류트를 연주하고 있다. 소녀의 춤 솜씨가 보통이 아니었다. 엉덩이를 흔들며 공중으로 뛰었다가 착지할 때면 부푼 치마 사이로 매끈한 다리가 감질나게 노출됐다. 다음 동작에서 상체를 뒤로 젖히자 배꼽이 살짝 나타났다. 이윽고 소녀가 빙글빙글 돌자 그물을 투망하듯 치마의 주름이 좍 펼쳐지고 소녀의 하얗고 매끈한 다리가 자작나무처럼 드러났다.

소녀가 퇴폐적이라고 볼 수밖에 없는 요염한 동작을 연속적으로 이어가자 구경하는 사내들은 휘파람을 휘익휘익 불어대며 요란한 박수를 쳤다. 어린 소녀가 그런 타락한 춤을 추다니, 내 안에서 역겨움과 연민이 동시에 솟구쳤다.

불편한 마음을 떨쳐버리려 뒤돌아서는 순간 눈앞에 갑자기 웬 통이 나타났다. 주발만 한 크기의 나무상자다. 구경을 했으니 대가를 지불하라는 호객꾼의 요구다. 돈통을 내민 사람은 젊은 여자다. 그녀는 구경하는 사내들에게 슬그머니 다가가 불쑥 돈통을 내밀었다. 그러면 사내들은 반사적으로 전대를 뒤지기 시작한다. 나 역시 얼떨결에 동전 한 닢을 던져주었다. 그녀는 이내 다른 사내에게로 눈길을 돌렸다.

그녀는 돌아섰지만 나는 제자리에서 얼어붙었다. 일주일 전 내 전대의 끈을 자르고 은화를 훔쳐 간 소매치기 여자가 분명했다. 짙은 눈썹과 무어인의 피가 섞인 것 같은 이국적 외모가 내 기억의 선반 위에 그때까지 생생하게 놓여 있었다. 그날 그녀는 일부러 나와 눈을 마주치지 않았지만 나는 그녀의 독특한 외모를 잊지 않고 있었다. 여자는 나의 얼어붙은 표정을 보지 못하고 내 옆에 서 있는 구경꾼을 살피고 있다. 틈이 보이면 느닷없이 돈통을 들이밀 심산인 것 같았다.

소녀의 춤이 끝났다. 여자는 사람들이 흩어지기 전에 한 푼이라도 더 받아내려는 듯 돈통을 들고 사람들 사이를 바쁘게 오갔다. 구경꾼들은 바람에 연기가 흩어지듯 금세 사라졌다. 여자가 돈통을 악사에게 넘기자, 악사는 동전을 꺼내 전대에 넣었다. 악사와 시선이 마주쳤다. 그는 무슨 일이냐는 듯 나를 빤히 바라보았다.

나는 품에서 교황청에서 발행한 공의회 출입증을 꺼내 수염이 덥수룩한 악사의 눈앞에 내밀었다.

"공의회 주교단 소속이오. 당신들을 풍기문란으로 고발하겠소."

나는 애써 목소리를 깔고 목에 힘을 주며 말했다. 공의회 출입증은 언제든지 근위대나 경비병을 호출할 수 있는 표식이다.

"거리에서 몸을 굴려 겨우 입에 풀칠이나 하고 있는 천한 백성입죠. 높으신 분께서 저희같이 하찮은 떠돌이에게 어찌 신경을 쓰십니까, 나으리?"

악사는 한껏 비굴한 표정을 지으며 몸을 조아렸지만 닳고 닳은 그의 행동거지가 만만치 않았다.

"저 소녀의 춤은 주님의 은혜로운 말씀을 새기고 교회의 신성한 사명을 부과하는 공의회에 어울리지 않소이다. 음란한 춤으로 사람들의 마음에 음욕을 일으키게 하니 어찌 그냥 지나치겠소."

나는 쉽게 물러서지 않으리라는 듯 다그쳤다.

"아이고, 나으리. 한 번만 눈감아 주시면 당장 여길 떠나겠습니다."

"다시는 그런 춤을 추지 않겠다면 내 고려해보겠소. 대신……."

"대신요?"

악사는 무슨 조건을 붙이는가 싶어 눈을 홉떴다.

"저 여인은 따로 조사할 게 있으니 나에게 넘기시오."

사내는 무슨 영문인가 하는 표정을 지으며 여자를 바라보았다. 가만히 서 있던 여자는 갑자기 지목당하자 커다란 눈을 더욱 크게 뜨고 나를 빤히 바라보았다. 까만 눈동자가 시냇물 속에 비치는 조약돌처럼 반짝였다.

이어 여자는 악사에게 눈길을 돌렸다. 악사가 당황해하자 여자는 보일 듯 말 듯 고개를 끄덕였다. 자신은 아무 죄가 없다는 의민지 아니면 능히 감당할 수 있다는 뜻인지 분간하기 힘들었다. 어쨌든 여자는 자신에게 닥친 상황을 피하려는 것 같지 않았다.

"그럽죠, 뭐."

악사는 흔쾌히 답하더니 소녀를 데리고 골목으로 사라졌다.

여자는 눈을 내리깔았다가 살짝 치켜떴다.

"왜 그러시죠?"

그녀의 눈길이 닿는 순간 부드러운 비단자락이 살갗을 스치는 것 같기도 하고 달궈진 쇠가 피부에 화들짝 닿는 것 같기도 한 이질적이고 상반된, 무어라 설명할 수 없는 느낌이 동시에 안에서 일어났다. 얼어붙으면서도 확 불이 붙는 것 같다고 할까. 당시의 나는 그걸 어떻게 받아들여야 할지 몰랐다. 훗날 내가 여자를 알고 세상을 겪고 나니 그것은 여자의 타고난 관능이었다. 그녀의 표정은 연출이 아니라 본능이었다. 어쨌든 나는 그녀의 관능 앞에서 어쩔줄 몰랐다. 무엇 때문에 그녀를 불렀는지조차 잊어버렸다. 먹먹해진 채 시선을 땅으로 떨구었다.

나는 계획이 없었다. 그녀를 알아보자 나도 모르게 불렀을 뿐이다. 그녀에게 두카트 은화를 내놓으라고 윽박지르든가 아니면 절도의 혐의를 물어 교황청 경비대에 인계하겠다고 협박이라도 해야 함에도, 내 머릿속은 텅 빈 채 그 어떤 생각도 떠오르지 않았다.

이런 나를 보며 그녀는 자신감을 찾았는지 상체를 약간 옆으로 틀며 허리에 손을 얹고 말했다.

"대체 무슨 일이시기에, 교황청 나리께서 저 같은 비천한 여인에게 용무가 있으신지요?"

"따로 조사할 게 있소."

나는 정신을 애써 다잡고 근엄하게 말했다. 그럼에도 불구하고 나는 내 말투에 배어 있는 떨림을 의식하지 않을 수 없었다. 여자가 나의 떨림을 알아차렸을까. 나의 자의식은 저 혼자 춤을 추고 있다.

"높으신 분께서 연행하시겠다는데 어찌 거역하겠습니까.

다만 저는 하찮은 사람이니 하찮게 대해 주시기 바랍니다. 저 같은 게 어찌 성스러운 교회당에 발을 들여놓겠습니까. 허락하신다면 나리께서 전혀 불편하시지 않은 곳으로 모시겠습니다."

아, 그녀는 단번에 나를 꺾어놓았다. 나의 본심을 꿰뚫고 나의 욕망을 휘저었다. 나약하고 갈피 잡지 못하는 본면목이 그녀 앞에서 벌거벗겨진 것이다.

그녀가 나를 데려 간 곳은 뒷골목에 있는 허름한 집 이층이었다. 삐걱대는 계단을 오르자 자그마한 현관이 나타났다. 여자가 문을 열자 좀 전의 악사와 소녀가 의자에 앉아 있다가 깜짝 놀라며 일어났다. 여자가 눈짓을 했는지 이들은 말없이 현관문을 열고 나갔다.

여자는 돌아서서 나를 빤히 바라보았다. 대체 무슨 일이에요? 하고 따지는 것 같기도 하고 내가 뭘 어찌해야 하나요? 하고 되묻는 것 같기도 했다. 그 순간 칸초니에레 속의 라우라가 떠오른 건 무엇 때문인가.

> 그날, 창조주에 대한 동정으로
> 태양이 빛을 잃었던 바로 그날,
> 그대의 아름다운 두 눈이 나를 사로잡았으니,
> 여인이여, 나는 사랑의 포로가 되어, 정신을 잃고 말았

다오[1]

　시가詩歌의 주인공이 부활절 직전 성 금요일에 라우라를 처음 본 순간 영원의 사랑에 빠지는 장면이다. 성스러운 날, 세상 모두가 그리스도의 죽음을 애도하는 날 화자는 라우라를 만나 사랑에 빠지게 된다.

　여자가 겉옷을 벗었다. 깊이 팬 가슴 사이로 하얀 굴곡이 도드라졌다. 봉우리는 보이지 않았지만 신비스러운 안개에 싸인 채 우뚝 서 있다는 걸 나는 본능적으로 알아챘다. 신비의 계곡에서 나는 길을 잃고 말았다. 계곡을 빠져나오지 못해 허우적대는 가냘픈 새였고, 거센 물길에 휩쓸려 가는 물고기였다. 그것은 필사할 수 없는 세계이고 설명할 수 없는 느낌이었다.

　페트라르카의 칸초니에레도 솔로몬의 아가雅歌도 떠오르지 않았다. 그녀는 방금 내 갈비뼈에서 솟아난 하와였다. 달콤한 혀로 아담에게 사과를 권하듯 그녀는 치마와 연결된 어깨끈을 살짝 내렸다. 어깨와 가슴이 드러났다. 나는 속에서 치미는 뜨거움을 가누지 못해 고개를 돌렸다. 그녀는 살며시 내 손을 잡고 방으로 데려갔다. 그 방에는 태초부터 자리를 지킨 듯한 낡은 침대가 놓여 있었다.

---

1 이상엽. 「프란체스코 페트라르카의 칸초니에레 연구」. 한국외국어대학교 연구논문. 2002

그녀는 자신의 이름이 세실리아라고 했다. 어쩌면 본명이 아닐지도 모른다. 이름에 반응하는 게 자연스럽지 못할 때가 있었으니 말이다. 아무렴 어떤가. 그녀는 나에게 지상에서 현현한 라우라였다. 페트라르카의 라우라는 상상 속의 고귀한 여인이었지만 콘스탄츠의 거리에서 만난 라우라는 현실 속의 감각적 여인이었다. 내 귀에 어른대는 그녀의 입김과 손끝에 전해지는 살갗의 촉감은 현세의 쾌락이 영원한 지복 못지않음을 알려주었다.

세실리아는 집시였다. 안달루시아 출신인 그녀는 히달고 패에 속해 있었다. 이들 패거리는 카탈루냐에 머물다가 공의회 특수를 노리고 콘스탄츠로 이동해 왔다. 먼저 자리 잡은 보헤미안 패거리들과 충돌이 잦아지면서 히달고 패들은 리옹으로 자리를 옮겼다. 그녀는 갑작스레 몸이 아파 동료들이 떠날 때 같이 가지 못했다고 한다. 진짜로 몸이 아파서가 아니라 다른 이유가 있었는지도 모른다. 어쨌거나 나중에 합류하기로 하고 그녀는 콘스탄츠에 남았다.

쉬는 동안 그녀가 의탁했던 사람이 춤추는 소녀와 악사였다. 악사는 소녀의 아버지로 프로방스를 떠돌다가 콘스탄츠에 왔다. 세실리아는 이들 가족과 같이 지내며 길거리 공연의 바람잡이를 맡았고, 틈틈이 뒷골목을 다니며 여리꾼, 소매치기, 좀도둑질로 밥벌이를 했다. 매춘까지 했는지도 모르겠지만 굳이 알고 싶진 않았다.

그녀가 나와 만나기 전에 어떤 짓을 했든 간에 이젠 나의 소중한 동거녀가 되었다. 예수께서도 죄 없는 자만이 여인을 돌로 치라고 하시지 않았는가. 예수께서는 또 세리와 창녀와 죄인들이 바리새인들보다 먼저 천국에 들어간다고 하셨다. 나는 바리새인보다 더한 교황청 세크레투스 아닌가.

세실리아와 나는 콘스탄츠 뒷골목에 방을 얻었다. 그녀가 훔쳐 간 두카트 은화를 사용했다. 새 지푸라기를 넣은 시트와 양털 베개가 있는 2인용 침대를 하루 1길더에 사용하고 2주에 한 번씩 세탁해 주는 조건이다.

"교황청 남자들은 물건이 십자가처럼 생긴 줄 알았더니 똑같네, 뭐. 호호호."

허둥대는 나를 능숙하게 받아주며 그녀가 깔깔댔다. 그녀의 천박한 농담에 내가 뭐라고 대꾸했는지는 기억나지 않는다. 다만 세실리아의 그 웃음소리가 아직도 귓전에 울릴 뿐이다.

세실리아는 나에게 사렙다였다. 엘리야에게 음식과 물을 공궤한 과부 말이다. 처음 그녀는 라우라로 내게 다가왔었다. 그러나 세실리아와 함께 지내면서 나는 단지 그녀의 몸을 탐한 것이 아니라 영혼의 음식을 구하고 있다는 사실을 깨달았다. 영혼의 음식이 육욕의 충족이냐고 따지면 할 말은 없지만,

세실리아는 라우라처럼 고귀한 귀부인이 아닌 거리의 여자였다. 나는 그녀에게서 연모 따위의 고상한 유희가 아니라 본능을 충족시키는 진한 체취를 흡입했다. 바티칸 집무실 한쪽 구석에서 창백한 얼굴로 모략을 꾸미고 있던 나에게 세실리아는 끈적끈적한 삶의 진창을 경험하게 해주었다.

그것은 내 인생에서 가장 추하면서도 가장 아름다운 방황이었다. 교황 요한네스 23세가 도망치고 후스가 화형당한 그해 가을 나는 그렇게 콘스탄츠에서 집시여인과 육욕에 빠졌다. 여신女身의 산과 계곡에서 흐르는 젖과 꿀에 흠뻑 젖었던 그 시절을 타락이라고 말해야 한다면, 타락은 충만의 다른 이름이라고 해야 하리라. 적어도 당시의 나에게서 만큼은.

7

프라하 사람 히에로니무스를 처음 만난 건 그 즈음에 주교 좌로 승격한 콘스탄츠 성당에서였다. 후스의 동지인 그는 후스보다 더 과격한 위클리프주의자로 알려져 있다. 보헤미아에서 신앙 개혁 운동을 벌이고 있던 그는 후스가 구금되었다는 소식을 듣자 콘스탄츠로 득달같이 달려왔다. 후스는 그에게 콘스탄츠 행을 간곡히 만류하는 편지를 썼으나, 히에로니무스는 친구를 혼자 사자굴에 남겨놓을 수 없다면서 달려왔다고 한다. 후스가 화형당하기 석 달 전이었다. 콘스탄츠에 오자마자 그는 후스와 같은 죄목으로 체포되었다.

후스의 화형 소식을 들은 후 히에로니무스는 자신의 신앙관을 번복했다. 9월 12일 공의회 석상에서 자신의 잘못된 신앙관을 뉘우치고, 위클리프에 대한 존경심을 거두며, 로마 교회와 교황 무류설을 지지한다고 미리 준비한 문서대로 선언했다.

거기까지가 그에 대해 내가 들은 소문의 전부였다.

군중들은 후스와 비교하며 그의 변절을 손가락질했지만 나는 그러한 비난이 온당치 않다고 생각했다. 이리떼들 앞에서 순결을 외친들 물어뜯기기밖에 더하겠는가. 차라리 그들의 먹잇감에서 벗어나 자신만의 정결을 유지하는 것이 제대로 된 신앙의 길이 아닌가. 나는 그 정도선에서 히에로니무스에 대한 생각을 정리했다. 당시의 나는 히에로니무스를 존경하지는 않았지만 그의 행보에 대해 최소한의 이해심을 가지고 있었다.

히에로니무스는 철회 발언에도 불구하고 석방되지 못하고 일 년 가까이 갇혀 있었다. 1416년 5월 당대 최고의 신학자라 불리는 요한 제르송이 이단심문 법정을 다시 열었다. 햇수로 삼 년째 접어든 공의회가 차기 교황도 선출하지 못하고 지지부진해지자 분위기를 일신하기 위해 종교재판을 재개한다는 소문이 지배적이었다. 스콜라 신학의 화신인 그라면 진심으로 하루라도 빨리 이단을 처치하고 싶었는지도 모른다. 적어도 그 시점에서 다시 한번 히에로니무스의 신앙관을 확인하고 그의 오류를 만천하에 알리고 싶었을 것이다. 후스의 처형에 대해 보헤미아 추종자들의 낌새가 예사롭지 않다는 소문이 심심찮게 들려오기 시작한 것도 심기를 불편하게 했을 것이다.

내가 심문법정에 들른 건 우연이었다. 바르톨로메오와 대주교성당에서 만나기로 했다. 그는 밀라노 추기경 밑에서 스크립토르로 일할 것인가를 고민하던 중이었다. 세크레투스로 일하던 그가 단순 필사가인 스크립토르 직을 받아들일지는 나도 의문이다. 약속 시간이 됐는데도 바르톨로메오는 오지 않았다. 나는 그가 올 때까지 대성당 부속 건물에서 진행된 이단 심문을 구경했다.

제르송은 명성대로 대학자의 풍모를 물씬 풍겼다. 지혜로 반짝이는 크고 맑은 눈과 사색의 깊이만큼 길게 뻗은 수염은 높이 솟은 붉은 모자와 함께 무시할 수 없는 위엄을 발산했다. 반면 히에로니무스는 구금 생활의 여파인지 초췌한 얼굴에 두 눈이 퀭했다. 하지만 그의 눈빛은 깊은 강물을 건넌 자처럼 평화로웠다. 고난 속에서도 그런 눈빛을 간직할 수 있다는 게 놀라웠다. 그의 허리는 꼿꼿했고 몸짓은 당당했다. 변절자의 비굴함이 조금도 배어 있지 않았다.

이상했다. 내가 아는, 그러니까 소문으로 들었던 히에로니무스가 아니었다. 좀 더 가까이 가서 그의 항변을 제대로 들어보고 싶었지만 사람들로 꽉 차 있어 접근할 수가 없었다. 게다가 그는 심판관을 향하고 있어서 등 뒤에 있는 회중들에게는 말소리가 선명하게 들리지 않았다. 얼핏 들려오는 목소리와 말투에서 분위기를 짐작할 뿐이었다. 놀랍게도 그의 목소리는 주눅 든 자의 것이 아니었다. 그의 말투에는 비굴한 기색이 전혀 없었다. 나는 두 손으로 귀를 감싸 법정의 소리를 낱낱이 담아보려 애썼다.

허공을 오가는 말들을 모아서 꿰맞춰 보면, 일 년 전 히에로니무스가 후스와 달리 신앙 번복을 하자 추기경들은 그가 보헤미아로 가서 영주 벤첼과 귀족들 그리고 프라하대학 교수들에게 자신의 오류를 고백하고 그 내용을 서신으로 전할 것을 명령했다. 히에로니무스는 추기경들의 요구를 따르지 않은 것 같았다. 자신의 최대 오류는 위클리프주의를 신봉한 것이 아니라 일시적으로나마 그들의 위협에 굴복했던 자신의 나약함이었다고 또박또박 말하는 게 얼핏 들렸다. 이어 황제의 거짓 약속을 지적하며 가롯 유다나 사라센인과의 약속일지라도 약속이라면 지켜야 한다고 꾸짖었다. 심문관들의 얼굴이 붉으락푸르락해지고 있다는 건 보지 않아도 알 수 있다. 제르송은 최종 변론과 선고를 나흘 후에 공개재판으로 할 것이라고 선언하며 그날의 재판을 종료했다.

나흘 후인 5월 30일, 나는 열일 제쳐놓고 아침부터 서둘렀다. 침대에 묻혀 있는 세실리아는 나를 흘긋 바라보더니 다시 눈을 감았다. 그녀와 나는 동거인으로서 최소한의 의무만 지켰다. 나는 여전히 공의회 주변을 얼쩡거렸고 그녀는 악사 부녀의 공연에 바람잡이 역할을 계속했다. 나는 그녀에게 한 가지만은 꼭 지킬 것을 다짐받았다. 소매치기나 절도, 윤락 등 법에 저촉되는 짓은 하지 않기로. 만약 발각되면 나도 연루되어 교황청 직을 그만둘 수밖에 없고, 그렇게 되면 그녀에게 안락한 잠자리를 제공할 수 없을 뿐만 아니라 그녀에겐 꽤 짭짤한 용돈도 줄 수 없게 된다는 걸 단단히 주지시켰다.

일찍 나온 덕분에 재판장 앞자리를 차지할 수 있었다. 공개재판이라 대성당 앞 광장에 임시법정이 가설되었다. 삼단으로 된 임시법정의 가장 높은 단은 심판관들의 자리다. 그 아래단에는 판관 기준으로 오른편에 의자가 있는데 아마 심문관의 좌석일 것이다. 왼쪽에는 의자가 없이 키 높이 기둥만 있다. 포승줄에 매인 죄인의 자리이리라. 맨 아래 단은 회중들의 접근을 막기 위해 설치된 것으로 두 번째 단보다 조금 튀어나왔고 층고만 달리했다.

오전 10시, 재판이 시작되었다. 이단 심문관들이 입장하고 이어 죄수복을 입은 히에로니무스가 끌려 왔다. 의외로 포승에 묶이지 않은 자유로운 몸이었지만 두 명의 간수가 양옆을 지키고 있다. 끝으로 심판관 세 명이 입장했다.

심문관 측 최종 변론은 로디 주교가 맡았다. 그는 서두에서 부랑인, 강도, 매춘부일지라도 사건의 증인이 될 수 있지만 이단심판에 있어서만큼은 이들조차도 증인이 될 수 없다고 못박으며 변론을 시작했다.

이단자 위클리프의 사상을 추종하는 피고는 교회의 권위를 추락시키고, 성찬례를 폄하하며, 교황과 성직자를 매도한 후스와 같은 무리이니 그와 똑같이 대우해야 한다고 주장했다. 이어 사탄의 유혹에 굴복하고 이단의 망령에 씐 자에게 관용은 없다면서 화형기둥에 매달아 하늘에 계신 아버지를 기쁘게 해드리는 것만이 유일한 해법이라 게 그의 요지였다. 이어 히에로니무스에게 최종 변론의 기회가 주어졌다.

히에로니무스는 나흘 전의 평화로운 눈빛을 잃지 않고 있었다. 오히려 그의 확신은 더욱 깊어진 듯했다. 그는 변론에 앞서 좌중을 한번 돌아보았다. 시선은 나흘 전과 달리 심문관들보다는 회중석으로 자주 향했다. 이윽고 그가 입을 열었다.

"존경하는 재판관님, 그리고 여호와 하나님의 백성 여러분. 저는 오늘의 이 자리가 지상에서의 마지막 장소가 되고 지금 이 얘기가 제 생애 마지막 말이 될 것을 알고 있습니다."

히에로니무스의 표정은 도저히 죽음을 앞둔 자라고 할 수 없을 정도로 담담했다.

"옛날 어느 곳에 양치기 목동들이 살고 있었습니다. 초원에 겨울이 다가오자 목동들은 양에게 먹일 겨울 양식을 준비하려고 했습니다. 동쪽 마을에 사는 목동들은 양식에 누룩을 넣으면 영양이 풍부해진다고 했습니다. 서쪽 마을에 사는 목동들은 누룩은 양식을 변질시키니 좋지 않다고 반대했습니다. 두 마을의 목동들은 누룩을 넣어야 하느냐 마느냐를 두고 격렬하게 싸웠습니다. 동쪽 마을 목동들은 자신들이 정통, 즉 오소독스라 했고, 서쪽 마을 목동들은 자기들이 보편, 즉 가톨릭이라고 주장했습니다. 한편 서쪽 마을의 목동들 사이에서도 의견이 갈리었습니다. 처음에 서쪽 마을 목동들은 양식에 밀기울 넣는 게 당연하다고 여겼습니다. 그런데 어느 목동이 이의를 제기했습니다. 밀기울은 있어도 그만 없어도 그만인데, 밀기울을 공급하는 목동이 자신의 이권을 위해 장사를 하고 있다고 했습니다. 밀기울 파는 목동은 그 목동을 불러 혼을 냈습니다. 조용히 있으라고. 그러자 그 목동은 밀기울은 사기라고 더욱 소리 높여 외쳤습니다. 마침내 밀기울을 파는 목동과 일당들이 그 목동을 죽여버렸습니다. 그런데 죄목이 뭔지 아십니까? 바로 기밀누설죄입니다."

예상치 못한 재담에 엄숙하던 좌중 여기저기서 피식 웃음이 새는 소리가 들렸다. 심지어 판관들조차 터져 나오는 웃음을 참기 위해 입술을 깨물었다. 누가 감히 자신의 목숨이 달려 있는 마지막 변론을 이런 식의 풍자로 시작한단 말인가.

히에로니무스는 이렇게 의연했다. 나는 그가 위클리프 사상을 부인하고 후스를 저버렸다는 소식을 들었을 때 그도 그저그런 보통의 인간이라 생각했다. 이해 못 할 바는 아니지만 성인의 경지는 아니라고 생각한 것이다. 그러나 마지막 변론에서 보여준 그의 태도는 내가 아는 어떤 성인보다도 더 성인

다뤘다.

그는 이어 역사 속에서 부당한 대우에 시달린 현자들의 예를 들었다. 시민들의 무지를 깨우기 위해 노력했던 소크라테스가 바로 그 시민들에 의해 독배를 마시게 된 일화를 시작으로, 플라톤이 디오니시우스 1세에 의해 노예로 팔려 간 사건, 아낙사고라스의 불경죄 기소 및 도피, 제논의 고문 등 많은 인물의 부당한 판결을 열거했다. 여기까지는 이교도라 넘어간다 치더라도 그 다음의 예는 심문관들의 심기를 거슬리기에 족했다. 성경 속의 인물들을 예로 든 것이다. 형제들의 모략으로 이집트에 팔려 간 요셉, 모세를 향한 히브리인들의 원망, 이스라엘 백성들을 향한 이사야의 호소, 다니엘의 핍박, 수산나의 모함 등. 여기까지도 심문관들은 마지못해 듣고 있었다. 그러나 구약 시대에서 신약 시대로 넘어가자 심문관들의 표정이 일그러지기 시작했다. 세례자 요한의 희생을 언급하자 그들의 입에서 헛기침이 나오더니, 구원자 예수에 이르자, 문득 로디 주교가 말을 끊었다.

"이단 피고인은 비유를 삼가라. 죄인의 입에 신성한 주 예수 그리스도를 올리는 것이 가당키나 하더냐."

로디 주교의 제지에도 불구하고 히에로니무스는 흐트러짐이 없었다. 나는 그때쯤 그가 심문관들을 향해 진노의 불길을 쏘아주길 바랐지만, 그마저도 아깝다는 듯, 심문관 따위는 안

중에 없다는 듯, 목소리는 오히려 낮아졌다.

"이와 같은 거짓 증언에 의한 유죄 판결은 의인의 희생을 더욱 값지게 했습니다."

이어서 그는 후스로 화제를 돌렸다.

"보헤미아 사람 얀 후스는 선하고 의로운 사람입니다. 그의 삶은 화형대에서 마감함으로써 더욱 거룩하게 빛났습니다. 후스는 성직자와 사제의 생활을 비판했을 뿐이지 여호와의 말씀을 전하는 성직을 욕하지 않았습니다. 그는 화체설을 부인했을 뿐이지 주 예수의 영육을 부인하지 않았습니다. 그는 교회법을 고발했지 교회를 폄훼하지 않았습니다."

후스의 변호로 시작한 그의 혀는 마침내 성직자들을 향했다. 주교와 추기경 같은 고위성직자들의 허세와 거만을 꾸짖었다. 히에로니무스가 지적한 그들의 폐단은 여기서 일일이 적시할 필요도 없이 이 글을 읽는 이의 상상에 맡겨도 충분하리라.

연설 중간중간 심문관이나 주교들에 의해 제지되기도 했지만—그들의 말인즉, 과격하고 근거 없는 비방을 삼가라—히에로니무스는 조금도 위축되지 않았다. 간간이 그들의 얼굴을 정면으로 바라보면서 심문관들의 위협적인 시선을 아무렇지도 않게 받아냈다. 그의 풍부한 지식과 다양한 예화는 좌중의 이목을 집중시켰고 당당하고 정연한 논리는 심판하는 자들이 오히려 심판받는 것 같은 착각을 일으키게 했다.

자신의 수감생활 역시 담담하게 전했다. 일 년 동안 자신에게 가해졌던 학대와 가혹한 환경 등을 묘사하면서도 형리들에게는 단 한마디의 원망도 없이 오히려 그들의 처지를 이해하는 발언으로 마무리를 지었다.

히에로니무스의 최종변론이 끝나자 제르송의 선고가 이어졌다. 그는 성경 구절을 인용하는 것으로 판결문의 서두를 열었다.

"마태복음 16장 18절에서 19절에 따르면 '내가 너에게 이르노니 너는 베드로라. 내가 이 반석 위에 내 교회를 세우리니 음부의 권세가 이기지 못하리라. 내가 천국의 열쇠를 네게 주리니 네가 땅에서 무엇이든지 매면 하늘에서도 매일 것이요 네가 땅에서 무엇이든지 풀면 하늘에서도 풀리라'라고 했습니다. 또한 요한복음 21장 15절에 의하면 '내 양을 먹이고 치라'고 했습니다. 이처럼 초대 교황 베드로는 그리스도로부터 천국의 열쇠에 해당하는 권능을 직접 부여받았고 '묶고 푸는 권한'을 위임받았습니다. 이는 교황이 그리스도의 대리인이라는 성서적 근거입니다. 또한 일찍이 콘스탄티누스 황제가 제국 내의 전 영토가 교황에게 주어졌음을 밝히는 '기증장(Constantini donatione declamatio)'은 세속의 위임을 증거하고 있습니다.

이렇듯 교황의 권능은 성경에 의하거나 역사에 의하거나 그 정당성과 당위성을 확보하고 있습니다. 그러기에 교회는 그리스도의 몸이요, 그 머리는 교황이라, 하는 금언까지 생겨난 것입니다. 몸은 머리의 결정에 따라야 합니다. 그래야만 하나님을 영광되게 하는 사역에 제대로 임할 수 있습니다. 몸과 머리가 따로 논다면 지상은 지옥으로 변하게 됩니다. 이것이야말로 사탄이 원하는 바이고 사탄이 획책하고자 하는 방편입니다.”

　제르송은 판결문에서 눈을 떼고 히에로니무스를 바로보았다. 나에겐 히에로니무스가 등지고 있어서 그의 눈빛을 어떻게 받았는지 모르지만 제르송은 이내 시선을 돌리더니 좌중을 둘러보았다. 제르송의 시선이 지나갈 적마다 회중들은 마치 회개라도 하듯 고개를 떨구었다. 제르송이 하늘을 흘깃 바라보고는 다시 고개를 숙여 판결문을 읽어내렸다.

　“교황의 권능과 권위는 성례에 의해 유지되고, 성례의 핵심은 성만찬에 있습니다. 성만찬에서 먹고 마시는 빵과 포도주는 물질이 아니라 주님의 피와 살입니다. 성례식은 그리스도의 대리인인 교황으로부터 성직자에게로 위임됩니다. 성직자의 성례는 우리 몸 안에 그리스도를 맞이하는 성스러운 의식입니다. 학자 중의 학자이신 아퀴노의 성인 토마스께서도 빵과 포도주는 그리스도의 살과 피로 전환되었다 했고, 위대한 학자 둔스 스코투스도 빵과 포도주의 성질이 소멸하였으나 그 의례를 통해 되살아난다고 했습니다. 이를 부정하는 건 그리스도를 받아들이는 걸 거부하는 것이고 사탄의 유혹에 넘어갔다는 증거입니다.

잘못된 믿음으로 성만찬을 오욕한 자에 대해선 심판으로서 그 잘못을 가려야 합니다. 이단자 후스를 심판한 연기가 하늘에 채 도달하기도 전에 그의 추종자를 자처하는 자가 오늘 이 자리에 섰습니다. 사탄은 이다지도 집요합니다. 그러나 이단의 망령을 제거하기 위한 우리의 끈기 또한 이에 못지않습니다."

학자답게 논리가 정연하고 표현이 현학적이었다. 이후로도 그의 화려한 말 잔치가 이어졌다. 마지막으로 제르송은 성 키프리아누스의 '교회 밖에는 구원이 없다(Extra ecclesiam nulla salus)'는 말을 인용하며 히에로니무스에게 화형을 언도했다.

내가 보기에 공의회를 지배한 것은 성경이 아니라 교회법이었고, 하나님의 영광이 아니라 성직자들의 고귀함을 추구한 것이었다. 성만찬례의 정당성은 누구를 위한 것인가? 교황인가? 황제인가? 재속 성직자인가? 수도원인가? 아니면 고작 성찬식에서 빵만 아니라 포도주를 마실 잔도 달라는 평신도들인가? 나는 알 수 없었다.

콘스탄츠 공의회가 이룬 성과가 적지 않았지만 내가 보기에 가장 가소로운 건 보헤미아의 이단자를 처단한 것이 이번 공의회의 가장 큰 성과라는 자찬과 평신도들에게 성찬의 잔을 주지 않기로 한 결정이다. 이 얼마나 유치하고 경멸스러운가.

주교좌성당 앞에는 프라하 사람 히에로니무스의 화형을 집행한다는 포고문이 붙었다. 포고문에는 히에로니무스의 죄가 열거되었는데 제르송이 재판 당시 선고한 내용과 전혀 달랐다.

히에로니무스는 악마의 꾐에 넘어간 자다. 그는 그리스도의 제자가 아니라 위클리프와 후스의 제자로서 독버섯과 같은 신앙관을 음지에서 키웠다. 히에로니무스는 가톨릭의 성례를 부정하고 그리스도의 대리인 교황을 부정했으며 영혼의 전도사인 성직자를 매도하고 몽매한 대중을 선동했다. 히에로니무스 안에서 싹튼 이단의 씨앗은 적그리스도가 심은 것으로, 겉은 달콤하나 안은 독으로 가득 찼다. 이에 죄인 히에로니무스를 거룩한 공의회의 이름으로 하나님이 보시는 앞에서 화형으로 심판한다는 내용이다.

선고판결문에서 제르송이 낭독했던 고상하고 현학적인 문장은 간데없고 거칠고 조악한 어투의 증오만 가득 찬 포고문이었다.

화형식은 사흘 후 콘스탄츠 광장에서 정오에 시행한다고 적혀있다. 광장은 후스가 산화한 곳으로 사람들은 그곳을 사탄의 장소라고 불렀다. 일 년 만에 개최되는 화형식은 콘스탄츠를 또다시 억측과 증오의 도가니로 만들었다.

　사흘 내내 비가 억수같이 쏟아졌다.

8

화형식 날은 하늘이 맑게 개었다. 해뜨기 직전 어스름한 여명이 빛의 입자들을 뿌리고 사라졌다. 말끔하게 씻긴 세상 속으로 사람들이 모여들었다. 나는 새벽에 일어난 덕분에 앞쪽에 자리 잡을 수 있었다.

집행이 시작되면 대성당에서 이단법정의 심판관들이 마지막으로 판결문을 낭송하고 군인들에게 (그들이 말하는) 죄인을 넘긴다. 형식상으로 최종 처형은 신의 대리인이 아닌 세속 군대의 손에 의해 이루어지게 하는 것이다. 군인들은 죄인을 처형장으로 끌고 간 다음 장작에 불을 댕긴다.

내가 갔을 때 연단 앞에는 이미 히에로니무스가 손이 뒤로 묶인 채 서 있었다. 포고문이 붙은 후 사흘 동안 그는 몰라보게 피폐해졌다. 듣기로는 최종 선고문 발표 이후 주교단 사제들이 보는 가운데 파문 선고 의식이 있었다고 한다. 사제복을 벗긴 다음 머리털을 깎고 관례에 따라 뜨거운 인두로 손가락과 발가락을 지진 다음 등에도 낙인을 찍었다고 한다.

이윽고 판관들이 등장했다. 제르송은 보이지 않고 로디 주교가 앞장섰다. 그는 연단에 서서 좌중을 둘러보았다. 웅성거리던 회당이 갑자기 조용해졌다. 로디 주교는 판결서를 들고 낭독하기에 앞서 쩌렁쩌렁한 목소리로 말문을 열었다.

"우리가 알거니와 우리의 옛사람이 예수와 함께 십자가에 못 박힌 것은 죄의 몸이 죽어 다시는 우리가 죄에게 종노릇 하지 아니하려 함이니 이는 죽은 자가 죄에서 벗어나 의롭다 하심을 얻었음이라."

무슨 말인가 싶었는데 옆에서 누군가 일행을 향해 나지막이 말했다. 로마서 6장 6절과 7절이야.

"오호라 나는 곤고한 사람이로다. 이 사망의 몸에서 누가 나를 건져 내랴. 우리 주 예수 그리스도로 말미암아 하나님께 감사하리로다."

회중석에서 나온 소리다. 사도 바울로가 로마인에게 보낸 편지의 구절이다. 사람들로 꽉 찬 대성당이니 삼사백 명은 족히 들어찼는데 내 귀에까지 들릴 정도이니 보통 큰 소리로 외친 게 아니다.

후스 추종자인가? 물결치듯 좌중이 출렁거렸다. 분위기가 술렁이자 연단 앞에 늘어선 경비병들이 차렷 자세를 취하며 창을 허리에 밀착시켰다.

로디 주교는 아랑곳하지 않고 판결문을 낭독했다. 판결문은 엊그제 나붙은 포고문과 또 달랐다. 제르송의 선고문이 포고문, 판결문으로 나아가면서 내용은 단순해지고 표현은 단정적이 되었다. 대중을 염두에 두고 간명하고도 선명하게 죄상을 알리자는 의도이니 그 조악한 내용까지 회상하고 싶지는 않다. 지금도 기억나는 건 후스의 죄명이 30개 조항이었는데 히에로니무스의 죄명은 15개로 줄어들었다는 것만 기억하자.

후스를 심문할 때는 그야말로 신학 논쟁이 격렬하게 벌어져 심문관들이 애를 먹었다. 그들이 정죄하려는 조목마다 후스는 반론을 제기했고, 어설픈 논리로 죄를 묻던 심문관은 이제 갓 배우는 학동처럼 오히려 호된 꾸지람을 듣기도 했다. 후스는 지기스문트 황제에게까지 따졌다. 황제가 약속한 안전통행권을 상기시키면서 그의 이율배반을 지적하자, 황제는 얼굴이 벌겋게 상기된 채 아무 말도 못했다고 한다.

그런 경험이 있었던지라 히에로니무스의 심판은 판결 내용이 간단하되 더욱 선정적이 되었다. 판결문이 낭독되는 동안 히에로니무스는 말없이 고개를 숙이고 있었다. 고문과 심문 때문에 지쳐서 그런 것인가 생각했는데 나중에 형장으로 가는 동안 군중들이 그에게 외치는 소리에 일일이 답한 걸 보면, 교회 안에서의 침묵은 교회에 속한 자들과는 더 이상 논쟁도 항변도 하지 않겠다는 일종의 무시였던 것으로 보인다.

판결문 낭독이 끝나자 로디 주교가 히에로니무스를 향해, 마지막으로 뉘우칠 기회를 주고자 하니 죄인은 죄의 무게를 가볍게 하고 떠나라고 했다.

히에로니무스는 연단이 아닌 회중석을 향해 돌아섰다.

"나는 그대들이 나에게 씌운 죄의 조항 가운데 어느 것도 그리스도의 복음에 위배되지 않음을 지금도 확신합니다. 나의 친구이자 인도자인 얀 후스는 교회에 속한 사람과 단순히 교회 안에 있는 사람은 다르다고 했습니다. 그는 교회 안에 있는 모든 사람이 다 교회에 속한 사람들이 아니라고 했습니다. 교회 밖에 있더라도 그리스도의 말씀과 사랑을 실천하면 교회에 속하는 것이고, 교회 안에 있더라도 그들의 권세와 위신만을 취하는 자는 교회에 속하는 자가 될 수 없다고 했습니다. 나는 의인 후스의 말이 지극히 옳다고 생각합니다. 오늘 그 옳음을 증거하기 위해 나는 기쁜 마음으로 후스의 길을 뒤따를 것입니다."

히에로니무스의 마지막 진술이었다.

이제 형장으로 가는 일만 남았다. 그때 회당 한쪽 구석에서 웅성거리는 소리가 나더니 이내 소리가 모아져 일정한 리듬을 가지고 퍼져나갔다. 그 소리는 주기도문이었다. 우리가 우리에게 잘못한 사람을 용서하여 준 것 같이 우리 죄를 용서하여

주시고. 보헤미아 사람들 같았다. 그들이 주기도문을 중얼거리자 어느새 다른 사람들도 따라 외우기 시작했다. 그러자 한쪽 구석에서 누군가 소리쳤다.

"사탄의 사주를 받은 자에게 죽음을! 이단의 죄를 저지른 자는 지옥에나 떨어져라!"

그러자 이 소리가 또 불씨가 되어 일단의 군중들이 팔을 걸어붙이며 "이단에게 죽음을!" 하고 외쳤다. 그때부터 쏟아져 나온 구호와 비명이 허공에서 뒤엉키고 부딪쳐 귀를 울렸다. 회당 안은 그야말로 난장판이 되었다.

심판관들이 퇴장하자 경비병들이 히에로니무스를 에워쌌다. 경비대장이 칼을 꺼내 어깨 위로 쳐들고 앞으로 나아가자 군중들이 양쪽으로 갈라졌다. 어느새 히에로니무스의 몸에는 쇠사슬이 둘려져 있었다. 후스에게 한 것처럼 이단의 수괴라는 종이 모자를 씌우진 않았지만 쇠사슬은 더 굵어졌고 간격도 촘촘해졌다. 그들은 후스의 경험에서 모욕과 조롱이 오히려 추종자들의 반발을 부른다는 걸 배웠다. 상징적 모욕보다는 육체적 고통을 주는 게 낫다고 생각한 모양이다.

교회 밖으로 나오니 엄청나게 많은 군중이 밀집해 있다. 그리고 수백 명은 족히 됨직한 경비병들이 군중 가운데에 길을 만들고 양쪽으로 도열해 있다. 히에로니무스는 그들이 만든 길을 천천히 걸어갔다. 앞뒤로 열 명 정도의 군인들이 호위했다. 히에로니무스가 걸음을 옮길 때마다 철그렁 철그렁 소리가 났다. 나는 군인들의 대열 후미에 바싹 붙어 따라갔다.

군중들이 우우우 하는 소리를 질렀다. 무리 지어 달리는 짐승들이 내는 소리 같기도 하고 매운 북서풍이 자작나무 숲을 지나가며 내는 소리 같기도 했다. 그것은 말도 아니었고, 야유도 아니었고, 격려는 더더욱 아니었다. 그저 각자의 가슴 속에서 자기도 모르게 터져 나오는, 말 이전의 소리였다.

히에로니무스는 눈을 내리깔고 땅을 보며 걸어갔다. 쇠사슬이 무거워선지 아니면 흘러내리는 것이 보행을 방해해선지 열 걸음쯤 가다가 멈춰서 몸을 추슬렀다. 그럴 때마다 군중 속에서 여지없이 고성이 튀어나왔다.

"저 자의 몸엔 악령이 깃들었다!" 하는 소리가 나자, 히에로니무스는 천천히 고개를 돌려 "나는 십자가에 못 박힌 주 예수 그리스도를 믿을 뿐이오"라고 답했다.

목소리는 크지 않았지만 주눅 들지도 않았다.

어디서쯤 "주님의 보혈로써 영생을 누리소서." 하는 소리가 들리자 히에로니무스는 그쪽을 바라보고 "진리를 위해 목숨을 바치는 자는 영생의 문으로 들어가는 것입니다"라고 답했다.

얼마쯤 가다가 멈춰서니 "목숨을 도모하소서. 성자여." 하는 소리가 들렸다. 그는 또 그쪽을 보고 "저는 하나의 밀알이 되고자 합니다"라고 했다.

어디선가 "사탄의 자식이 말이 많구나." 하자, 히에로니무스는 "주님께서는 이런 내 허물도 용서하실 것입니다"라고 했다.

또 어떤 자가 "교회는 우리 삶의 기둥이다"라고 하자 "진리가 너희를 자유롭게 하리라"라고 응수했다.

이렇게 군중들의 말잔치를 통과하는 데 거의 두 시간이 흘렀다. 시간은 정오를 훌쩍 넘겼다.

광장이 가까워지자 화형기둥이 저만치 보였다. 사람들은 점점 더 흥분해 마구 고함을 지르고 악다구니치기 시작했다. 히에로니무스가 사탄의 지령을 받은 후스의 제자로서 이단자는 마땅히 처단 받아야 한다고 저주를 퍼붓는 사람이 있는가 하면, 다른 한켠에선 히에로니무스가 후스와 같은 억울한 순교자이니 후일 성인으로 축성될 거라고 쑥덕거리는 사람도 있었다.

광장 입구에 도달했다. 그때 갑자기 군중들 사이에서 한 사람이 튀어나와 히에로니무스 앞에 무릎을 꿇었다.

"성인이시여, 하늘나라에 임하시기 전 지상에서 마지막으로 성사의 은혜를 베풀어주소서."

그의 옷은 남루하다 못해 너덜거릴 지경이었다. 머리는 갈퀴어었고 수염은 마구 자랐다. 손에는 묵주를 쥐고 있다. 행색으로 보아 탁발수도사 같았다. 경비 대열 안으로 비집고 들어온 수도사에게 병사가 채찍을 휘둘렀다. 수도사는 채찍을 맞으면서도 꿈쩍 않고 엎드렸다. 화가 난 병사가 창으로 찌르려하자 히에로니무스가 부르짖었다.

"나의 마지막 청을 들어주시겠소?"

병사가 돌아보자 "저 수도사를 해치지 마시오"라고 했다. 병사가 머뭇거리자 히에로니무스는 엎드려 탁발수행자의 어깨를 잡았다.

"형제여, 일어나십시오. 형제는 형제의 길을 가시고, 저는 저의 길을 가겠습니다."

히에로니무스가 탁발수도자를 일으켜 세우자 그의 눈에 눈물이 가득 고였다. 그는 마지못한 듯 뒷걸음질을 쳐 군중 속으로 들어갔다.

화형대가 있는 곳에 도착했다. 기둥은 보덴 호숫가 숲에서 급히 베어낸 것 같았다. 나무 표면의 거친 껍질이 그대로 드러나 있다. 3일 동안 쏟아진 폭우로 인해 물을 머금은 기둥은 축축이 젖어 있다. 기둥 옆에는 화형에 사용할 나뭇단이 수북이 쌓여 있고, 그 옆에는 고해신부인 듯한 사제가 한 명 서 있다.

군중들의 소음이 조금씩 가라앉더니 어느 순간 조용해졌다. 광장엔 알 수 없는 침묵이 낮게 깔렸다. 화형대를 향해 쇠사슬을 메고 걸어오는 것만으로도 다리가 후들거릴 텐데 군중들에게 응대까지 하느라 히에로니무스는 거의 탈진한 것처럼 보였다. 걸음걸이는 금방이라도 쓰러질 것 같이 휘청거렸고 내장이라도 토해낼 듯 숨소리가 거칠었다. 철그렁철그렁 소리만 광장에 울려 퍼졌다.

경비대장이 신부에게 히에로니무스를 인계했다. 신부는 히에로니무스에게 뭐라고 말했다. 마지막 고해성사 권유일 터이다. 히에로니무스는 신부를 담담히 바라보다가 "물을 주시오"라고 했다. 신부가 의외라는 표정으로 경비대장을 바라보자, 대장은 고개를 저었다.

경비병이 히에로니무스의 몸에서 쇠사슬을 풀었다. 화형기둥으로 향하는 계단에 오르기 전 히에로니무스는 군중 쪽으로 몸을 돌렸다. 침묵은 더욱 견고해졌다. 바늘 하나 떨어지는 소리라도 들릴 것 같았다. 히에로니무스는 고개를 들어 하늘을 바라보았다. 눈물이 눈꼬리를 타고 주르르 흘러내렸다. 잠깐이었겠지만 내게는 그 시간이 한없이 길게 느껴졌다. 나도 하늘을 바라보았다. 하늘은 더없이 맑았다. 차라리 먹구름이라도 잔뜩 끼었으면. 맑은 하늘이 오히려 야속했다.

고개를 바로 세운 히에로니무스는 천천히 군중을 바라보았다. 그는 방금 기도를 끝낸 사람처럼, 무거운 짐을 내려놓고 한숨을 내쉬는 사람처럼, 먼 길의 끝에 도달한 사람처럼, 안도의 표정을 지었다. 그리고 천천히 계단을 밟고 올라가 기둥 발판에 올라섰다. 형리들이 다가와 히에로니무스의 몸을 고정했다. 기둥 뒤로 감싼 손을 밧줄로 묶은 뒤 가슴과 허리와 무릎과 발목을 그러매었다. 그러고는 옆에 놓여 있는 나뭇가지들을 가져와 쌓기 시작했다. 잔뜩 젖은 물기가 걱정되었는지 가지를 탈탈 털었다. 이윽고 원뿔 모양의 화형단이 완성되었다. 마지막으로 가연성을 높이기 위해 낡은 집에서 뜯어낸 판자들을 중간중간 끼워놓았다. 바닥에는 나뭇가지에서 흘러나온 물이 흥건했다.

그 과정을 히에로니무스는 위에서 고요히 내려다보았다. 우리가 우러르는 사람의 아들도 마지막엔 아버지시여, 어찌하여 저를 버리시나이까! 하고 울부짖었음에도 불구하고, 히에로니무스는 오히려 엷은 미소를 지었다. 갑자기 그의 입에서 성가가 흘러나왔다. 부활절 찬송인 '축일을 노래하라(salve festa dies)'였다. 웅얼거리는 그 찬송을 들은 사람은 나를 비롯한 소수였다. 화형단 앞에 있던 심문관이 소리쳤다.

"주 하나님의 이름으로 명하노니, 지옥으로 다시 돌아갈지어다(In nomine Domini Sabaoth sui filiique ite ad infernos)."

그의 최후의 찬송을 두고 후일 이단법정은 히에로니무스가 마지막엔 죄를 뉘우치고 사죄를 청한 것이라고 기록했다. 그들의 비열함엔 끝이 없었다.

마침내 경비대장이 칼을 뽑아 높이 들었다. 형리 하나가 활활 타는 횃불을 가지고 화형단 뒤로 갔다. 히에로니무스가 고개를 돌리며 말했다.

"내 앞에서 불을 붙이도록 하시오, 불이 무서웠다면 이 자리까지 오지도 않았을 것이오."

경비대장이 형리에게 눈짓으로 그렇게 하도록 했다. 이윽고 경비대장이 공중에 치켜든 칼을 내려치자 형리가 화형대 밑단에 불을 붙였다.

물기를 머금은 나무는 쉽게 불이 붙지 않았다. 미리 준비한 마른 장작이 다 소진돼도 불길이 확 일어나지 않았다. 매운 연기만이 화형단을 감쌌다. 군중들은 눈살을 찌푸리며 코를 막았다. 콜록콜록 기침 소리가 사방에서 터졌다. 경비대장이 역정을 내자 형리가 어디선가 역청을 구해 가지고 헐레벌떡 뛰어왔다. 형리가 역청을 군데군데 뿌리자 비로소 불길이 일었다. 그러나 역청으로 인해 검은 연기가 뭉글뭉글 솟아났다.

화형단은 금세 검은 연기로 뒤덮였다. 매캐한 연기가 춤을 추다 갈라진 틈새로 시뻘건 불길이 혀를 날름거렸다. 그때 갑자기 바람이 화악 불어오며 검은 연기가 군중을 뒤덮었다. 나는 그 틈에 히에로니무스를 보았다. 그의 고개는 이미 꺾여 있었다. 바람은 두서없이 광장을 몰아쳤다. 역청과 젖은 나무가 뿜어내는 숨 막히는 연기는 광장을 떠나지 않고 솟구치다 홀연 가라앉으며 사람들을 휘감았다. 군중은 다시 악다구니를 썼다. 괴성과 신음과 욕설과 흐느낌이 난무했다.

그때 한 줄기 빛이 내 눈으로 들어왔다. 가늘지만 찬란한 빛이었다. 빛은 화형기둥을 감싼 연기를 뚫고 사방으로 뻗쳐나 갔다. 빛줄기 안에는 빛보다 밝은 형체가 이글이글 타올랐다. 형체는 점점 오그라들면서 빛 속으로 용해되어 갔다. 마침내 빛과 형체는 하나가 되었다. 빛은 형체를 삼켰고, 형체는 빛을 더욱 밝게 했다. 광장은 여전히 검은 연기로 뒤덮였지만 그 빛을 본 사람이 나 혼자가 아닐 것이라 여기며 나는 광장을 빠져 나왔다. 이후 누구도 빛에 대해 이야기하는 것을 듣지 못했다. 나는 가끔 그날 정말 내가 빛을 본 것이 맞을까 의심스러워지 기도 했다.

우연히 히에로니무스의 연설을 들은 후 나는 그에게 빠져들 었고, 그를 통해 인간의 논리가 신을 향한 경배와 찬양의 언어 보다 아름다울 수 있다는 걸 처음으로 느꼈다. 당시 콘스탄츠 엔 온갖 언어가 난무했고 모두가 신의 섭리를 외쳤지만 아무 도 신의 섭리 안에 있지 않았다.

여기까지가 콘스탄츠 공의회에서 있었던 일들이다. 물론 풀다의 수도원장에게 이 이야기를 낱낱이 다 들려줄 수는 없 었다. 세실리아와의 동거를 어찌 솔직히 얘기하겠으며 히에로 니무스에 대한 나의 입장을 감히 드러내겠는가. 당시 나는 다 음날 장서관을 꼭 둘러보아야 했고, 그러기 위해선 원장의 협 조가 절실했다. 풀다수도원이 베네딕토 수도회 소속이고 당시 마인츠 주교가 공의회 초기에 요한네스 23세를 지지했던 걸 감안한다면 후스와 히에로니무스에 대해 긍정적으로 평가하는 건 조심스러웠을 가능성이 있다. 내 기억으로 메를라우 원장은 자신의 속마음을 쉽게 드러내지 않는 축에 속했다. 나에게 히에로니무스의 처형 현장을 자세히 얘기해 달라면서도 그 이유를 밝히지 않았다. 단순한 호기심 때문이라는 변명조차 하지 않았고 얘길 듣는 동안에도 무덤덤했던 것으로 기억한다. 그가 어떤 신앙적 확신 때문에 후스파―후에 후스와 히에로니무스의 신앙관을 좇는 사람들을 후스파라고 명명했다―를 동경했을지도 모르고 아니면 이단으로 몰린 성직자에 대한 연민이 있었는지도 모른다. 여하튼 이야기가 끝나자 원장은 깊은 한숨과 함께 성호를 그었다.

"형제님의 얘기 잘 들었습니다. 콘스탄츠 화형 사건 현장에 계셨던 분은 처음 만나서 실례를 무릅쓰고 청을 했습니다."

원장은 거듭 고마움을 표했다. 어쩌면 그는 나의 교황청 공문이 가짜라는 걸 알고 있었을지도 모른다. 전 교황은 폐위됐고 새로운 교황은 아직 선출되지 않았는데 교황의 인장이 무슨 소용이란 말인가. 그럼에도 불구하고 수도원장이 방문을 허용한 건 나의 입을 통해 공의회 소식과 현장 분위기를 듣고 싶었기 때문일 것이다. 나는 원장의 인사에 겸양을 표하고 집무실을 나왔다.

9

숙소에 돌아오니 마르코가 뿌루퉁해 있다.

"이 짐을 나 혼자 옮겼단 말입니다. 일꾼 한 명 붙여주지 않고……. 소문에 베네딕토 수도사들은 쌀쌀맞다더니 사실인 모양입니다!"

마르코는 나귀 등짐을 저 혼자 숙소로 옮긴 것에 화가 난 모양이다. 그도 그럴 것이 나는 갖고 다니는 짐이 많은 편이다. 양피지와 종이는 기본이고 묵직한 서책까지 실려 있으니 그야말로 나귀의 등이 휠까 걱정이다. 양피지는 송아지 가죽으로 만든 벨룸으로 한 다발에 18영(가죽을 세는 단위)짜리 열다섯 다발을 준비했고 종이는 파브리아노에서 생산된 절지 스물다섯 묶음이다. 그러니까 나는 200장짜리 코덱스(서책) 오륙십 권은 족히 나올 정도의 짐을 갖고 다닌 것이다.

이 짐을 가지고 숙소 계단을 혼자서 오르내렸으니 짜증이

날 만도 했다. 여태 방문했던 수도원에서는 일꾼들에게 짐을 부리라고 수도사가 지시해 주었다. 그나마 침대 두 개짜리 방을 배정해줘 우리만의 공간을 가질 수 있는 게 다행이었다. 체형을 전혀 고려하지 않은 임시 수도복 두 벌을 침대 위에 올려놓은 것도 배려라면 배려였다. 적어도 우리를 일꾼이나 외부인 취급하지 않고 성례에 참가해도 좋다는 허락의 의미니까.

종과(終課: 오후 6시 경) 성례를 끝내고 저녁 식사를 마치자할 일이 없었다. 우리만의 한가한 시간이 주어진 것이다. 다른 수도원에서는 마르코와 내가 같은 공간을 쓸 수 없었다. 그는 일꾼들 숙소에서 지내야 했기 때문이다. 그리되면 피차 불편하므로 풀다수도원에선 마르코가 나의 서기라고 특별히 강조한 것이 효과가 있었나보다. 마르코에게 식료담당 수도사에게서 얻어온 허브차를 따라주었다.

그의 출신에 대해 대강의 짐작은 하고 있었지만 구체적으로 캐묻진 않았다. 그는 아마도 떠돌이 필경사일 것이다. 필사를 필요로 하는 곳은 대부분 수도원이나 귀족 집안이다. 수도원은 수도사들이 직접 필사하고 귀족들은 수도원에 의뢰하거나 필사가를 수배하기도 한다. 수도사에게 필사는 지식의 보존과 전달이라는 일차적 사명을 넘어서 종교적 행위로 승화된다. 그들에게 필사는 신앙의 수련이자 신심의 표현이다. 그러기에 수도원에 필사를 의뢰하는 귀족들은 내용이 난삽하거나 이단으로 해석될 여지가 있는 책은 함부로 맡기지 못한다.

최근 삼십 년 사이 필경사라는 직업이 생겨났다. 이들을 고용하는 사람은 주로 상인들이다. 베네치아, 제노바, 피사 등 항구를 끼고 있는 도시의 대상인들은 대규모 장원을 거느린 귀족 못지않은 부를 쌓았다. 바티칸 궁을 드나드는 귀족들의 말에 의하면 상인들은 사라센과 무역을 하면서 어마어마한 재산을 모았다고 했다. 대상인은 물론이고 중소 상인들까지 득세하면서 이탈리아 전역의 도시에서 상인들의 영향력이 몰라보게 세졌다.

상인은 만드는 자가 아니다. 농민은 곡식을 생산하고, 공인은 도구를 만들고, 기사는 영토를 지키고, 사제는 마음의 밭을 일군다. 그러나 상인들은 여기 있는 걸 저기로 옮길 뿐이다. 그런데 이들이 돈이라는 칼자루를 쥐고 세상을 흔들고 있다. 맘몬의 시대가 이들로부터 온다고 한탄하던 주교들의 찡그린 표정이 떠올랐다. 즉위식이나 공의회 개최 등 굵직한 행사를 치르고 나면 상인들로부터 빚 독촉을 받는 주교들의 얼굴에 주름살이 몰라보게 늘어나곤 한다.

상인들은 믿음의 세계를 보좌하는 말씀의 기록이나 성화보다는 설화나 야사 그리고 지어낸 이야기를 좋아한다. 글을 모르는 평민들이야 책이라면 소 닭 보듯 하지만 장부를 기록하다가 글을 깨우친 상인들은 오로지 재밌는 이야기만 읽으려

한다. 상인들이 좋아하는 내용을 서책으로 만들기 위해선 속도가 중요하다. 빨리 쓰고 빨리 제본하고 빨리 유통시키는 것이다. 그러다 보니 시중에 글씨만 전문적으로 쓰는 필경사라는 직업이 생겨났다.

마르코는 볼로냐 대학에서 필사가로 일했다지만 언행이나 글씨체로 보건대 떠돌이 필경사 노릇을 했음이 틀림없다. 그의 서체는 한눈에도 계통이 없어 보였다. 하지만 나에겐 선택의 여지가 없었다. 각처에서 온갖 종류의 사람들이 모인 콘스탄츠에서 필사가의 옥석을 가리기란 바티칸에서 신실한 그리스도인을 찾는 것처럼 힘든 일이다. 당시 나는 금전적 여유가 있는 편이 아니었다. 교황의 도주로 안정적 수입이 끊긴데다가 세실리아와의 동거에 들어가는 지출이 만만찮았다. 그런 형편에 라틴어를 아는 게르만 청년을 만난 건만 해도 주님의 크나큰 은혜라고 볼 수 있다.

나는 게르만어를 모르지만 그렇다고 게르만 지역을 여행하는 게 불가능한 건 아니다. 수도원에만 가면 아무런 문제가 없다. 수도사들은 모두 라틴어를 할 줄 알았고 모든 문서는 라틴어로 되어 있기 때문이다. 그래도 게르만어에 능숙한 청년과 함께 다니는 건 여러모로 편리하다.

롬바르디아 억양이 섞여 있는 걸 보면 마르코는 이탈리아에서 일정 기간 지냈다는 걸 짐작할 수 있다. 제아무리 공의회 특수가 있다지만 필사 수요가 훨씬 많은 이탈리아를 떠나 콘스탄츠까지 온 걸 보면 그가 볼로냐에서 문제를 일으키고 도망친 것일 가능성도 있다. 첫 만남에서 내가 아르테(길드)나 직인동아리에 속한 적이 있는가를 물어본 건 그 때문이었다. 동아리에서 받아주지 않는 필경사는 필시 그만한 이유가 있다고 보아야 한다.

어쨌든 나는 마르코를 채용했다. 그의 과거를 따지고 있을 만큼 여유 있는 입장이 아니었다. 금전적 문제뿐만 아니라 그즈음의 나는 하루라도 빨리 콘스탄츠를 벗어나고 싶었다. 히에로니무스의 화형을 지켜본 이후 나는 알 수 없는 충동에 사로잡혔다. 그전까지 나를 지배했던 무기력에서 벗어나 어디론가 달려가고 싶은 충동이 불쑥불쑥 일었다. 허무와 환멸은 갈증과 갈구로 뒤바뀌었다. 나는 세상 구석구석을 돌아다니며 묻혀있는 귀중한 책들을 찾아내 세상에 알리는 책사냥으로 그 충동을 다스리고자 했다. 필사의 세계, 그 고요한 몸부림에 나를 밀어 넣고 싶었다.

공의회 이 년 전, 바르톨로메오와 나는 책사냥을 떠났다. 그때만 해도 로마 교황청의 성 베드로 성당에는 추기경이 공석이었기에 우리에게 시간적 여유가 있었다. 십 년 만에 맞이하는 장기 휴가를 바르톨로메오와 나는 책사냥으로 보냈다. 바티칸 궁에서 그와 나는 고서본에 관한 얘기를 나누며 숱한 밤을 지냈다. 언젠가는 보물찾기 모험을 하듯 수도원 기행을 하리라고 서로에게 맹세했다. 틈틈이 로마나 피렌체에서 고서본을 찾아 다니기도 했지만 이는 장서가의 허락 하에 겨우 눈인사만 하는 정도였다.

장크트 갈렌 수도원은 바르톨로메오와 내가 예전부터 동경하던 곳이다. 아일랜드 출신 수도사 성 갈루스를 기념하기 위해 성 오트마르가 747년에 세웠으니 무려 7세기 동안 건재한 곳이다. 게다가 베네딕토회 소속 수도원이라는 것이 더욱 구미를 당겼다. 장크트 갈렌 수도원 장서관의 한쪽 구석에서 퀸틸리아누스를 만났을 때 바르톨로메오와 나는 너무 기쁜 나머지 사서수도사가 옆에 있는 것도 모르고 소리를 지르며 부둥켜 안았다. 밀알 한 톨 떨어지는 소리도 들릴 정도로 고요한 장서관에 괴성을 질렀으니 당장 쫓겨나도 할 말이 없었다. 우리는 사서담당 수도사에게 손이 발이 되도록 빌고 나서야 용서를 받았다. 그러나 그것마저도 즐거웠다. 우리는 인문주의자들 사이에서 전설로 떠돌던 퀸틸리아누스의 『변론술 교본 *Institutio Oratoria*』을 발견한 것이다. 로마인들의 연설과 수사학 교과서로 그때까지 일부 내용만 전해지고 있었던 그리스 고전이다.

나는 수도원 스크립토리움(scriptorium: 문서작업실)에서 그 책을 한 달 동안 정신없이 필사했다. 고요, 충만, 환희 그리고 이 모든 것을 합친 가슴 뿌듯한 보람. 그 보람의 결실을 소중히 제본하여 피렌체에 있는 후견인 니콜리 경에게 보냈다. 그 환희를 다시 맛보고 싶었다.

세실리아에겐 석달 정도 걸릴 것이라고 말했다. 그녀에게 석달이란 노아의 방주가 세 번쯤 만들어질 시간과 같다. 집시들에게 미래란 지나간 과거처럼 현재와 무관하니까. 잘 다녀와. 올 때 거시기에 십자가라도 새겨와. 그녀는 낄낄대며 나와의 작별을 아무렇지도 않게 받아들였다. 섭섭함이 삐죽 고갤 내밀었다.

"최근 몇 십년 사이 필기의 영역에서 몇 가지 큰 변화가 있었다. 뭔지 알겠느냐?"

나는 마르코에게 허브차를 따르며 물었다.

"모르겠습니다. 선생님."

마르코는 별걸 다 묻는다는 듯 떨떠름한 표정이다.

"먼저 필사 기록지의 변화이다."

"양피지 말입니까?"

"그래, 양피지가 점점 종이로 대체되고 있다."

"종이라는 게 양피지만큼 질기지도 못하고 안료도 잘 먹히지 않아 급히 끼적이거나 별로 중요하지 않은 문건에만 사용하는 걸로 알고 있는데요. 그래서 우리 신성로마제국 황제께선 공문서에 종이 사용을 금하지 않았습니까?"

"프리드리히 2세 황제가 종이 사용을 금한 건 지금으로부터 80년 전의 일이다. 그때의 종이와 지금의 종이는 많은 차이가 있다."

나는 종이 묶음 다발에서 한 장을 빼내 마르코에게 내밀었다.

"만져보아라."

마르코는 엄지와 집게로 낱장을 잡고 살짝 비볐다. 그런 다음 손바닥으로 표면을 쓸어보았다.

"벨룸(송아지 가죽)보다도 더 부드럽고 얇군요."

"이탈리아 파브리아노에서 생산된 종이다. 그동안 네가 알던 종이와는 질적으로 다르다. 촉감도 벨룸 못지않다. 인장강도에선 양피지보다 못하지만 대신에 무게가 덜 나가니 일장일단이라고 해야겠지."

"파브리아노 종이는 특별히 하나님의 은총을 받았답니까?"

"기도로 품질이 좋아진다면야 로마의 종이가 세계 최고가 돼야겠지. 파브리아노 종이가 특별한 것은 제지업자들이 생산 방식을 바꿨기 때문이다."

마르코의 눈에 호기심이 어리기 시작했다.

"어떻게 바꿨답니까?"

"먼저 원재료를 빻을 때 맷돌식에서 공이식으로 바꿨다. 그

러니까 아마를 갈지 않고 찧음으로써 결도 좋아지고 양도 늘
어난 것이다."

마르코의 진지한 표정에 나는 말이 빨라지기 시작했다.

"그리고 또 파브리아노 기술자들은 표면에 풀을 입히는 방
식도 개선했다. 식물성 풀을 쓰는 키타이(중국) 방식 대신에
아교가 섞인 동물성 풀을 개발한 것이다."

"어떤 차이가 있죠?"

"표면이 한결 매끄러워졌고 솜털 같은 게 일어나지 않아 필
사 속도가 훨씬 빨라지지. 종이는 원래 키타이에서 발명된 걸
사라센인들이 들여왔다. 사라센 사람들은 키타이 방식을 수백
년 동안 그대로 답습했지만 이탈리아 사람들은 조금씩 개선해
나갔다. 그러다 요 몇년 사이에 획기적으로 바뀐 거야. 그동안
축적된 기술이 마침내 꽃을 피웠다고나 할까."

"제가 볼로냐에 있을 때만 해도 종이는 양피지에 비해 거칠
고 약하고 비싼 것으로 알고 있었습니다."

"종이의 세계에서 오 년 전과 지금은 천지창조가 한번 일어
날 만큼의 세월이 돼버렸다. 이제 전 세계 종이의 중심지는 이
탈리아란다. 파브리아노, 리구리아, 제노바, 베네치아의 종이
가 지중해 연안을 타고 유럽으로 번지고 있지. 하지만 게르만
깊숙이까지는 아직 전파되지 않았다. 그래서 네가 그 흐름을
읽지 못하고 있는 거지. 이제 양피지는 점점 사라질 것이다.

두루마리가 코덱스에게 자릴 뺏긴 것처럼."

"그럼 두 번째 변화는 무엇입니까?"

마르코가 허브차를 한 번 삼키고 나서 물었다.

"글씨체의 변화다. 너는 주로 어떤 서체로 필사하느냐?"

"글쎄요, 대학이라는 데가 워낙 여러 서체를 주문하기 때문에……."

나는 마르코가 머뭇거리는 이유를 짐작할 수 있었다. 그는 볼로냐 대학이 아니라 거리의 필경사였을 테니 말이다. 평민의 편지를 대신 써주고, 상인들이 찾는 이야기책을 필사하고, 어쩌다 대학의 필사관이나 학생들의 급한 주문을 처리하는 필경사. 그런 필경사에게 서체라는 개념이 있긴 할까. 그러니 어디서부터 얘기를 시작해야 할까.

로마제국 시대에 통용되었던 루스티카(Rustica)체[1]와 이민족 지배 시기에 형성되었던 언셜(Uncial)체[2]는 건너뛰기로

---

1 루스티카(Rustica)체: 로마제국 시대에 통용되었던 서체로 기하학적인 미와 고전적 비율을 중요시했다. 네모반듯한 형체 때문에 쿼드라타 (quadrata)라고도 알려져 있다. 트라야누스 황제(A.D 53~117)의 원정기념 기둥에 새겨진 글자체로 유명할 뿐만 아니라 로마 시인 베르길리우스의 시 아이네아스는 물론 로마제국의 수많은 기념비가 루스티카로 새겨져 있다.

2 언셜(Uncial)체: 조형미를 강조하는 루스티카체는 현실의 쓰기 영역에선 불편하기 짝이 없었다. 4세기 경부터 사각형 대문자가 둥글어지고 각이 무더진 필기체가 점점 퍼지기 시작했다. 넓적한 펜을 사용하는 손글씨 글꼴은 펜의 움직임에 따라 생겨나는 넓적한 세로획과 가는 가로획의 대

했다.

"600년 전 카롤루스 마그누스(대제)께서는 글씨체를 한 가지만 사용하라고 한 사실은 아느냐?"

"모르겠습니다."

흠, 흠. 마른기침으로 목청을 가다듬은 다음 나는 말을 이었다.

"신성로마제국의 초대 황제에 오르신 카롤루스 마그누스께선 제국의 문서를 통일하고 문맹자들도 쉽게 글자에 접할 수 있도록 새로운 서체를 개발하라고 지시했다. 그래서 탄생한 게 카롤링거체다. 우리가 즐겨 쓰는 소문자가 이즈음에 생겨났어. 마그누스께서 이룩해 놓은 제국의 기반이 흔들리고 유럽이 수많은 왕국과 공국으로 쪼개지자 글씨체도 지역에 따라 독자적으로 변형되어 갔다. 여기에 수도원이 문서의 생산과 소비의 중심이 되면서 지역별 특색이 강해졌고. 그렇게 수세기가 지나는 동안 서체는 크게 두 가지 흐름으로 고착되었다. 하나는 이탈리아와 프랑크 왕국에서 주로 사용하는 칸첼라레스카(Cancelleresca)이고, 다른 하나는 게르만과 인술라에 널리 알려진 텍스투라(Tuxtura)이다. 칸첼라레스카는 바티칸 교황청 공식문서에 쓰일 정도로 정통성을 인정받았지만 이상하

조를 만들어낸다.(로빈 도드, 『타이포그래피의 탄생』) 언셜체는 보다 실용적인 세미언셜체로 진화하고 이때부터 소문자가 생겨났다.

게도 필사가들이 외면하는 바람에 점점 쪼그라들어 지금은 로마를 비롯한 중부 이탈리아에서만 쓰고 있단다. 반면에 텍스투라체는 전 유럽으로 퍼져나갔지."

"왜 그렇게 됐죠?"

"수도사들이 선호하기 때문이야. 텍스투라체는 돌에 새기는 명각처럼 두텁고 진하고 딱딱하거든."

"묵직하고 둔한 서체는 쓰기에 불편할 텐데 수도사들은 왜 그런 서체를 좋아하는 거죠?"

"수도원의 장중하고 엄숙한 문화 때문이 아닐까 싶다. 수도원이 글자 생산의 주체가 되면서 글씨는 엄격하고 정형화되었다. 획 하나에도 주님의 은혜를 떠올리고 글자 한 자에도 찬미를 아로새기다보니 무거워질 수밖에."

마르코는 고개를 끄덕이더니 다시 물었다.

"흔히 말하는 텍스투라에도 몇 가지 종류가 있지 않습니까?"

"허허, 그렇지. 너도 딴에는 필경사라고 아주 깡통은 아닌 모양이구나."

"체계적인 교육을 받지 못했다 뿐이지 저도 이리저리 주워들은 상식은 있습니다."

빈정거림에 기분이 상했는지 마르코가 대뜸 받아쳤다.

"텍스투라는 고딕 안티카(Gotico-antiquas), 로툰다(Rotunda), 바스타르다(Bastarda)로 분화되었다. 텍스투라체의 세로획은 굵고 선명한 반면 가로획은 가늘고 희미하다. 이게 무얼 상징하겠느냐"

"수직은 하늘에서 지상으로 내려오니 하나님의 계시요. 수평은 옆으로 뻗으니 인간들 사이의 관계를 뜻하겠지요."

마르코는 시큰둥하게 답했다.

"그래, 잘 아는구나. 텍스투라는 강력한 수직과 가냘픈 수평을 기반으로 하지. 그걸 가장 잘 드러내는 게 바스타르다체다. 흘려쓰기 방식이라 빠르기 때문인지 관공서와 상인들의 문서 대부분이 바스타르다체를 사용한다. 마르코, 너의 글씨체도 이 서체의 범주에 속한다고 볼 수 있지. 그리고 로툰다체가 있다. 성 토마스 아퀴나스께서 이 서체로 '신학대전'을 쓰는 바람에 유명해졌어. 교부나 신학자들이 주로 사용해 '대전문자체'라고도 하지. 끝으로 흔히 좁은 의미의 텍스투라라고 하는 고딕 안티카가 있다. 로툰다보다 획이 곧고 각을 살렸다. 장식이 많이 들어가 '미사경본 문자체'라고도 해. 수도원에선 이 서체를 많이 사용하고 있다."

"듣고 보니 제가 약간이나마 알고 있던 서체들이긴 합니다."

"그럼 너는 이 서체를 보았느냐."

나는 서책 중의 하나를 꺼냈다. 퀸틸리아누스의 『변론술 교본』 일부다. 작년에 한창 필사할 적에 잘못 쓴 내용이라 덧쓰기 위해 가지고 있었다.

마르코는 자세히 보려고 촛불 가까이에 양피지를 가져갔다.

"어허, 조심해라. 지방이 녹는다."

마르코는 흠칫해서 문서를 뒤로 빼고는 눈을 가늘게 떴다.

"처음 보는 서체입니다."

"어딘지 낯이 익지 않니?"

"익숙한 듯하면서도 자세히 보면 많이 다르군요. 전체적으론 게르만 사람들이 주로 사용하는 고딕 안티카와 비슷하지만 펜이 지나가는 길이 훨씬 부드럽습니다."

"호오, 네 눈이 제법이구나. '레테라 안티카'라는 서체다. 나의 스승 살루타티 공께 배웠는데 그분 역시 페트라르카 선생께 전수받으신 거다. 페트라르카 선생은 글자는 간결하고, 알아보기 쉽고, 정확해야 한다면서 새로운 글씨체를 선보이셨다. 이 서체의 특징은 실용적이라는 거야. 글씨에 장식을 하거나 쓸데없이 공을 들이지 않음으로써 쓰기가 한결 편해졌다."

마르코는 내가 쓴 글씨체를 유심히 들여다보았다.

"소문자 'o'를 예로 들어보자. 텍스투라 중에서 고딕 안티카체의 'o'자는 육각형에 가깝다. 바스타르다체는 각이 부드러워졌지만 여전히 마름모꼴에 가깝다. 로툰다체는 원형을 유지하지만 획의 굵기가 달라 마치 두 개의 반원을 이어 붙인 것 같다. 반면에 레테라 안티카에서는 동심원으로 되었다. 보기에도 명확할 뿐만 아니라 한 번의 동작으로 써진다. 이 얼마나 실용적이냐."

"그렇군요. 척 봐도 실용적이지 싶습니다."

"글씨는 의미를 전달하는 수단이지 그 자체가 목적이 돼선 안 되는 것 아니겠니."

"하지만 글씨 그 자체에 의미를 두는 경우도 있지 않습니까?"

"그렇긴 하지. 주로 베네딕토 수도사들이 그런데 이해 못할 바는 아니야. 그들에게 필사는 속죄행위이자 새롭게 태어나는 과정이니까. 쓰면서 회개하고 다 쓰고 나면 새로운 책으로 부활하니, 이게 곧 믿음의 행위이자 수련의 길인 것이다. 그러다 보니 나중에는 필사 자체가 신앙의 대상이 되고 말았다. 웃기는 일이지."

말을 하고 나서 아차, 했다. 마지막 말은 삼켰어야 했다. 베네딕토 수도원에서 그들의 문화를 비웃었으니, 게르만 청년 앞에서 신중치 못한 언행이었다.

"마지막으로."

"또 있습니까?"

"그래, 또 하나가 남아있어. 필사의 세계에서도 세 가지가 한꺼번에 들이닥치는 바람에 혁명이 일어난 것이다. 마치 삼위일체처럼."

"그러고 보니 마지막은 저도 짐작이 갑니다."

마르코가 갑자기 생각난 듯 말했다.

"그래, 마지막은 뭐라고 생각하느냐?"

"잉크 아닌가요?"

"그래 맞았다. 제법이구나.

마르코가 잉크를 지목하자 나는 다소 놀랐다. 필사에 종사하는 자로서, 종이나 서체의 변화는 감지할 수도 있다고 생각하지만 잉크의 변화를 알아 챈 것은 뜻밖이었다. 그러나 그 이유는 마르코와 대화하면서 알게 되었다. 필사의 말단에 있는 자는 필사의 매질이나 서체는 선택의 여지가 없다. 주문자의 요구에 따르기 때문에 신경 쓸 필요가 없다. 하지만 잉크는 필사자가 직접 고른다. 매질과 서체에 따라 잉크를 선택하고 용액의 농도를 달리하기 때문이다.

"네가 잉크의 연원을 아느냐?"

"아뇨 정확히는 모르겠습니다만 직인동아리에서 어느 나이 든 선배한테서 들었습니다. 예전에, 그러니까 그때가 언젠지는 정확히 모르겠습니다만 그 당시에는 참나무 벌레집 오배자로 만든 잉크로 적었다고 들었습니다. 오배자 잉크는 끈적이면서 잘 마르지 않고 점성이 강해 글자를 수정하기가 어려웠는데, 언제부턴가 몰식자 추출물로 만든 잉크가 시중에 나오기 시작하면서 모두 몰식자 잉크를 사용한다고 들었습니다. 저도 몰식자 잉크로 필사를 배웠습니다."

"그렇지. 지역마다 전파되는 속도가 다르긴 하지만 몰식자 잉크가 멀리는 한 세기, 가까이는 반세기 전부터 필기액으로 각광을 받아왔다. 그런데도 그 유래가 도통 알려지지 않은 건 이상하다고 볼 수 있지. 오랜 옛날 그리스·로마 시대에는 오징어 먹물이나 붉은색 흙에서 추출한 분말을 사용하거나 소라 고둥을 말리고 으깨 물에 희석해 잉크로 사용하기도 했다. 그러다가 로마제정 시대의 현인 플리니가 나무에 기생하는 벌레 혹인 오배자에서 추출한 성분과 철분이 함유된 액체를 섞어 검은색이 나오는 오늘날과 같은 잉크를 발명했어. 이후 1200년 동안 우리 서방세계에서는 이 오배자 잉크로 양피지에 기록해 왔다. 그런데 어느 날부터 몰식자 열매와 아라비아 고무나무 수액을 섞은 새로운 잉크가 점점 퍼지기 시작했어. 사라센 사람들이 사용하는 걸 베네치아 상인들이 들여왔다는 설이 유력하다만, 십자군 성전聖戰 이후 비잔틴과 아라비아 문물이 우리 서방세계에 전해지면서 그때 같이 따라 들어왔다는 설도 꽤 설득력이 있다. 아무튼 그렇게 유럽에서도 몰식자 잉크를 사용하는 것이 대세가 되었어."

이런, 필기액에 관해 마르코가 제법 상식이 있다는 게 신기한 나머지 떠돌이 필경사를 잡고 혼자서 너무 떠들고 있는 게 아닌지 갑자기 좀 머쓱한 기분이 들었다.

이 친구가 과연 내 얘기에 관심이 있긴 한 건가. 나는 말을 끊고 잠시 마르코의 표정을 살폈다. 그가 나의 장황한 이야기에 특별히 몰입하고 있는 것 같지는 않았지만 가끔 적절히 호기심도 보이면서 불편하지 않게 듣고 있는 것 같았다. 나는 내친 김에 이야기를 이어가기로 했다. 적막한 수도원의 밤에 달리 할 일도 없지 않는가.

"사라센 사람들의 글자를 보았느냐?"

나는 좀 우쭐해진 기분으로 질문을 던졌다.

"네, 본 적은 있습니다. 무슨 지렁이들을 모아놓은 것 같더군요. 그걸 과연 글자라고 할 수 있는 건가요? 의미가 통하긴 하는 건가요?"

"그들도 학문의 깊이와 기록의 전통이 우리 서방세계 못지않으니 분명 나름의 심오한 의미체계를 갖추긴 했을 것이다. 그런데 아라비아 글자들은 우리와 같은 미적 감각이 없다. 그들의 글씨는 흘려 써야 하기 때문에 필사 용지보다 필기액이 더 중요하다. 각이 없고 곡선으로만 형성된 글자는 가로획의 비중이 큰 탓에 필압이 낮아 날렵하게 쓸 수 있는 것이지. 그들의 글자에 맞춰 펜이 부드럽고 유연하게 나아가기 위해 개발된 것이 몰식자 잉크다. 몰식자 잉크가 전해지면서 우리 세계에서도 서체가 점점 흘려쓰기체로 변하고 있다. 글씨의 미적 요소보다 빠르고 실용적인 것을 선호하는 상인들이 적극 수입하고 유통시킨 영향이 크다고 하겠지."

이쯤에서 나는 말을 멈추고 마르코의 표정을 살폈다. 그의 호기심이 나의 수다를 받아줄 만한지 가늠하기 위해서다.

"그래서 어떻게 됐나요?"

마르코는 입이 살짝 벌어진 채 나를 빤히 바라보다가 말했다.

"오배자 잉크로 쓴 양피지 글자를 보면 획이 굵고 무게감이 있어 글자의 진중한 멋은 있지만 과연 하루에 몇 자나 썼을까 싶다. 옛 양피지의 무게가 많이 나가는 이유가 필기용액 때문이라는 생각도 든다. 웬만한 깃털 펜은 하루를 넘기기도 힘들겠더구나. 거기다 안료 물감으로 그림과 장식을 더하니 냄새가 진동하고 이것이 또 좀벌레가 꼬이는 원인이 되기도 한다. 몰식자 잉크가 나오고 나서부터 펜의 소모도 줄어들었고 글씨 속도도 빨라진 덕택에 지식의 생산도 많아지고 유통도 빨라졌지 뭐냐. 필기 영역에서 크게 주목받진 못했지만 잉크가 지식의 생산과 보존에 중요한 역할을 하고 있다는 사실을 사람들이 의외로 간과하고 있더구나."

"종이, 서체, 잉크, 필기의 세 가지 도구에 반세기 동안에 많은 변화가 있었군요. 이런 변화가 거의 동시에 일어난 건 우연인가요?"

마르크의 질문이 반가운 나머지 나는 침이 튀는 것도 아랑 곳 않고 바쁘게 입을 놀렸다.

"글쎄, 우연적인 요소도 없다고는 못하겠지만, 내가 보기엔 세 가지 요소가 서로를 견인하고 추동하면서 변화의 가속도를 높인 것으로 보인다. 종이가 보급되면서 양피지보다 쉽고 빠르게 쓸 수 있는 서체가 개발되고, 서체는 또 그에 걸맞게 입자의 뭉침이 덜한 잉크를 찾게 되고, 잉크는 그들이 가장 잘 적응할 수 있는 대상으로 종이를 선택했다고 봐야 하지 않겠니? 그러니 이 모든 것은 우연이면서 필연인 것이다."

마르코는 새로 알게 된 사실이 신기한 듯 고개를 끄덕였다.

"그리고……."

나는 입밖으로 나오려는 말을 삼켰다. 순간 내 마음에 제동이 걸렸다. 굳이 이 얘길 할 필요가 있을까.

"그리고요?"

나의 머뭇거림과 상관없이 마르코의 눈빛이 호기심으로 반짝했다. 그 눈빛에 나는 제동을 풀었다.

"아리스토텔레스를 아느냐?"

"이교도 철학자이지 않습니까? 그 정도만 알지 더 이상은 모릅니다."

"맞다. 근데 이교도라는 말은 어폐가 있구나. 아리스토텔레스는 고대 그리스의 현인이다. 그가 살았던 시대는 주께서 이 땅에 오시기 전이니까 이교도라기보다 단순히 이방인이라고 해야겠지. 아리스토텔레스에 의하면 형상은 질료의 원인으로, 질료의 작용을 이끈다고 했다. 즉 형상은 그 자체의 목적을 가지고 질료를 변화시킨다는 것이다. 질료는 잠재적인 요소이고 형상은 현실 속에서 드러나는 요소이다. 몰식자와 나무의 수액은 잉크의 하위요소이고, 잉크는 펜에 의해 현실화되는 글자의 하위요소이다. 또 글자는 문장의 하위요소이고, 문장은 글이라는 의미체계를 완성하는 하위요소이다. 이러한 서열의 궁극에 제1의 원인이 있다. 아리스토텔레스는 제1원인이 자연에 있다고 했지만, 성 토마스 아퀴나스는 이 제1원인이 바로 신이라고 했다. 모든 존재의 제1원인은 신으로부터 말미암은 형상이자 질료다. 아퀴나스의 방대한 신학적 논증은 바로 이걸 밝힌 것이다. 그래서 인간은 존재의 원인인 신을 향해 한없이 경배 드리고 신의 영광이 지상에서 활짝 꽃피게 하는 것이 의무이자 기쁨이어야 한다고 했다."

아리스토텔레스를 언급하면서 내가 안내하는 길을 마르코가 잘 따라오려나, 과연 이자에게 이 정도의 이해력이 있을까 하는 의구심이 슬슬 피어오르고 있었다. 그러던 차에 그의 입에서 나온 말이 의외였다.

"늘 그렇듯, 우리는 신의 품 안에서 지내고 있습니다. 성경에 나오는 말씀을 그대로 좇는 건 아니지만 여하튼 대개의 사람은 신의 존재에 대해 의심을 품지 않고 있습니다. 선생님이 말씀하듯이 형상이니 질료니 제1원인이니 그런 거 따지지 않고도 때가 되면 교회에 가서 기도하고 회개합니다."

당신이 뭔가 그럴듯한 말을 하는 것 같지만 따지고 보면 죄 짓지 말고 기도하면서 살라, 이 말을 하고 싶은 거 아닌가요? 그런 말은 길에서 숱하게 마주치는 성직자로부터 귀에 못이 박이도록 듣고 있습니다. 이런 의미를 마르코는 자기 식으로 표현한 것 같았다.

"이제 결론에 도달하마. 인문주의라는 게 있다. 나의 스승 살루타티 공에게 배운 사상이다. 앞서 신은 세계의 제1원인이 되므로 지상의 모든 삶은 신의 명령과 속박에서 벗어나선 안 된다고 했다. 그러나 인문주의는 신이 아닌 인간을 제1원인으로 삼는다. 물론 신을 부정하는 건 아니다. 아까도 얘기했지만 하나의 원인은 그 앞의 원인에 의해 작동하니까 말이다. 궁극의 제1원인은 신으로 두되, 인간 사이의 관계에서는 제1원인을 인간으로 하자는 것이다. 그러니까 신의 바로 뒷자리에 인간을 끼워 넣고, 인간을 매개로 해서 형상과 질료의 관계를 새로 정립하는 것이다. 그것은 곧 인간의 본질을 알아가는 것이다. 형상과 질료의 실체는 본질 속에서 나타나기 때문이다."

아닌 밤중에 몰아친 현학의 폭풍에 정신을 못 차릴 지경인 마르코에게 아리스토텔레스까지 꺼낸 이유가 여기 있었다. 마르코에게 내가 무엇 때문에 고문헌을 찾고, 어떤 문헌을 찾으려 하는가를 이해시키기 위해 나 자신이 인문주의자임을 밝혀야 할 때가 되었다고 생각했다. 그것이 마르코를 데리고 혼란스러운 언어의 숲을 헤쳐 여기까지 온 이유다.

　이야기를 하면서도 개념이 정확했는지, 비유가 적절했는지, 내용이 본질에 충실했는지 좀 미심쩍기는 하다. 나도 내 말의 실체를 확신할 수 없었다. 그 이유는 나 역시도 인문주의의 본질을 확실하게 안다고 자신할 수 없기 때문이다. 과연 마르코가 내 말을 이해했을까? 의구심은 들었지만 달리 어쩔 도리가 없었다.

10

"인문주의자(humanist)는 구체적으로 무엇을 하는 사람입니까?"

옳거니. 마르코가 나의 말에 반응하는 게 반가웠다. 나는 혀로 입술을 한 번 축였다.

"인문학(studia humanitatis)을 연구하는 사람을 말한다. 인문학이란 건 신학이 아닌 것을 주제로 자유스럽게 연구하고 추종하는 것이지."

"그건 자유학예(arte liberare)라고 하지 않나요?"

"비슷하면서도 다르다고 해야겠구나. 자유학예라면 문법, 논리학, 수사학, 산수, 기하학, 음악, 천문학 등을 일컫는데 이들 학문의 기원은 고대 그리스로부터 시작된다. 그리스도교의 교리가 세상의 진리로 일원화되면서 이들을 상대적으로 소홀해졌지. 그러나 이백 년 전 프리드리히 2세가 신성로마제국의 황제가 되면서 이들 학문이 재조명되었단다. 시칠리아에서 자란 프리드리히 2세는 어려서부터 이슬람교도들과 어울려서 그런지 이교도의 언어도 구사할 줄 알았고 그들의 문화에도 거부감이 없었다. 뿐만 아니라 비잔틴 학문에도 조예가 있었지. 프리드리히 2세는 아랍의 술탄 알 카밀과 협약을 통해 예루살렘 왕으로까지 등극했어. 덕분에 6차 십자군 원정은 피 한방울 흘리지 않았지. 이를 인정하지 않은 교황 그레고리우스 9세가 황제를 파문하고, 황제는 교황을 탄핵하며 서로를 공격했다는 건 너도 알 것이다.”

나는 말을 잠깐 멈추고 마르코를 바라보았다. 이런 역사적 사실을 너도 알고 있느냐?는 표정으로.

“저도 그 정도쯤은 알고 있습죠.”

마르코는 대수롭잖게 답했다.

“교황의 권위에 도전했던 프리드리히 2세는 교황청 소속 볼로냐 대학에 맞서기 위해 나폴리에 대학을 세웠다. 나폴리대학에서는 다른 대학에서 금기시하는 아리스토텔레스가 정식 교과목으로 채택되었고 비록 자연학에 국한되기는 했지만 아라비아의 학문을 연구하는 것도 허용되었다. 나폴리대학에서 아리스토텔레스를 연구하면서 자연스레 플라톤이 흘러들었고 그리스 자연철학이 뒤따라 들어왔지.”

마르코와 얘기를 하다 보면 항상 고민이 되었다. 더 깊이 들어가면 이해하지 못하는 건 아닐까, 이쯤에서 멈춰야 하지 않을까, 하는 마음이 일면서도 매번 빗장을 지르지 못한 채 끝까지 가고 만다.

"그리스 학문에서 비롯된 것이 바로 자유학예이다. 물론 자유학예가 그리스에만 머문 건 아니다. 로마로 계승되어 활짝 꽃 피우기도 했었다. 그러나 콘스탄티누스 황제 이후 그리스도교 교리가 모든 학문에 우선하게 되면서 이들에 관한 관심은 점점 떨어지고 점차 쇠락해졌단다. 천년 동안 잠들었던 아리스토텔레스는 아퀴노 사람 성 토마스에 의해 재탄생되었다. 성 토마스가 바로 나폴리대학에서 아리스토텔레스 철학을 공부했기 때문이지. 성 토마스는 아리스토텔레스 철학과 그리스도교 교리의 조화를 꾀했고 나아가 아리스토텔레스의 철학을 극복하여 신학에 복무하게 만들었다. 그 유명한 신학대전에서……."

이쯤에서 나는 멈추었다. 마르코에게 『신학대전』은 무엇이고 『대이교도대전』은 또 무슨 헛소리란 말인가. 갑자기 열변을 토할 이유가 사라지며 나는 알지 못할 회의감에 휩싸였다. 그 회의감은 마르코에게라기보다는 나 자신을 향한 것이었다.

내가 고루한 신학적 주제에 대해 거부감을 가진 것은 교황청에 있을 때부터였다. 아니 볼로냐대학에서 법을 공부할 때부터 싹텄다고 해야 한다. 로마법은 만민법이라고 배웠는데,

그 만민법이 교회법 앞에서 무력해지는 현실 앞에서 나는 배움을 부정하거나 현실을 부정하거나 둘 중 하나를 택해야 했었다. 대부분의 동료가 그렇듯 나 역시도 전자 쪽을 택했다. 덕분에 현실에 대한 환멸이라는 대가를 지불해야 했지만. 나는 현실의 환멸을 벗어나 나만의 세계로 숨어 들어갈 수 있는 방편을 찾았다. 바로 고전학과 고서학의 세계였다.

"말하다 보니 주제에서 벗어났구나. 다시 인문학으로 돌아오자. 인문학은 자유학예와 공통된 부분도 있지만 벗어난 부분도 크다. 아니 초점이 다르다고 해야겠지. 자유학예와 달리 인문학은 역사, 시, 문법, 수사학, 도덕철학이라는 다섯 가지가 중심이 된다. 이는 페트라르카 선생에 의해 정립되었다. 인문주의자들은 자연학보다도 범위를 좁혀 인간을 중심에 두고 탐구한다."

"인간을 중심에 둔다는 게 뭘 의미합니까? 신의 섭리 안에서 그 말씀에 좇아 사는 게 인간의 삶 아닌가요?"

"꼭 그렇지만은 않다. 인문학은 신의 섭리를 배제하는 게 아니라 어떻게 사는 게 신의 섭리에 올바르게 따르는 것인가를 따져보는 것이다. 교회에서 모든 걸 정하고, 교황이 말하는 건 어떠한 오류도 없다는 무류설에 무슨 근거가 있겠느냐. 그 어떤 성서적 근거도 없는데 그들만이 진리를 독점한다는 건 어불성설이 아니겠냐."

"……"

마르코가 답이 없자 나는 순간적으로 고민에 빠졌다. 고민은 세 갈래로 뻗었다. 먼저 이 게르만 청년에게 인문주의 사상을 계속 설파해야 하는가이다. 그가 인문주의라는 개념을 이해할까. 이해하지 못하면 그의 무지를 혁파해서라도 깨우침을 주어야 하는가. 이 부분에 대해선 나도 그다지 자신이 있는 건 아니다. 더 깊이 들어가면 나 자신도 설명할 수 없는 것들이 많아진다.

다음으로, 이 청년이 반감을 가질 수도 있다는 점이다. 그가 어떤 식으로 살아왔던지 간에 그의 머릿속에 신이 주재하는 한, 그의 모든 사고는 신의 섭리라는 틀 안에 있을 것이다. 이 경우 그에게 나는 현실의 질서를 부정하는 이단으로 보일 수 있다.

끝으로 내가 처한 현실이다. 나는 지금 베네딕토 수도원에 고전문헌을 구하러 왔다. 그런 처지에서 수도원을 비방하고 수도사들을 욕하는 건 자기모순이자 이율배반으로 비칠 것이다.

그러나 이왕 말을 꺼냈으니, 내 생각을 약간이나마 내비치어 그가 나의 관점에 동조해주기를 바랐다. 그래야 앞으로 진행하는 일이 원활해질 터니까.

"신께서는 우리 인간이 어떻게 하느냐에 따라 동물로 전락

할 수도 있고 숭고한 차원으로 승화될 수도 있다고 하셨다. 이 말은 곧 인간이 무엇을 할 수 있고, 어떤 것을 해야 하느냐로 초점이 맞춰진다. 그러기 위해서는 먼저 인간을 알아야 한다. 그동안 우리가 알던 인간은 신의 은총 아래서만 인간다움을 인정받았다. 그러나 인문주의자들은 지상에서의 인간의 발견을 주장한다."

나는 바야흐로 난삽한 논리의 숲을 헤쳐나가기 위해 이 대목에서 숨을 한번 크게 들이마셨다가 길게 내쉬었다.

"교부철학자들에 의하면 인간은 신의 증명에 필요한 존재이고, 인간은 신의 은총에 의해 존재와 존엄을 허락받는다. 즉 인간은 신의 영광을 위해 자신의 모든 것을 바쳐야 신의 은총에 힘입어 천국으로 가는 것이다. 지칠 줄 모르는 신앙심과 끊임없는 회개로 스스로를 정화해야만 천국을 자기 것으로 만들 수 있는 게 인간의 처지다.

그러나 인문주의자들은 사후의 존엄을 논하지 않는다. 그걸 부정하는 게 아니라, 지금 여기 지상에서의 존엄을 말하고자 할 뿐이다. 그러기 위해서는 인간의 발견이 전제되어야 한다. 우리가 알던 신앙의 노예로서의 인간이 아니라 현실에서 존엄할 수 있는 인간을 찾아야 한다는 것이다. 다시 말하자면 인간의 발견이란 인간이 신을 대신하는 게 아니라 신과 동물 사이에서 인간의 위상을 명확히 함으로써 그 존엄과 자부심을 가지게 된다는 의미다."

"인간이 신의 섭리에 따라 은총을 받는 것 외에 다른 길이 있나요?"

"오, 이런, 내가 방금 얘기하지 않았느냐. 은총이란 사후의 세계를 위한 것이고, 존엄이란 현세를 위한 것이다. 은총을 받기 위해 현재의 존엄을 버릴 필요가 없고 지상의 존엄을 위해 신의 은총을 포기하자는 게 아니다. 현자 페트라르카는 눈앞의 현실을 멸시하면서 사후에 신과 일치하는 것보다 지상에서 고귀한 것과 자신을 일치시키면서 영예를 바라는 것이 더 가치 있다고 하셨다. 그분이 쓴 책 『비밀secretum』에 '나는 인간적 영예만으로 충분하다. 나는 그것을 동경한다. 왜냐하면 죽음을 피할 수 없는 인간이 바랄 수 있는 최고의 것이기 때문이다'라는 구절이 있다. 즉 지금 이곳의 삶 속에서 희망을 찾고 영예를 얻으라고 한 것이다."

"하지만 신께 영광을 드리는 것만이 진실된 삶이라고 사제들은 말하지 않습니까."

마르코는 혼란스러운 듯 손을 비비면서 반문했다.

"교부 성 암브로시우스는 그의 저서 『세상에서의 도피에 대하여De fuga Saeculi』에서 삶의 비참함과 세상의 저속함을 설파하면서 죽음을 찬미했다. 세상을 멀리하고 신에 다가갈수록 지복에 가까워진다고 했어. 그에게 있어 인간은 존엄의 여지가 없는 것이지. 그러나 나의 선생 클루치오 살루타티 공은 저서 『헤라클레스의 노역*De Laboribus Herculis*』에서 현실을 적극적으로 개척할 때 신은 오히려 인간을 어여삐 여긴다고 하셨다. 가정, 일터, 공동체, 조합, 아르테 등에서 맡은 바 사명을 성실히 수행하는 것이 신이 바라는 바이고 이것이 곧 신께 대한 경배라고 하셨다. 선생께서는 교회의 부패보다도 수도원의 무관심을 더욱 비난하셨다. 현실을 무시하고 고독 속에서 신과 교감한다지만 신은 그런 경배를 원하지 않으신다고 하셨다. 만약 모든 사람이 농사도 짓지 않고 결혼도 하지 않은 채 경배만 드린다면 신께서 창조한 이 세계에서 인간은 사라질 것이다. 자, 암브로시우스와 살루타티, 둘 중에 너는 어느 말씀을 따르겠느냐?"

"글쎄요. 저 같은 사람들은 듣기에 따라 양쪽 말이 다 맞는 것 같군요. 선생님 말씀을 들으니 그럴듯하지만, 교회에 가면 또 사제의 말이 맞다고 여기겠죠."

마르코는 두 눈을 끔벅거리며 말했다.

무지한 건지 줏대가 없는 건지. 이 자는 살면서 단 한 번이라도 이런 주제에 대해 생각이나 해보았을까. 과연 이자에게 이와 같은 수준의 논의가 가당키나 한 것일까. 나는 치밀어 오르는 회의감을 꾹꾹 눌렀다.

"마태오 복음서에 '사람이 만약 온 천하를 얻고도 제 목숨을 잃으면 무엇이 유익하리오. 사람이 무엇을 주고 제 목숨과 바꾸겠느냐'라는 구절이 있다. 이 말은 곧 인간은 현세의 목숨이 무엇보다 중요하고 현세에서의 행함에 의해 내세가 결정된다는 의미다. 그러니 현세에서 영광을 드높이는 행위가 이루어져야 한다는 것이지 슬픔과 비탄과 회오로 이어져야 한다는 말은 아니다. 신께서 창조한 인간이 비통하게 울부짖으며 고행으로 점철된 삶을 사는 게 과연 신께서 보기에 좋으실까. 아니면 지상의 행복과 존엄을 누리며 신께 경배 드리는 것, 그게 더 보기에 좋으시지 않을까?"

"그럼 인문주의자들은 인간의 존엄을 위해 무엇을 합니까?"

이제야 마르코가 살짝 당겨왔다.

"인간으로서 갖추어야 할 교양과 덕성을 함양해야 한다. 그러기 위해선 그리스·로마 시대의 고전으로 돌아가야 해. 그리스 고전에는 인간의 본성, 덕성, 윤리, 철학을 탐구한 저서들이 있기 때문이지."

"왜 꼭 그 시대의 저서여야만 하나요? 로마 시대 이후에도 인간의 덕성과 교양을 논하는 지적 활동은 꾸준히 이어져오지 않았나요?"

"야만인들의 침략으로 로마제국이 무너진 이후 천 년 동안 그리스도교 신앙이 인간의 삶을 이끌었다. 그리스도의 가르침이 잘못됐다는 게 아니라 신앙의 차원과 지식의 차원을 구분하자는 것이다. 신앙의 빛에 반사된 동굴 벽의 그림자가 아닌 이성의 햇빛 속에서 자신의 진짜 모습을 스스로 찾자는 것이다. 그러기 위해서는 그리스 시대의 철학 도구가 필요하단다. 물론 스콜라 철학자들에 의해 아리스토텔레스가 다시금 조명받기도 했었다. 그러나 스콜라 철학자들은 아리스토텔레스의 논리학을 신을 인식하는 논리변증으로만 사용했어. 신을 증명하는 수단으로서 학문으로 빌려온 것이지. 그러나 우리에게 필요한 건 플라톤과 아리스토텔레스는 물론 고대 그리스의 수많은 철학과 사상들이다. 그들은 인간이란 무엇이며, 어떻게 살아야 하는가를 탐구했었다. 신의 존재를 증명하기 위해서가 아니라 인간 그 자체를 알기 위해서였지. 그래서 그리스·로마 시대의 고전이 필요한 것이다. 이제 알겠느냐?"

"수많은 철학과 사상들이라 하셨는데 신의 섭리와는 무관한 사상인가요?"

"예컨대 에피쿠로스라는 철학자는 쾌락이 인간이 살아가는 제1의 원칙이자 목표가 되어야 한다고 했다. 얼핏 들으면 수준 낮은 철학처럼 들리지만, 그가 주장하는 쾌락이란 감각과 욕정의 쾌락이 아니라 고귀한 정신적 쾌락을 일컫는다. 에피쿠로스는 이를 아타락시아(ataraxia)라고 했지. 번민과 고통이 없는 고요와 열락의 상태에 이르는 것이야. 그리스 시대는 물론 로마 시대에도 에피쿠로스 사상은 많은 지지를 받았고 사상사적으로 흥성했었다. 세네카의 저서나 베르길리우스의 시에도 인용되고 언급되고 있으니까 말이다. 그런데 그 에피쿠로스의 저서가 지금은 멸실돼 버렸다. 다른 고대 문헌에서 얼핏 인용되고 소개하는 글만 전해지고 있구나. 천년 세월 동안 인간의 스스로를 향한 탐구는 철저히 묻혀버리고 증발된 것이야. 그리고 그 자리에 신의 목소리만 메아리치고 있다."

얘기하다 보니 목이 말랐다. 마르코가 준비해 놓은 자리끼를 벌컥벌컥 들이마셨다. 나름대로 열변을 토한 것 같은데 이 청년이 나의 말을 제대로 알아들었는지 아니면 그냥 그런 척하는 건지, 그건 신만이 알 것이다.

창밖으로 달빛이 환하다. 찬 겨울 공기 속에서 달빛은 더욱 투명하다. 추위는 빛을 명징하게 하는가. 천년의 추위 속에서도 드러날 빛은 있는가. 돌아보니 마르코는 벌써 곯아떨어져 있다.

제2부
장서관

11

조과(朝課: 새벽 3시 경) 성례에 참석하기 위해 일어났다. 수도원의 새벽은 수도사들의 순례로 시작된다. 밤새 깨어있는 당번 수도사가 시편을 낭송하며 성당과 숙소를 돌아다니면 수도사들은 검은 수도복을 두르고 줄지어 나온다. 자루 같은 옷에 후드를 뒤집어쓰고 끈으로 허리를 잘록하게 조인 모습이 마치 커다란 개미 같다. 저들은 어쩌면 인간 개미일지도 모른다. 말씀의 사명을 지키느라 세속적 욕망이 거세된 개미의 삶, 부디 그들에게 내세의 보상이 있을진저. 나는 성호를 그었다.

잠이 덜 깨어 눈을 비비고 있는 마르코를 데리고 본당으로 갔다. 미사가 시작되려 하고 있다. 스테인드글라스 창문은 아직 빛의 세례를 받기 전이라 촛불만 은은하게 제단을 밝히고 있다. 앳된 수련사들이 촛대와 향로, 제단과 제대 등 기구들이 제자리에 온전히 놓였는지 살피고 있다. 제대 위에는 휘황하게 채색된 큰 성경이 사슬에 묶여 있고, 중간 크기의 4복음서만 추려놓은 성경 한 권이 놓여 있다.

수련사가 성경을 가지런히 넘기고 있다. 금박과 고급 안료로 화려하게 채색한 대성경을 낱장으로 찢어가는 경우가 있어 밤새 무사한지 살펴보는 것이다. 이어 부제를 위시한 수도사들의 행렬이 들어왔다. 오륙십 명은 족히 되는 인원이다. 촛대를 든 수련사가 앞장서고 그 뒤를 향을 든 수련사가 따르고 또 그 뒤를 부제가 따랐다. 부제는 제대의 복음서를 들고 강론대 위로 옮겼다. 제례를 집전하는 사제가 행렬을 인도하며 각자의 자리로 가서 앉자 부제가 복음서를 펼쳐 봉독했다.

열두 제자 중의 하나로서 디두모라 불리는 도마는 예수께서 오셨을 때 함께 있지 아니한지라. 다른 제자들이 그에게 이르되 우리가 주를 보았노라 하니 도마가 이르되 내가 그의 손의 못 자국을 보며 내 손가락을 그 못 자국에 넣으며 내 손을 그 옆구리에 넣어 보지 않고는 믿지 아니하겠노라 하니라. 여드레를 지나서 제자들이 다시 집 안에 있을 때 도마도 함께 있고 문들이 닫혔는데 예수께서 오사 가운데 서서 이르시되 너희에게 평강이 있을지어다 하시고, 도마에게 이르시되 네 손가락을 이리 내밀어 내 손을 만져보고 네 손을 내밀어 내 옆구리에 넣어 보라 그리하여 믿음 없는 자가 되지 말고 믿는 자가 되라.

요한의 복음서에서 발췌한 구절이다. 부제가 낭독을 마친 후 복음서를 제단 위에 있는 수도원장에게로 가져가자 원장은 복음서에 입을 맞추었다. 이어 그는 강론을 시작했다.

"형제들이며 도마의 의심은 누구나 아는 일화이지만 누구나 알기에 지나쳐버립니다. 우리는 약한 존재입니다. 오늘 도마처럼 의심하여 주님의 옆구리에 손가락을 넣어 보고는 안심하고 회개했다가 내일 되면 다시 도마가 됩니다. 형제들이여……."

나는 살며시 회중석을 빠져나왔다. 여명이 산등성이 윤곽을 드러냈다. 산등성이 저편 어둠 속에 붉은 기운이 살짝 깨문 석류처럼 배어 있다. 어느새 마르코도 따라 나와 내 곁에 서 있다.

"미사를 마저 마치고 나오지 그랬냐?"

"수도원 미사는 너무 딱딱하고 숨 막혀요."

"일부러 눈 밖에 날 필요는 없는데 괜히 내가 나왔구나."

나는 혼잣말처럼 중얼거렸다.

아침 식사 후 마르코를 데리고 장서관으로 갔다. 장서관은 성당에서 동쪽으로 40패덤 정도 떨어져 있다. 아침 안개 속에서 장서관 건물은 뭉툭하고 투박하게 보였다. 벽체 가운데가 앞쪽으로 뻗어 나와 얼핏 삼각형 건물인가 하는 생각이 들었다. 툭 튀어나온 기둥에 지옥문을 지키는 머리 셋을 가진 개 케르베스가 있을 것만 같았다. 가까이 가보니 육각형 삼층 건물이다. 가운데 면이 도드라져 보이는 바람에 멀리서 삼각형처럼 보인 것이다.

육각형은 장서관에 가장 어울리는 형태로 정남쪽을 향한 육각 건물은 햇빛을 가장 오래 받을 수 있다. 6은 의미가 넘치는 숫자다. 신께서 천지를 창조하시매 6일째에 자신의 형상을 닮은 사람을 창조하셨다. 또한 6은 3의 배수로서 두 개의 3을 합친 것이 다, 삼위일체와 3일 만의 부활, 즉 부활 안에서 삼위일체의 하나님을 영접하는 숫자이다. 이보다 더 상징적인 숫자의 조합이 어디 있으랴. 게다가 육각형의 꼭짓점 되는 곳은 원형으로 되어 있다. 여섯 개의 기둥과 여섯 개의 면은 곧 열두 사도를 일컬음이라. 그리스도교의 핵심적인 진리를 연구하고 보관하는 장서관다웠다.

장서관 입구에 도착하니 정문 상단의 팀파늄이 다양한 부조로 장식되어 있다. 세 개의 겹으로 된 아치형 홍예문에는 정교한 조상彫像들이 새겨져 있다. 아기 예수를 안고 있는 성모 마리아가 가운데 있고 좌측으로 세 명의 동방박사가 예물을 드리고 있다. 오른쪽엔 청년 예수를 향해 경배하는 세례자 요한과 막달라 마리아 상이 새겨져 있고 홍예문 밖으로 열두 제자의 조각상이 좌우로 각각 여섯 개씩 자리 잡고 있다.

열두 사도는 열쇠, 술잔, 톱, 가리비 등 각각의 상징물을 손에 들거나 몸에 지니고 있다. 조각들은 옷자락 하나에도 입체감을 줘서 굴곡이 선명하고 얼굴엔 감정이 섬세하게 드러나 있다. 예컨대 황금을 바치는 동방박사의 얼굴은 경외와 호기심이 가득한 표정이고, 예수를 바라보는 막달라 마리아의 눈길엔 자애와 염원이 서려 있다. 조각상들만 보아도 수도원이 장서관에 얼마나 심혈을 기울였는지 알 수 있다.

반달형 아치의 들보에 '주님을 찬양할지라(Benedica Domino)'라는 문구의 현판이 걸려 있다. 일층에 들어서자 중정中庭을 향한 복도가 있고 옆으로 방들이 늘어서 있는데 모두 닫혀 있다. 수도사들이 개별적으로 공부하는 공간 같았다. 입구의 넓은 공간 전면에서 이층으로 향하는 계단이 양옆으로 갈라져 있다. 이층에 필사실 스크립토리움이 있고 삼층이 장서보관실일 것이다.

이층으로 올라가자 출입문 현판에는 '우리는 회의를 통해 질문에 이르고, 질문을 통해 진리를 얻는다(Dubitando enim ad inquisitionem venimus; inquirendo veritatem percipimus)'라고 씌어 있다.

입구에서 키가 크고 어깨가 구부정한 수도사 한 명이 나와 우릴 맞이했다. 어깨가 구부정한 건 필사 수도사들의 공통된 특징이다. 짧게는 수년 길게는 수십 년 동안 서안에 코를 박고 앉아 있기 때문이다.

　수도사는 동그스름한 윤곽에 긴 눈매가 아래로 쳐져 마치 아무렇게나 농담을 해도 허물없이 받아줄 것만 같은 인상이다. 자신을 휴고 블로흐라고 소개하고는 우리를 장서관장 수도사에게 데려갔다. 삼층으로 올라가니 범접을 허용치 않겠다는 듯 육중한 문이 닫혀 있다. 출입구 위에는 '신앙은 이성을 필요로 한다(Fides quaerens intellectum)'라는 문구의 현판이 완고하게 걸려 있다.

　문을 열고 들어가자 오래된 양피지 냄새가 훅하고 끼쳐왔다. 기름기와 약품 냄새가 섞인 군내가 코를 찔렀다. 어떤 사람은 이 냄새를 역겨워하지만 나는 딱히 무어라 표현할 수 없는 기분에 사로잡히곤 한다. 흥분이라기엔 진부하고 설렘이라기엔 미묘한 무엇이다. 코는 거부하고 싶은데 마음은 달려간다고 할까.

　장서관장 수도사의 첫인상은 호감형이 아니었다. 긴 얼굴에 각진 턱이 고집스레 보이는데다 살짝 휘어진 매부리코가 날카로운 인상을 더해주었다. 그러나 인상과 인성은 일치하지 않는 법. 구태여 선입견에 사로잡힐 것까지는 없다는 것쯤은 교황청 햇병아리 시절에 깨우친 바다.

　자신을 게하르트 세베우스라고 소개한 장서관장은 우리에 관한 정보를 이미 원장으로부터 들은 것 같았다.

"교황청에서 오셨다고요?"

"네. 그렇습니다. 고전문헌에 대한 조사 목적입니다."

"장서수도원은 이탈리아에도 많이 있지 않습니까?"

"이탈리아의 수도원들은 장서의 의미를 왜곡하고 있습니다. 지식의 생산이 아니라 보존이 목적이 되었고 기존의 성스런 장서들을 지우고 채색 그림책으로 바꿔버리고 있습니다. 이제 이탈리아 수도원들의 장서관은 책이 아닌 양피지 보관소가 되어 버렸습니다. 반면 알프스 이북의 수도원들은 아직도 지적 활동이 왕성하게 이루어지고 있으며 수도사들의 필사도 활발합니다. 장서관의 전통이 굳건하게 살아있다고 해야겠죠. 그중에서도 풀다수도원은 전통으로 보나 규모로 보나 콘스탄티노플을 제외하고는 세계 어디 내놔도 손색이 없는 장서관을 운영하고 있는 것으로 알고 있습니다. 그래서 멀리서나마 흠모해 마지않았습니다."

장서관장은 나의 장광설과 아부성 언사에 흡족한 기색이다. 이 정도 입에 발린 소리는 이제 어느 수도원을 가더라도 그냥 술술 나온다. 대저 수도사들이란 앞뒤 꽉 막힌 사람들인 바 그중에서도 장서관장들은 그야말로 자기 털을 뽑아 그 구멍에 넣을 사람들이다. 그럼에도 불구하고 약간의 찬사와 그에 상응하는 진실의 면모를 살짝 보여주면 그야말로 간이라도 꺼내줄 듯 속을 펼쳐 보인다. 그런 의미에서 첫발을 순조롭게 디딘

셈이다, 라고 자평하기가 무섭게 장서관장의 반격이 시작되었다.

"교황 요한, 아니 이제 발다사레 코사라고 해야겠군요. 그의 세크레투스였다고요."

"네."

"잘됐군요. 하나 물어봅시다. 산중에 있는 수도사이지만 들리는 소문만으로도 모른 척하기 민망해 물어보는 겁니다. 발다사레 코사가 나폴리 왕국의 라디슬라스에게 본때를 보이기 위해 십자군을 모집하고 그 비용 충당을 위해 면죄부를 발행했다는 게 사실이오?"

"네, 사실입니다."

나는 달리 덧붙일 말이 없어 짧게 답했다.

"본래 백 년에 한번 돌아오는 성스런 해맞이(聖年: jubilee) 대사면 행사를 1400년에 치른 후 십 년 만에 다시 성년을 지정하고 대사면 모금을 한 게 그의 머리에서 나왔다던데 사실이오?"

이번엔 고개만 끄덕였다.

"게다가 이번 사면에는 고생스럽게 알프스를 넘지 말고 마인츠에서 로마까지의 여비를 기부하면 로마에 온 것으로 치는 면죄부를 발행해준다는 것도 그가 꾸몄다던데 맞소이까?"

"네."

나는 입을 여는 것과 동시에 고개를 끄덕였다.

"음, 교활하기가 여우 같고 흉포하기가 늑대 같다더니만 뜬소문이 아니었구료."

나는 장서관장이 교회의 일과 재속 성직자의 소문에 이렇게 관심이 많을 줄 몰랐다. 이야기가 이런 식으로 흘러가면 나에게 이로울 게 없다. 나는 애써 화제를 다시 돌렸다.

"유구한 학문의 전통이 있는 풀다수도원은 대학자로 명성이 드높은 라바누스 마우르스 님과 그의 제자 에인하르트, 오트프리트 폰 바이센부르크, 발라브리트 슈트라보 등 쟁쟁한 학자들을 배출한 역사가 있습니다. 오늘 장서관을 견학하여 저의 좁은 눈을 넓힐 수 있다면 큰 영광이옵니다. 아울러 문헌을 필사할 수 있도록 허락을 구하고자 합니다."

입에 침이 마를 새 없이 다시 상찬하자 장서관장은 조금 누그러지는 기색이다.

"우리 장서관은 비잔틴을 제외한 라틴 세계에서는 몇 손가락 안에 꼽을 정도의 규모를 자랑하오. 굳이 우리와 어깨를 겨루겠다면 알프스 산중의 장크트 갈렌 수도원 정도랄까."

"장서관 열람을 할 수 있겠습니까?"

나는 본론으로 들어갔다.

"아니됩니다. 외인은 장서관 열람이 안 되고 사서 담당과 그 보조사서에게 열람 신청만 할 수 있습니다."

외부인이 서고 안에 들어가 직접 찾지 못하는 건 어느 정도 예상했던 바다. 더군다나 나는 사제나 수도사도 아니지 않은가.

"그럼 열람 목록만이라도 볼 수 있겠습니까?"

장서관장은 고개를 끄덕이며 우리를 안내했던 블로흐 수도사를 가리켰다.

"이 형제가 사서 담당 수도사입니다."

"부탁드립니다."

나는 성호를 그으면서 말했다.

블로흐 수도사는 나와 마르코를 보며 따라오라고 했다. 그가 장서고 문을 밀고 들어가자 높은 궁륭 아래 책상이 있고, 그 위에 장서목록으로 보이는 서책이 사슬에 묶여 있다. 안쪽에는 또 하나의 문이 성벽처럼 버티고 있다. 그 안이 진짜 서고일 것이다.

블로흐 수도사는 장서목록의 첫 장을 넘긴 다음 나를 쳐다보았다. 장서관 안에서는 침묵을 지켜야 하므로, 나는 말없이 사서수도사가 가리키는 장서목록을 뚫어지게 바라보며 한 줄 한 줄 읽어 내려갔다. 심장이 두근거리기 시작했다. 장서목록을 마주할 때마다 나의 심장은 먹이를 발견한 늑대처럼 으르렁거리고, 나의 눈은 한밤중의 부엉이처럼 빛을 발한다.

목록은 라틴어로 쓰이긴 했지만 여백에 게르만어와 프랑스어가 이리저리 갈기듯 쓰여 있다. 순서를 보니 위계 기준으로 분류해놓았다. 성경과 주해서, 다음으로 교부들의 저서, 성례 집전 관련서, 자연학과 박물지, 그리스 고전, 아라비아 저서 순서였다.

나의 시선은 곧바로 그리스·로마 시대의 고전 목록으로 향했다. 실리우스 이탈리쿠스의 서사시 『푸니카*Punica*』가 눈에 확 들어왔다. 오, 이게 여기 있었구나. 나는 마른침을 한번 삼키고 계속 훑어 내려갔다. 로마의 천문학자이자 시인인 마닐리우스의 이름이 보였다. 로마라는 찬란한 태양이 떨어지기 직전 황혼에 붉게 물든 그 시대의 역사를 기술한 암미아누스 마르켈리누스의 서사시 『사건 연대기*Rerum gestarum libri*』를 보자 나도 모르게 손가락으로 목록을 짚었다. 손가락은 지오반니 발비가 쓴 『카톨리콘*Catholicon*』[1]에서 멈칫했다가 다시 목록을 따라 내려갔다. 그리고 테르툴리아누스에 이르자 그 자리에 멈춰 서지 않을 수 없었다. 테르툴리아누스의 저서 『헤르모게네스를 비판함*Adversus Hermogenem*』이 보였다. 그의 다른 저서 『마르키온을 비판함*Adversus Marcionem*』과 『발렌티누스를 비판함*Adversus Valentinianos*』은 바르톨로메오가 필사했다. 그 소식을 들었을 때 나는 얼마나 그를 부러워했던

---

1 만병통치약이란 의미로 1286년 지오반니 발비가 쓴 라틴어 백과사전이다. 1460년 비종교서적으로는 최초로 인쇄되었다.

가. 둘 중 하나만이라도 나한테 왔어야 했는데……. 신은 매사에 왜 그리 불공평한가, 하고 신을 타박한 적도 있었다. 물론 순간의 불경을 즉각 회개로 씻었지만.

그런데 이를 일거에 뒤집을 수 있는 기회가 내 눈앞에 놓여 있다. 테르툴리아누스의 비판 3부작 중 마르키온과 발렌티누스를 비판한 논문은 존재가 확인됐으나 헤르모게네스 비판 논문은 소문으로만 떠돌았다. 심지어 실제로 쓴 적이 없는 가공의 논문이라는 설도 있다. 그만큼 그 존재가 불확실했던 것이다. 그런데 이곳 풀다수도원에서 만났다. 바르톨로메오가 옆에 있었더라면 그의 커다란 눈이 더욱 커져 눈알이 튀어나올 지경이 되었으리라.

바르톨로메오와 나는 라틴어에 푹 빠져 있었다. 라틴어의 율격과 압운, 이를 관통하는 운율은 우리의 젊은 가슴을 늘 콩닥거리게 했다. 우리는 라틴어로 허무의 늪을 헤엄쳐왔고 그리스 고전으로 세상의 환멸을 견뎌왔다. 내가 테르툴리아누스의 저서에 관심을 가지는 건 그의 신학적 변증 때문이 아니라 문체 때문이다. 그는 라틴어의 문체를 한 차원 끌어올렸다고 나의 스승 살루타티께서 말씀하셨다.

언제까지고 테르툴리아누스 항목에만 머물러 있을 수는 없는 일. 손가락은 계속 밑으로 내려갔다. 대략 오십 장을 넘기자 여섯 장 정도가 남았다. 그곳에는 각 쪽 맨 위에 금서와 이단이라는 글자가 적혀 있고 목록은 빈칸으로 남아 있다. 블로흐 수도사에게 손가락으로 빈칸을 가리키니 그는 어깨를 으쓱하며 손가락 하나를 입에 넣고 구역질하는 시늉을 했다. 그리고는 양손의 검지를 들어 관자놀이 옆에 댔다. 사탄의 말과 이단의 저서들을 그런 식으로 표현한 것이다. 어느 수도원이나 이단시하는 서책들은 있다. 그러나 이런 식으로 목록에서조차 지우는 경우는 없었다.

나는 블로흐 수도사에게 출입문을 가리키며 밖으로 나가자고 했다. 우리는 서고 대기실을 나왔다. 장서관장 세베우스가 입구 책상에 앉아 우리를 기다리고 있다.

"이교와 금서일지라도 목록은 있어야 하는 거 아닌가요?"

세베우스 수도사를 향한 내 목소리는 상기됐다.

"그건 우리 장서관이 서책 분류 작업을 다시 하고 있기 때문이오. 여태까지 우리 수도원의 장서는 지역으로 분류했었소. 로마, 갈리아, 게르만, 잉글랜드, 에스파냐, 히베르니아, 보헤미아, 아라비아 등 저자가 속한 지역에 따라 분류를 했었소. 그러나 그 분류법에는 여러 가지 문제가 발생하오. 나폴리 왕국은 프랑스와 에스파냐가 번갈아 지배했고, 에스파냐는 엄밀히 따지면 카스티야와 아라곤, 카탈루냐로 분리되어 있소. 그리고 노덤브리아는 스코틀랜드와 히베르니아 사이에서 애매하게 분류할 수밖에 없소. 따라서 우리는 고민 끝에 말씀의 위계를 기준으로 장서를 다시 분류하는 중이오. 그중에서 금서와 이단은 사탄의 저서들인지라 수도원에서 소장의 가치가 없다고 판정한 책들이오. 그러니 따로 목록으로 만들 필요 없이 하나의 방으로 몰아넣었소. 그 책들은 세책(洗册: 세척 후 재활용)[2]에 의해 신성함으로 다시 태어날 것이오."

세베우스 수도사가 심드렁하게 말했다.

이런, 갑자기 나도 모르게 주먹을 꽉 쥐어졌다.

"오, 그건 책을 죽이는 일입니다. 모든 책에는 나름의 생명이 있습니다. 하나님께서 세상을 창조하시매 사탄도 있게 하심은 그 존재로 인해 선함을 드러내기 위함이요, 악에도 권능이 있는 건 악의 권능을 선함으로 극복하게 하심이 아니겠습니까. 이단이라 하여 그 생명을 말살함은 신의 섭리를 벗어남이 아닐까 싶습니다."

나는 흥분해 부들부들 떨리는 손을 맞잡고 최대한 침착하게 말했다. 대저 금하면 더욱 원하게 되는 바, 갑자기 금서목록에 내가 원하는 희서稀書들이 잔뜩 있을 것만 같은 예감이 들었다.

---

2 라틴어로 팔림세스트(palimpsest)라 한다. 값비싼 양피지를 재활용하기 위해 기존에 쓰여 있는 글자를 석횟물 등으로 세척해 새롭게 사용할 수 있도록 하는 공정을 말한다. 원어 그대로의 팔림세스트는 명사로서 현재와 과거가 중첩돼 존재하는 상태 혹은 그러한 사물에 대한 비유로도 사용된다.

생각 같아서는 장서고 문을 박차고 들어가서는 금서들을 모아놓은 방으로 달려가 안에서 잠가버리고 싶었다. 거기 있는 모든 책을 살피고는 수도원이라는 어둠의 창고에서 꺼내 세상의 빛에 쪼이고 싶었다.

이단이라니! 금서라니!

대체 누가 어떤 기준으로 그런 굴레를 씌우는가. 700년 동안 이어져 온 풀다수도원의 장서가 한낱 장서관 담당 수도사의 말 한마디로 이단의 나락으로 떨어져 생명을 다한단 말인가. 넓은 마음으로 이해하자면 못할 바는 아니다. 갈수록 재정이 악화되는 건 모든 수도원이 겪고 있는 현실이다.

풀다수도원이라고 다르진 않을 것이다. 황제나 영주 등의 세속 권력에 의해 빼앗기는 땅도 점점 늘어나고 있다. 사람들이 점차 도시로 몰리는 바람에 장토의 소작인들은 인력의 희소함을 믿고 요구하는 게 많아진다. 이런 형편이다 보니 귀족들이 주문하는 필사작업이 수도원의 중요한 수입원이 될 것이다. 필사로 인한 수익을 가장 크게 만드는 건 세책이다. 양피지를 새로 구입하지 않고 기존의 것을 세탁하고 긁어내고 채색하여 내용을 지운 다음 새롭게 덧씌우는 것이다.

나는 숨을 한번 크게 들이쉰 후 차분하게 말을 이었다.

"장서관 현판에 '신앙은 이성을 필요로 한다'라고 쓰인 글귀를 보았습니다. 이성의 힘으로 이단을 제어한다면 문제 될 게 없지 않습니까."

"교부 성 토마스에 의하면 인간의 이성은 신앙을 증명하기 위해서가 아니라 그 가르침 속에 있는 의미를 분명히 드러내기 위해 사용해야 한다고 말씀하셨습니다. 즉 우리의 이성은 삼위일체를 직접 증명할 순 없지만 그것을 논리적으로 설명하고 객관적으로 설득하는 데 사용해야 한다고 하신 겁니다. 이단을 이해하고 사탄의 유혹을 다듬는 데 쓰여선 안 될 것입니다."

오, 이들은 허구한 날 신학과 교리를 연구하고 논증하는 자들이다. 어찌 논리와 증명으로 이들을 이길 수 있겠는가.

"도미니코회 수도사 뱅상 드 보베도 『세상의 거울Speculum Naturale』에서 이 세상의 기괴한 요물과 악마를 표방하는 습속들을 소개했습니다. 또 귀 수도원이 자랑하는 위대한 학자 라바누스 마우루스도 사악함을 무릅쓰고 세상의 온갖 잡스런 지식까지 집대성한 박물지를 편찬하셨습니다. 이단이라 함은 행위 이전의 생각에까지 미쳐야겠지만 우리가 심판하는 것은 행위에 그쳐야 하지 않겠습니까. 그것이 하나님께서 사탄을 세상에 용납한 것과 같은 이치가 아니겠습니까."

"형제의 주장은 세속의 논리에 닿는구려. 이곳은 수도원이니 성경에 근거하지 않은 건 무엇이든 이단의 혐의에서 자유롭지 못하다오. 나는 지금 형제와 이단 논쟁을 하고 싶은 마음이 없소이다."

세베우스 수도사는 말을 마치고 엄지로 눈가를 꾹꾹 눌렀
다.

"미안하오. 내가 두통이 있다오."

그가 덧붙였다. 말인즉슨 나와 더 이상 논쟁하고 싶지 않다
는 뜻이다.

그렇다고 그냥 나올 순 없어서 테르툴리아누스의 『헤르모
게네스를 비판함』을 신청하고 나왔다. 서책은 신청하고 난 후
한 시과時果 정도 지나야 받아 볼 수 있다. 블로흐 수도사가 우
리를 이층 필사실 스크립토리움으로 안내했다. 나의 장서관
방문에 관한 모든 사항은 그가 전담한 모양이다.

스크립토리움은 건물의 육각면 중에서 동, 동남, 남, 남서,
서쪽 면面을 향해 책상이 삼중으로 배열되어 있었다. 그리고
스크립토르들이 각각의 책상에 앉아서 작업에 열중하고 있다.
창에 가장 가까운 스크립토르는 삽화와 채색을 담당하는 수도
사들이고, 다음 열에는 필사수도사, 맨 안쪽 열에 번역수도사
들이 배치되었다. 채색수도사들의 책상은 수평이고 안료와 물
감통이 놓여 있다. 필사와 번역수도사들의 책상은 2단으로 되
어 있는데, 상단에는 원본을 놓고 하단에 필사본을 놓는다. 각
면에 책상이 둘씩 있으니 총 서른 개의 작업 책상이 있는 셈이
다. 한창 작업에 열중하고 있는 수도사들은 열세 명이다. 채색

수도사가 일곱이고 필사수도사 넷, 번역수도사가 둘이다.

블로흐 수도사는 서쪽으로 곧장 가더니 맨 끝에 있는 책상 앞에서 손가락으로 자신의 가슴을 가리켰다. 자신의 책상이란 의미다. 필사수도사들은 끝이 갈라진 깃펜에 잉크를 묻혀 쓰는데, 원본은 경사진 상단에 펼쳐놓고 필사할 양피지는 하단에 한 장씩 펼친 다음 네 귀퉁이를 핀으로 고정시킨다.

블로흐 수도사가 작업하던 낱장은 삼분의 이가 글씨로 채워져 있다. 면을 사분하여 왼쪽 상단은 비워놓고 오른쪽 상단에서부터 필사를 시작한다. 왼쪽 상단 부분에는 그림이 들어갈 것이다. 문장이 시작되는 머릿글자도 두 행을 비워놓았다.

블로흐 옆에 있는 수도사는 필사 삼매에 빠져 있다. 오른손으로 펜을 잡고 왼손으로는 길쭉한 칼로 필사지를 누르며 필사를 따라간다. 왼손의 칼은 잘못 쓴 글씨를 긁어내는 용도로 쓰고 있다. 긁어낸 자리엔 라임을 섞은 치즈로 문질러 면을 고르게 한 다음 그 위에 새로 글을 쓴다. 그 옆의 수도사는 새 양피지에 작업을 시작하려는지 표면을 활석으로 문질러 고르게 하고는 양쪽에 점을 찍고 첨필로 선을 긋고 있다.

블로흐 수도사가 필사한 낱장은 앞줄에 있는 채색수도사에게 넘어갔을 것이다. 얼핏 보니 욥기 같았다. 욕창으로 전신이 피고름 범벅이 된 사내가 하늘을 향해 절규하는데 그 옆에는 온갖 마귀들이 희희낙락대는 삽화가 그려져 있다. 아마 어떤 귀족 마나님의 주문에 따라 서책으로 만드는 것이리라.

블로흐 수도사의 서안에는 두 권의 서책이 놓여 있다. 한 권은 반쯤 해체되어 석회수로 세척되었는지 백지로 층층이 쌓여 있고 밑에는 아직 해체되지 않은 서책이 통째로 놓여 있다. 반쯤 해체된 서책의 제목을 유추해 보았다. 아랍 사람 이븐 피르나스의 저서 같았다. 8세기 히스파니올라가 무어인들에게 정복당하고 그곳에 우마이야 왕조의 코르도바 왕국이 세워졌다.

이븐 피르나스는 코르도바의 학자로 그가 쓴 연금술이 제법 알려졌지만, 세간에는 그가 하늘을 날겠다며 날개를 만들어 등에 매달고 높은 산에서 뛰어내리다 죽은 것으로 유명하다. 하나님을 모독한 당연한 벌이라고 우리 그리스도인들에게 조롱의 대상이 된 아라비아 학자이다. 그런 자의 저서니만큼 당연히 세책으로 다시 태어나야 하는 운명을 피할 수 없을 것이다.

밑에 깔린 책 옆면에 쓰여 있는 제목이 눈에 들어왔다. 『사물의 본성에 관하여De rerum naturis』. 가만 이 책은 풀다수도원 20대 원장이자 대학자로 유명한 라바누스 마우루스의 저서 아닌가. 식자들 사이에선 딱딱한 원제보다 『우주에 관하여De universo』라는 제목으로 알려져 있다. 세상의 지식을 전부 망라하겠다는, 기백인지 치기인지 모를 시도로 유명한 박물지이다. 몇 년 전 얼핏 본 적이 있다. 오백년 전 수도사가 쓴 전형적인 문체, 둔중하고 비감한 표현이 마음에 들지 않아 필사는 고사하고 읽기조차 포기했던 책이다. 그나저나 풀다수도원의 자랑이라 할 수 있는 마우루스의 저서를 저런 식으로 세책해도 되는 것인가. 나는 의아하게 여기며 제목에 다시 한번 눈길을 주었다.

순간 망치로 세게 때린 것 같은 충격이 머릿속에서 울렸다. 눈앞이 캄캄해지며 속이 울렁거렸다. 다시 한번 제목의 글자를 하나하나 뜯어보았다. 분명히 마우루스의 저서 『De rerum natu'ris'』와 마지막 글자의 활용어미가 다른 『사물의 본성에 관하여De rerum natu'ra'』였다. 전자는 형용사형 어미고 후자는 명사형 어미다. 본문 중에서 나온 단어라면 활용어미를 잘못 필사했다고 여길 수도 있다. 그러나 제목이라면 얘기가 다르다. 블로흐 수도사에게 양해를 구하고 밑에 깔린 책을 꺼낸 다음 겉장을 넘겼다.

'티투스 루크레티우스 카루스'

오, 내가 알고 있던 그 이름이 맞다면 나는 지금 성배를 찾은 것이나 다름없다. 적어도 우리 같은 책 사냥꾼들에겐!

주께서 오시기 백 년 전 헬라인의 시심을 뒤흔들었던 시인. 언뜻언뜻 로마의 사상가들이 언급했으나 실체를 알 수 없었던 작품. 에피쿠로스의 제자이자 위대한 라틴어 시인. 키케로, 세네카, 심지어 토마스 아퀴나스, 보나벤투라, 둔스 스코투스 같은 스콜라 철학자들까지도 언급했던 사상가. 위대한 시인 베르길리우스가 자신의 라틴어는 그에게 뿌리박고 있다고 고백했던 언어의 연금술사. 누구나 언급했지만 아무도 실체를 확인하지 못한 작품. 그 책이 내 눈앞에 있는 것이다. 화형대에 오르기 전의 순교자처럼 세책으로 해체되기 직전에 내 눈에 띄었다. 나는 떨리는 호흡을 애써 감췄다. 옆에 있는 마르코가 나의 낌새가 이상한 걸 눈치를 채고 자꾸 내 얼굴을 살폈다. 나는 태연함을 가장하고 블로흐 수도사에게 나가서 할 얘기가 있다고 말했다. 그가 따라 나왔다. 우리는 스크립토리움 입구 복도에 마주섰다.

"수도사님 책상에 있는 『사물의 본성에 관하여』도 세책하는 겁니까?"

"그렇습니다. 그동안 라틴어 운문으로 분류되어 있는 탓에 지나쳤는데, 이번에 새로이 분류하는 과정에서 이단으로 판명됐습니다. 이단인 만큼 주님께 영광을 드리는 서책으로 새롭게 태어날 것입니다."

"제가 잠시 빌려볼 수 있을까요?"

블로흐는 자신의 필사 작업 속도를 가늠하는 것 같았다.

"하루 이틀 안에 세척해야 합니다. 그리고 어떠한 서책도 장서관을 벗어날 때는 세베우스 수도사님의 허락이 있어야 합니다."

나는 장서관장의 옴팡지고 고집스런 얼굴을 떠올렸다. 그리고 눈앞의 비교적 젊고 유연한 블로흐 수도사를 바라보았다.

"수도사님께 폐를 끼치진 않겠습니다. 다만 제가 찾고자 하는 고전이 맞는지 확인만 해보겠습니다."

"그렇다면 제가 일하는 스크립토리움에서 살펴보시기 바랍니다."

"블로흐 수도사님께서 평소 원하던 서책이 있습니까? 제가 구해드리겠습니다."

나는 이쯤에서 블로흐를 구워삶아야겠다고 마음먹었다. 내가 가져온 짐 중에서 이 수도사가 흥미를 느낄만한 필사본이 있는가를 재빨리 떠올려보았다.

"글쎄요, 수도사인 제가 뭘 원하겠습니까."

그는 시무룩하게 답했다.

"『세크레툼 세크레토룸*Secretum Secretorum*(비밀 중의 비밀)』이 저에게 있습니다."

"『세크레툼 세크레토룸』은 우리 장서관에도 있습니다."

내가 설명을 다 하기도 전에 블로흐 수도사가 말을 잘랐다. 자신들의 장서관에 그 정도쯤은 당연히 있다는 투다.

"『세크레툼 세크레토룸』은 대부분의 사람들이 알베르투스 마그누스가 쓴 것으로 알고 있지만 실은 아리스토텔레스가 쓴 책입니다. 아리스토텔레스의 원본 필사본이 지금 저에게 있습니다. 저자가 잘못 알려진 만큼 내용이 달라지기도 했습니다. 제가 가진 원본 필사본을 드린다면 귀 수도원 장서관의 명성이 한층 높아질 것입니다."

나는 고문서 수집 여행을 떠날 때면 장서관장이 솔깃할 만한 고전문헌을 몇 개를 가지고 다닌다. 필사가 여의치 못할 경우 교환을 제안하기 위해서다. 이번과 같이 『세크레툼 세크레토룸』은 내가 이미 필사를 해놓았기에 교환에 아무런 부담이 없다. 반면에 책의 가치를 소중히 여기고 소장 목록에 욕심이 있는 장서관장이라면, 특히 아리스토텔레스의 저서라면 웬만한 장서관장들은 자신들이 소장하고 있는 서책과의 교환을 마다하지 않는다.

블로흐 수도사가 약간 솔깃한 표정을 지었다.

"일단 안으로 들어가서 선생이 찾는 책이 맞는가를 먼저 확인하시죠."

그가 스크립토리움을 가리켰다.

우리는 안으로 다시 들어갔다. 나는 루크레티우스의 『사물의 본성에 관하여De rerum natura』를 조심스레 펼쳤다. 표면이 보얗게 일어났다. 보풀이 부유하며 콧속을 간질일 때마다 나는 이상한 흥분을 느낀다. 양피지 상태로 보건대 필사 연도가 꽤 됐지 싶다. 장서관은 통풍, 습도, 해충 등을 고려하여 서적 보존을 위한 최적의 상태를 유지하고자 한다. 그 어느 곳보다 서책의 보관에 신경을 쓰는 곳이다. 그런 사실을 감안하더라도 이삼백 년은 족히 된 것 같았다. 그러니까 적어도 그때쯤 누군가가 필사를 한 번 했던 것이다. 그 누군가의 손에 의해 이 책의 생명이 연장되었고 그리하여 또 이삼백 년을 견뎠다. 그렇게 이 책은 손에서 손을 건너 천오백 년을 살아남았다. 그리고 오늘 무덤으로 들어가려는 순간 나와 만났다. 나도 모르게 손을 모으고 기도를 올렸다. 감사합니다. 주님.

맨 뒷장 안쪽에 희미하게 필사 원본의 출처가 적혀 있다. '보비오 사람 둔갈 소유의 책을 필사하다.' 둔갈? 둔갈이 누구던가? 낯선 이름은 아니면서도 누군지 퍼뜩 떠오르지도 않았다. 사제였던가, 시인이었던가? 아리송한 안개를 뚫고 기억의 편린 하나가 반짝했다.

아, 그렇다. 그는 사제이자 시인이었다. 어쩌면 천문학자라는 타이틀을 지녔는지도 모른다. 아일랜드 출신으로 투린의 주교까지 지낸 사람이며 대단한 학문적 성취를 이룬 건 아니지만 그의 시가 약간 알려져 있다는 것 정도가 내가 아는 전부다. 둔갈은 이 책을 라틴어의 보고이자 절창으로 여겼음이 틀림없다. 그렇지 않다면 사제인 그가 에피쿠로스 철학을 설파하고 찬양한 이 책을 왜 필사했겠는가. 이 책을 필사할 때만큼은 그는 시인으로 돌아갔을 것이다. 라틴어의 율격에 흠뻑 빠져서.

원본 출처 문장 밑에 가로로 늘어진 얼룩이 보였다. 이름을 적었다가 지운 흔적이다. 칼로 벗겨내지 않고 활석으로 문지른 다음 기름 종류로 덧입혔다. 이름을 확인할 순 없지만 이 사람이 둔갈의 필사본을 다시 필사한 최종 필사자일 것이다. 내가 알기로 둔갈은 9세기 사람이다. 그렇다면 600년이란 시간의 어느 지점에서 누군가가 맥을 이은 것이다.

그는 왜 자신의 이름을 적었다가 지웠을까. 지우면서도 왜 완벽하게 지우지 않고 그 흔적을 남겼을까. 이름을 밝힐 순 없지만 자신이 책의 생명을 연장했다는 걸 그렇게라도 표시하고 싶어서였을까. 그가 필사한 이유는 에피쿠로스 사상의 명맥을 잇게 하고 싶어서였을까, 아니면 라틴어 시가의 운율을 전승하고 싶어서였을까. 그도 수도사였을까. 어쩜 수도사였기 때문에 그의 이름이 남겨지는 걸 원치 않아 지웠을지도 모른다. 꼬리에 꼬리를 무는 의문이 머릿속을 맴돌았다.

그때 수련사가 테르툴리아누스의 『헤르모게네스를 비판함』을 가져왔다. 나는 거기엔 눈길도 주지 않고 루크레티우스의 작품에 안광을 투시했다. 책에 빠져있는 나를 보고 블로흐 수도사는 자신의 책상에 앉아 필사를 시작했다. 사각사각, 정적을 갉아먹는 필사작업 소리가 스크립토리움에 안개처럼 퍼졌다.

필사는 그날그날의 목표치가 있다. 블로흐 수도사는 나 때문에 뺏긴 시간을 벌충하려는 듯 서안에 고개를 박고 있다. 덕분에 나는 『사물의 본성에 관하여』에 집중할 수 있었다. 마르코는 눈을 멀뚱멀뚱 뜨고 스크립토리움을 이리저리 살폈다. 그로서는 이렇게 큰 장서관과 이렇게 많은 수도사가 필사하는 장면이 처음일 것이다.

어느덧 만과(晩課: 오후 5시 경) 성무 시간이 되었다. 나는 서책의 삼분지 일 정도인 이천오백 행 가량을 읽었다. 내 마음은 둘로 쪼개졌다. 빨리 전체를 다 훑어봐야 한다는 조급함에 달아오른 반면 라틴어 율격에 따라 문장 하나하나를 곱씹어 음미하고픈 갈구에 옭매였다. 그러다 보니 내용과 운율, 어느 하나도 제대로 즐기지 못했다. 신께서 양자를 동시에 취할 수 있는 재간을 주지 않으셨음을 한탄하며 책장을 덮고 장서관을 나와야 했다. 옆구리에 낀 테르툴리아누스의 서책은 마르코에게 넘겼다.

그날 밤은 몹시 길었다. 낮에 읽은 『사물의 본성에 관하여』의 구절이 떠올랐다.

"왜냐하면 신들의 본성은 그 자체로서 최고의 평화 속에 불멸의 시간을 즐겨야 하는 것이기 때문이다. 우리의 일들로부터 격리되어 멀리 떨어진 채, 왜냐하면 그것은 그 어떤 고통도 없이, 위험도 없이 스스로 자신의 풍요함으로써 권능을 지닌 채로, 우리를 전혀 필요로 하지 않으며, 재물에 의해 환심을 살 수도 없고, 분노와 접촉하지도 않는 것이니 말이다."[3]

눈에 담아 온 구절 중의 하나다. 신은 우리와 상관없이 그 자체로 충족하며 지낸다. 우리가 믿고 있는 야훼는 우리를 인애하기도 하지만 분노하고, 질투하고, 변덕스럽기도 하다. 루크레티우스는 신이라는 관념 자체를 부정하되 이런 식의 우회적 비유로 부재를 주장하는 게 아닐까. 인간 세상과 동떨어져 인간과 아무런 상관도 없는 신이란 부재와 다를 게 무어란 말인가.

갑자기 루크레티우스가 어른거리며 그 위로 히에로니무스가 겹쳐졌다. 눈앞이 컴컴해지면서 화염 속에서 몸을 뒤틀며 하늘을 향해 무어라 외치던 히에로니무스의 처형 장면이 떠오르는 건 무엇 때문인지 모르겠다.

히에로니무스와 루크레티우스. 이 둘은 아무 상관이 없다. 사상적으로는 외려 정반대다. 히에로니무스는 신앙의 화신이고, 루크레티우스가 추종하는 에피쿠로스는 무신론에 가깝다. 왜일까. 마음 깊은 곳에서 히에로니무스의 순교에 대한 부채

---

3 루크레티우스, 『사물의 본성에 관하여』 제2권, 강대진 옮김, 아카넷, 2012, 646~651쪽.

의식을 루크레티우스의 부활로 보상받고 싶어서일까. 창밖으로 늦게 뜬 달빛이 환하다.

12

다음날 찬과(讚課: 오전 5시 30분 경) 성례에 참여하고 아침 식사를 마친 후 마르코와 함께 장서관으로 갔다. 블로흐 수도 사가 서안에서 필사 작업 준비를 하고 있다. 그를 복도로 조용히 불러냈다.

"선생께서는 저의 성무를 방해하지 않았으면 합니다."

블로흐 수도사가 짜증이 밴 말투로 말했다.

"제가 수도사님께 선물을 준비했습니다."

품에서 아리스토텔레스의 『세크레툼 세크레토룸』을 꺼냈다.

"이러신다고 제가 세베우스 수도사님 몰래 서책을 빼돌릴 수는 없습니다."

그가 손을 내저었다.

"이건 저의 성의이고 제가 합리적인 방안 하나를 제안하겠 습니다."

블로흐 수도사는 이건 또 무슨 뚱딴지같은 소린가 하는 표정으로 바라보았다.

곁에 서 있는 마르코에게 눈짓하자 그가 품에서 두툼한 절지종이 다발을 꺼냈다.

"이게 무엇인지 아시겠습니까?"

"종이 아닙니까?"

블로흐는 내가 그것도 모르겠냐는 듯 반문했다.

"종이는 종이되 수도사님이 아시던 종이가 아닙니다."

다발에서 한 장을 꺼내 블로흐 수도사에게 건넸다. 그는 종이 낱장을 엄지와 검지 사이에 끼우고는 살살 비비면서 질감을 느꼈다.

"얇고 가볍군요. 감촉도 매끄럽고."

"이탈리아 파브리아노에서 만든 종이입니다. 그동안의 종이와는 판이하게 다릅니다. 제조 방식을 달리했기 때문이죠. 지금 이탈리아와 프랑스 등지에선 이 종이가 대유행입니다. 없어서 못 팔 지경입니다. 교황청 상무국, 프랑스 왕실, 에스파냐 귀족, 심지어 스코틀랜드 왕까지 주문한답니다."

"우리 게르만 내륙까지진 아직 전파가 안 됐군요."

"그렇습니다. 주로 항구를 끼고 있는 도시에 공급되고 있습니다."

"안료는 잘 먹습니까? 종이라는 게 잉크는 그런대로 써지지만 안료가 먹히지 않아 채색수도사들은 질색합니다."

"그럼요, 안료도 양피지보다 잘 먹힐 뿐만 아니라 마르는 속도가 빨라 양피지처럼 며칠씩 널어놓지 않아도 됩니다. 한나절 정도 말리고 나면 겹치거나 제책을 해도 아무런 문제가 없습니다."

"호오, 그래요?"

블로흐 수도사가 종이를 들고는 창을 향해 비춰보았다. 당장이라도 서안으로 달려가 글씨를 써보고 싶은 표정이다. 그러나 창을 통과해 들어오는 햇살에 무언가를 떠올렸는지 흠칫했다. 이어 경계 서린 눈빛으로 나를 바라보았다.

"그러니까, 형제께서는……."

그는 내 의도를 알아챘다. 호칭을 선생에서 형제로 바꿈으로써 신앙의 자장 안으로 나를 끌어들이려 하고 있다.

"그렇습니다. 제가 이 종이를 드리겠습니다. 주님께 영광을 드리고 신성한 말씀을 기록하기에 더없이 좋은 필사지입니다."

나는 끌려들어 가지 않았다.

"하지만, 형제여……."

그의 손이 목 언저리를 쓰다듬었다.

"영광된 말씀을 기록할 종이가 수도사님께 주어지는 건 오히려 은총이 아닌가요."

나의 당돌한 논리에 블로흐 수도사의 표정이 애처롭게 변했다. 내친김에 몰아붙였다.

"저에게 시간이 주어진다면 그 책을 필사해서 돌려드리겠습니다만 이틀의 시간은 너무 짧습니다. 그러니 수도사께서 새로이 기록할 종이를 드리는 겁니다. 아니 제가 서책용 양피지를 하나 더 드리겠습니다. 최고급 양피지인 벨룸으로 말입니다. 그러면 수도사님의 성무에 아무런 지장을 주지 않을 것입니다."

블로흐 수도사의 표정이 일그러지는 만큼 나의 말투도 다급해졌다.

"……."

"……."

견딜 수 없는 침묵이 블로흐 수도사와 나 사이에 펼쳐졌다. 침묵은 강이 되어 흘렀다.

"하나님의 진노가 진리를 가로막는 인간의 불경함과 불의를 치시려고 하늘에서 나타나도다."

무슨 말인가 싶었는데 그가 나직이 뇌까린 건 로마서 1장 18절이었다. 이어서 그의 목소리가 약간 높아졌다.

"이단의 달콤한 혀를 뽑아 버리고 여기에 그 사체死體를 묻어야 합니다."

"아닙니다. 그 책은 이단이 아닙니다. 고전일 뿐입니다. 주께서 이 땅에 오시기 전 그리스의 사상가들이 지적 만찬을 즐기고 기록한 것일 뿐입니다. 그들의 지성은 오늘날 믿음의 도구가 되었습니다. 플라톤과 아리스토텔레스는 스콜라 철학에 영감을 주었고 교부들의 신앙적 논증을 밝히는 근거가 되었습니다."

"하지만 에피쿠로스는 아니잖소. 이 책은 에피쿠로스를 찬양하는 내용이오. 그들은 쾌락을 제1원칙으로 내세움으로써 정념과 정욕을 정당화시키고 타락의 길로 안내합니다."

"제가 아는 바로는 에피쿠로스는 정념과 정욕의 쾌락이 아니라 절제와 고행의 쾌락을 강조했습니다. 그것은 아시시의 성인 프란체스코가 내세운 청빈과 같은 개념입니다. 아까 수도사님께서 로마서 1장 18절을 말씀하셨는데, 20절에 여호와 하나님께서는 창조물을 통하여 당신의 능력과 신성과 같은, 보이지 않는 특성을 나타내 보이셔서 인간이 깨달을 수 있게 하셨다고 했습니다. 그렇습니다. 저희같이 범속한 신자들은 쾌락을 강조하는 우화를 통해 오히려 여호와 하나님의 권능과 신성을 깨달을 수 있는 것입니다. 그런 의미에서 이 또한 진리의 한 조각이 될 수 있습니다."

너무 격하게 설說하는 건 아닌지 염려가 되면서도 나의 입은 멈출 줄 몰랐다. 자고로 조급한 자는 조신하지 못한 법. 나를 감싸고 있는 건 블로흐가 지적한 대로 정념이었다.

블로흐 수도사가 목에 건 십자가를 들어 입에 맞추고는 무겁게 말했다.

"형제여, 저를 시험에 들지 말게 하옵소서."

이 한마디로 모든 건 끝났다. 그의 마음이 반석같이 굳어진 것이다. 블로흐 수도사는 천천히 성호를 긋고 스크립토리움 안으로 들어갔다.

속에서 뜨거운 것이 솟구쳐 올라왔다. 분노인지 애태움인지 모르겠지만 가슴이 홧홧거려 더 이상 참지 못하고 장서관 밖으로 나왔다. 마르코는 충실한 하인처럼 내 뒤를 따랐다. 숙소로 돌아온 나는 침대에 덜렁 누웠다. 지금이라도 스크립토리움에 가서 『사물의 본성에 관하여』를 조금이라도 눈에 담아 와야 하지 않나 하는 이성이 고개를 들었지만, 분노의 늪에 빠진 나는 옴짝하기도 싫었다. 마르코에게 점심을 거를 테니 그동안 수도원 구경이나 하라면서 방에서 내쫓았다.

평소 수도원에 대해 그다지 좋게 보지 않는 마음의 습관도 있었지만 이들의 꽉 막힌 행태를 접하고 나니 더더욱 속에서 불길이 솟구쳤다. 세속을 떠난 그들만이 진리의 순수함을 담지하고 있다는 수도사들의 오만. 성경의 유일한 해석은 오로지 자신에게 있고 그 해석에는 오류가 없다는 교황청의 독단. 오만과 독단, 중심과 변방의 양극단에서 이들은 서로 통하고 서로를 닮아가고 있다.

9시과(오후 2시 30분 경), 겨울 햇살이 입을 비죽이며 겨우 생색낼 무렵 마르코가 방으로 들어왔다. 살면서 고뇌라곤 한 번도 해본 적이 없는 헤벌쭉한 표정이다.

"이 수도원에는 없는 게 없더군요. 일꾼들만 해도 백여 명은 넘지 싶습니다. 식당, 마구간, 외양간, 염소우리, 대장간, 약재 재배소, 시약소, 채석장까지 없는 게 없더군요. 베네딕토 수도원은 수도사들도 노동을 한다던데 여기는 어찌 이리 일꾼들이 많죠?"

"풀다수도원은 한때 봉토가 게르만 곳곳에 있었던 대규모 수도원이다. 과거에는 웬만한 영주 이상의 소작 수입을 거두기도 했었지. 지금은 그때만 못하겠지만 그렇다고 수도사들의 노동에 의지해 수도원을 꾸려나갈 정도는 아닐 것이다. 노동은 그저 흉내이고 수도사들은 성무나 성례에 집중하고 것으로 보면 된다."

산중의 교황청이나 다름없다, 라는 말이 입술까지 맴돌았으나 삼켜버렸다.

"이것 좀 드시죠."

마르코가 품속에서 보자기를 꺼내 펼쳤다. 손바닥만 한 고깃덩어리와 사과 한 알이다.

"돼지고기 저민 것입니다. 햄과 소시지를 만들려고 준비해

놓은 걸 주방 일꾼에게 부탁해 한 덩어리 얻어왔습니다."

"그새 식당 사람들을 구워삶은 모양이구나."

"그럼요. 앞뒤 꽉 막힌 수도사들과는 얘기하라고 빌어도 안 하지만, 어딜 가든 불목하니들은 저와 잘 통합니다."

막상 음식을 보니 허기가 일었다. 돼지고기 덩어리를 움켜쥐고 한입 베어 물었다. 알맞게 익은 고기의 질감이 허기를 더욱 자극했다. 우걱우걱 고기를 씹을 때마다 구수한 육즙이 입 안에 번졌다.

"저어, 선생님께선 그 서책에 왜 그리 집착하시는가요?"

마지막 고기 조각까지 삼키는 걸 본 마르코가 물었다. 나는 사과를 집어 입으로 가져가다가 멈추었다. 그 이유를 이자에게 얘기해야 하나. 말하면 이해를 할까. 얘기한들 무슨 소용 있으랴. 이 자가 구해올 것도 아닌데.

"알 것 없다. 내 마음이다. 그냥 귀한 책이라고 알고 있어라."

시큰둥한 기색으로 말했다.

"필사하면 값이 꽤 나가나요?"

순간 욱하는 결기가 치밀어 올랐다. 모든 걸 돈으로 생각하는 이런 자에게 인문주의자의 사명을 또다시 얘기한들.

"돈이 문제가 아니다. 하나의 세계가 사라지는 게 아쉬울 뿐이다."

"블로흐 수도사는 그 세계가 하나님의 섭리와 동떨어진 세계라고 하는 것 같던데요?"

마르코가 평소와 달리 바싹 달라붙어 되묻는 게 이상하단 느낌이 들긴 했지만 깊이 생각하지 않고 답을 이어갔다.

"그렇게 볼 수도 있겠지만 인간들 사이엔 신의 섭리 외의 다른 섭리가 작동하는 경우가 있다. 그 책은 그러한 섭리를 적어 놓은 것이다. 아니다. 단순히 어떠어떠한 섭리를 주장하는 것만이 아니다. 그 책엔 라틴어의 원형이 살아있다. 나는 여태까지 라틴어를 그렇게까지 아름답게 표현해 놓은 작품을 본 적이 없다. 이는 관념의 문제가 아니라 말의 문제다. 더 큰 세계라는 것이다. 나는 여태까지 퀸틸리아누스의 『변론술 교본 *Institutio oratoria*』이 라틴어의 원형이라 생각하고 있었다. 하지만 그 책을 본 순간 퀸틸리아누스의 라틴어도 다른 언어들과 섞이면서 변형되었다는 걸 알았다. 『사물의 본성에 관하여』야말로 라틴어의 6보격(hexameter) 운율이 제대로 살아있는 책이다."

"그게 그렇게 중요한가요?"

"어제도 얘기했다시피 우리 인문주의자들은 신의 말씀도 중요하지만 인간의 언어도 중요하다고 생각한다. 인간의 언어는 그리스에서 시작해 로마 시대에 전성기를 이루었다. 로마가 무너지고 그리스도교가 우리 세계를 지배한 이후 인간의 언어는 신의 말씀으로 대체되고 말았다. 신의 말씀이 잘못되었다는 건 아니다. 다만 인간의 언어도 살아있어야 신의 말씀이 더욱 아름다워지고 더욱 거룩해진다는 게 인문주의자들의 생각이다."

이 정도에서 그쳐야 한다. 여기서 더 나아가면 마르코의 사유가 길을 잃는다는 걸 그동안의 경험에서 알았다.

"만약, 제가 그 책을 입수해오면 어떡하시겠습니까?"

"네가 원하는 대로 해주마."

지나가는 말투로 쉽게 대답한 건 그가 무슨 수로 장서관의 그 완고한 수도사를 설득할 수 있으랴 하는 생각에서였다.

"만약 선생님의 손에 넣게 되면 저에게 300플로린을 지불하실 의향이 있으십니까?"

"허어, 어디 300플로린뿐이겠느냐?"

나의 입에서 그런 대답이 튀어나온 건 지금 생각해도 어처구니없는 반응이었다. 그만큼 실현 가능성이 없는 일이었기에 녀석의 헛소리에 대한 야유였다고나 할까. 300플로린이라면 상당한 돈이다. 교황청 비서로 근무했던 나의 급료가 일 년에 250플로린이었으니 말이다. 떠돌이 필경사 입장에선 쉽게 입밖으로 낼 금액이 아니다. 나는 무슨 꿍꿍인가 싶어서 마르코의 얼굴을 물끄러미 바라보았다.

"저의 계획을 들어보시겠습니까?"

마르코는 주위를 둘러보았다. 물론 방안에는 아무도 없을 뿐만 아니라 우리 방 좌우에도 손님이 들지 않았다. 한겨울은 신을 찾기에도 불편한 계절이다. 그럼에도 불구하고 마르코는 상체를 숙이며 손을 입에 대고 면전에 바싹 붙어 입을 열었다. 목소리는 은근하고 낮았다. 기밀의 냄새가 진동할 만큼.

13

수도원 방문 이틀째 저녁식사 시간. 수련사 중의 고참 한 명이 시편을 낭송했다.

"주는 나의 반석과 산성이시니 주의 이름으로 인하여 나를 인도하시고 지도하소서."

31편 3절 같았다. 젊은 수련사의 낭랑한 목소리가 높은 궁륭을 타고 퍼져갔다. 베네딕토 수도원은 식사 시간 중 수련사가 시편을 낭송한다. 한 끼의 식사에서도 신의 은총은 기리는 성례다. 이런 엄숙함 속에서 음식이 목구멍으로 넘어가나 싶기도 하지만 모두들 가만히 빵을 찢어 치즈를 올리고 채소를 얹어 조용히 먹고 있다. 나와 마르코도 조심스레 입을 놀렸다.

얼추 식사가 끝나 가는데 내 앞에 있던 마르코가 갑자기 기침하기 시작했다. 그 기침이라는 게 식도에 뭔가 걸렸다거나 연기 때문에 숨이 막혀 콜록거리는 정도가 아니라 전신을 쥐어쨌든 격렬한 몸짓이다.

엄숙과 경건으로 임하는 식사 시간에 짐승의 단말마 같은 소리가 터져 나오니 모두 눈살을 찌푸렸다. 견디지 못한 마르코가 마침내 식당을 뛰쳐나갔다. 손으로 입을 막고 뛰쳐나가는 그를 식당 안에 있는 모든 사람이 지켜보았다. 나도 태연하게 식사만 할 수 없어 식당을 나갔다.

마르코가 식당 문 앞에서 쪼그리고 앉아 있다. 그의 얼굴이 눈에 띄게 핼쑥했다. 고개를 돌리는 입가에 붉은색이 번져 있고 땅바닥엔 핏방울이 점점이 흩어져 있다. 기침에 피가 섞여 나온 것이다. 나는 손수건을 꺼내 건넸다. 마르코는 손수건으로 입과 손을 천천히 닦았다. 식사를 마치고 나오던 수도사들과 일꾼들이 우리를 힐끗거리며 지나갔다. 주사위는 이렇게 던져졌다.

전날 마르코가 나에게 제안한 계획은 이랬다. 장서관에 잠입해 그 서책을 훔쳐 오자는 것이다. 나는 깜짝 놀라 손을 내저었으나 이자가 대체 무슨 생각으로 그런 말을 입에 올리는지 궁금해졌다. 무슨 수로 장서관에 들어갈 수 있냐고 다그치자 귀가 솔깃해지는 이야길 꺼냈다.

마르코는 장서관이 분명 대성당과 지하로 연결돼 있을 거라고 했다. 방어용 성이 있는 수도원의 주요 건물들은 백이면 백

지하통로로 연결돼 있다고 한다. 풀다수도원이 작센족과 헝가리의 침입도 견뎌냈다고 수도원장이 말할 때 여기에도 지하통로가 있을 거란 생각이 머릴 스쳤다고 한다.

통로는 대부분 본당 내부의 닫집이나 제단 밑의 지하 크립타(Cripta, 지하 석조실) 혹은 코로(Coro, 가대)를 통해 납골실과 연결돼 있단다. 비밀통로로 장서관에 잠입해 책을 가져오면서 내가 블로흐 수도사에게 제시한 새 양피지 묶음과 함께 파브리아노산 종이도 덤으로 갖다 놓으면 아마도 그가 묵인할 것이라는 게 마르코의 생각이었다. "어차피 세책될 거니까요." 마르코는 씨익 웃었다.

이런 단순한 녀석 같으니라고. 블로흐 수도사에게는 손해냐 이익이냐의 문제가 아니라 사제의 양심을 지키느냐 어기느냐의 문제다. 그러니 거래 같은 허튼 소리는 씨도 먹히지 않을 것이다. 나의 핀잔에 마르코는 오히려 코웃음을 쳤다.

"이런 식으로 말하면 선생님께선 저를 외람되다고 여기실지 모르겠습니다만, 제가 선생님보다 세상을 덜 살았지만 사람 보는 눈은 아마 한 수 위일 겁니다. 저는 밑바닥 떨거지부터 교활한 사기꾼에 이르기까지 다양한 인간들을 겪어보았습니다. 인간은 자기 안에 숨겨져 있는 욕망을 언제까지고 외면할 수 없습니다."

그러면서 자신이 볼로냐, 파도바, 밀라노를 떠돌며 필경사

생활을 할 때 지하 생활하는 부류들과 어울린 경험도 있다고 으스댔다.

"허면, 네가 블로흐의 욕망을 간파했단 말이냐?"

나는 사뭇 충고조로 나오는 마르코의 태도가 같잖아 비아냥거렸다.

"욕망이라고까진 할 건 없고 선생님의 간절함에 대한 동정 혹은 연민이라고 해야겠죠. 제가 보기에 블로흐 수도사는 선생님이 얘기한 인문주의 사상에 반발하지 않았습니다. 수도사라는 처지에서 가능한 최대한의 관용으로 선생님의 주장을 이해하려는 것 같았습니다. 그러니 저만 믿고 한번 따라와 보십시오."

녀석의 결연한 말투에 감동하기보다는 여태까지 이 녀석은 나를 교황청 샌님으로 보고 있었구나 하는 생각이 치밀었다.

나의 욕망을 정확히 꿰뚫은 마르코는 이미 하나하나 준비를 해놓고 있었다. 녀석이 식당에서 돼지고기를 얻어온 건 나의 요기 때문이 아니라 돼지피를 얻기 위함이었다. 소시지를 만들기 위해 오크통에 담아둔 돼지피를 천에 살짝 묻혀오는 건 일도 아니었다. 그리고 녀석은 모든 사람이 보는 앞에서 폐병 환자인 것처럼 꾸밀 것이라고 했다. 자신이 사라졌을 때 사람들이 의혹을 품기는커녕 오히려 안도하게 만들기 위해서다. 그의 표현대로 하자면 도주의 밑밥을 깐 것이다.

마르코의 제안에 처음엔 깜짝 놀랐지만 더욱 놀란 건 나 자신이 별다른 저항감 없이 그의 계획에 동조했다는 점이다. 루크레티우스의 저서에 대한 나의 열망이 그만큼 강렬했음이리라. 열망의 이면에 도사리고 있는 환멸 또한 나를 일탈의 구덩이로 몰아넣는 데 일조했음은 물론이다.

만물은 아무런 계획이 없고 그저 원자들의 충동적인 움직일 뿐이다. 바로 어제 읽었던, 루크레티우스가 강조한 핵심 사상이다. 나는 루크레티우스가 『사물의 본성에 관하여』에서 제시한 개념, 클리나멘(clinamen: 일탈)의 세계로 무작정 뛰어들었다.

우리는 종과(오후 6시 경) 예배에 참석한 후 방에 들어와 한시과 정도를 기다렸다가 자리에서 일어났다. 수도사들은 종과 예배 후 한 시과가 지나면 잠자리에 드니 지금쯤 모두 꿈속에서 천국을 찾고 있을 것이다. 나는 벨룸 양피지와 파브리아노산 종이를 행낭에 담았다. 어느새 준비했는지 마르코가 등잔을 가져와 심지를 자르고 기름을 채웠다. 예비로 초도 하나씩 챙겨 품에 넣었다.

새까만 수도복의 수도사들이 과묵하게 살아가는 베네딕토 수도원의 밤이 더욱 깜깜하게 느껴졌다. 수도원 전체가 검은 점액질로 덮인 것 같았다. 본당까지는 불을 켜지 않고 어둠 속을 헤쳐가기로 했다. 마르코가 앞장서고 나는 그의 뒤를 따랐다. 마르코는 본당까지 가는 길을 마치 예전부터 잘 알고 있던 것처럼 조금도 머뭇거리지 않고 나아갔다. 나는 어린아이가 엄마 치맛자락에 매달리듯 종종대며 그의 뒤를 쫓았다. 본당 입구에 서자 마르코가 쪽문을 넌지시 밀었다. 쪽문이 은밀하게 가슴을 열었다. 잠 못 이루는 수도사나 고해하려는 신자들을 위해 본당 안 부속기도실은 항시 개방해 놓기 마련이다. 마르코와 나는 이중으로 된 정문에서 다음번 쪽문을 찾아 더듬거렸다. 마침내 두 번째 쪽문을 열고 들어간 순간 우리는 깜짝 놀랐다. 닫집 제단의 삼단 촛대에 촛불이 타오르고 그 앞에 수도복 차림의 검은 그림자가 서 있는 것이었다. 마치 우리를 기다렸다는 듯이.

나는 숨쉬는 것조차 잊어버리고 제자리에 얼어붙었다. 최대한 동공을 넓혀서 그림자를 바라보았다. 거리가 있어 누군지 알아볼 수 없지만 다행히도 우리의 존재를 눈치채지 못한 것 같았다. 나와 마르코는 자세를 바싹 낮추고 꼼짝도 하지 않은 채 기다렸다. 그림자는 제단의 촛불을 향해 서 있다. 우리를 등지고 있었던 것이다. 천만다행이다.

그림자는 손을 들어 촛불을 하나씩 끄기 시작했다. 마르코와 나는 누가 먼저랄 것 없이 회중석 의자 밑으로 엎드렸다. 잠시 후 검은 그림자가 등불을 비추며 회랑을 걸어 나왔다. 앳된 수련사 얼굴이 불빛에 드러났다. 수련사는 쪽문을 밀치고 성당을 나갔다.

휴우, 나는 비로소 길게 숨을 내쉬고 가슴을 쓸어내리며 마르코에게 속삭였다.

"촛불을 끄러 왔던 거야."

본당 제단의 촛불은 종과 시간이 끝나도 한 시과 정도 켜놓는다. 기도하러 오는 사람들을 위한 배려다. 당번 수련사가 초를 끄고 화재 위험 요소를 점검한 후 돌아간 것이다.

우리는 닫집을 찾아 안으로 들어갔다 마르코는 석물 제단의 벽면에 양각된 조각상을 요모조모를 살피며 손으로 여기저기 만져보다가 여의치 않았는지 고개를 절레절레 흔들었다. 밑동을 잡고 밀어보기도 했으나 제단은 꼼짝도 하지 않았다.

"여기가 아닌가 봐요?"

마르코가 속삭였다. 나는 어둠 속에서 웅크려 앉았다. 이제 어쩔 것인가. 다시 돌아가야 하나. 잠시나마 나를 비이성의 구덩이로 몰아넣은 열망에 대한 후회가 밀려왔다.

이 무슨 짓인가. 그까짓 책이 뭐라고 나를 이런 망령의 구렁텅이에 빠지게 한단 말인가. 나는 아무 말 없이 일어서서 닫집을 나왔다. 밀려드는 후회와 자책을 어쩌지 못하고 서성이다가 동쪽 성소(transept)로 들어갔다.

성소는 본디 성직자들만의 공간이다. 그러나 그때는 조금이라도 주님과 더 가까운 곳에서 온 마음을 다해 통렬한 기도라도 쏟아야 죄책감이 조금이라도 덜어질 수 있을 것 같았다. 어리석고 몽매한 떠돌이의 말에 현혹된 나를 꾸짖어야 성스런 본당에서 나갈 수 있을 것만 같았다.

성소에는 벽감을 판 조각상이 삼면을 둘러싸고 있다. 예수님 열두 제자들의 조상彫像이리라. 중앙 제단이 있고 십자가에 매달린 예수 조각상이 벽면에 매달려 있다. 주님께서 나를 내려다보았다. 나는 두 손을 모으고 무릎을 꿇었다.

"주여, 저를 사람의 꾀에서 벗어나게 하옵시고, 저를 장막에 감추어 구설의 다툼에서 면하게 해주옵소서."

나도 모르게 저녁 식사 시간 때 수련사가 낭독했던 시편 31편의 구절이 떠올랐다. "저는 어리석사옵니다. 저는 비열하나이다. 저는 옹색하옵니다. 거짓의 말로 주님의 뜻을 벗어났고 완악한 마음으로 주님을 욕보였나이다."

나의 참회는 가파르게 절정으로 달려갔다. 그때 마르코가 뒤에서 낮지만 숨가쁜 소리로 외쳤다.

"선생님, 이제 알겠어요!"

나는 무릎을 꿇은 채 마르코를 돌아보았다.

"성소 제단였어요."

마르코는 십자가 아래쪽 제단의 뒤로 가서 몸을 낮추었다. 절정으로 치닫던 나의 참회는 갑자기 그 자리에서 멈추었다. 나는 마르코에게 급히 다가갔다. 마르코가 웅크린 채 조각들을 하나하나씩 만졌다. 내가 등불을 들이대자 갑자기 지옥도가 눈앞에 펼쳐졌다. 불구덩이에서 비명을 지르는 자, 침대에서 팔다리가 잘리고 있는 자, 몸통이 창에 꿰뚫린 자들이 튀어나와 나를 덮쳤다. 나는 깜짝 놀라 주저앉으며 하마터면 비명을 지를 뻔했다. 정신을 차려보니 등불에 비친 양감 탓에 조각이 살아 움직이는 것 같은 착각이 든 것이었다.

어디 보자, 마르코는 엉덩이를 뒤를 빼고는 퍼질러 앉아 조각상을 천천히 살폈다. 이윽고 오른쪽 구석에 있는 두상 조각을 유심히 바라보았다. 거짓된 말을 일삼은 자의 혀를 뽑는 두상이다. 유달리 혀가 입체감을 드러내며 벽에서 튀어나올 것만 같았다. 마르코가 혀를 눌러보았다. 꼼짝도 하지 않는다. 이번에는 혀를 잡아당겼다. 제단이 덜컹하는 소리를 냈다. 아! 숨이 멎을 것 같았다. 마르코는 거보라는 듯이 나를 향해 씨익 미소를 날렸다. 마르코가 혀를 잡고 제단을 밀자 석물로 된 육중한 제단이 크르릉 하는 소릴 뱉으며 옆으로 밀려 나갔다. 이윽고 퀭한 구멍이 나타났다. 눅눅한 냄새를 머금은 공기가 콧속으로 훅 밀려들었다.

14

마르코는 다시 한번 싱긋 웃음을 날리더니 등불을 머리 위까지 들고는 지하로 연결된 계단을 내려갔다. 나는 어쩔 줄 모르고 그 자리에 섰다. 절정에서 활활 타오르던 나의 참회는 어느새 하얀 재가 되어 그 자리에 폭삭 내려앉았다. 좀 전까지 그렇게 원망스러웠던 나의 열망이 새로운 옷으로 갈아입고 방긋 미소 지었다. 지하통로까지 내려간 마르코가 계단 위의 나를 보며 손짓했다. 나는 조금의 망설임도 없이 계단을 내려갔다.

"제단을 원래대로 해놓아야 하지 않을까?"

마르코를 향해 물었다.

"밑에서 닫으면 나중에 열 수 없을지도 모릅니다. 이런 시설은 대개 한쪽에서만 잠금장치를 해놓기 마련이죠."

"열어 놓은 상태를 누가 보면 어떡하지?"

"누가 오기 전에 나와야죠. 조과 시작 전, 그러니까 당번 수

런사가 본당에 오기 전까지 일을 끝내면 되지 않습니까. 설령 누군가가 발견했다 하더라도 지하통로를 들어간 사람이 꼭 우리란 법이 없지 않습니까?"

"그 말은 다른 사람들도 드나든다는 말 같구나?"

"누가 압니까?"

마르코는 야릇한 미소를 지으며 말했다.

계단이 끝난 곳에서는 제법 너른 공터가 있고 길이 양 갈래로 나있다. 마르코가 왼쪽으로 향했다.

"왜 이 길로 가지?"

"이쪽이 조금 더 넓지 않습니까. 건물 모양으로 볼 때 장서관이 유사시 가장 중요한 요새 역할을 하는 구조입니다. 그러니 지하통로에서 가장 넓고 정비가 잘 된 길을 따라가면 됩니다. 사람들이 가장 많이 다니는 길이기도 하고요."

우리는 등불을 켜고 길을 따라갔다. 벽을 석회로 바른 곳이 있는가 하면 널빤지를 댄 곳도 있고 동굴처럼 돌멩이가 아무렇게나 튀어나온 곳도 있었다. 다시 갈림길이 나오자 마르코가 품에서 초를 꺼내 불을 붙인 후 촛농을 한쪽 벽면에 떨어뜨리고는 반대편 길로 향했다.

"길을 잃지 않기 위해섭니다. 촛농이 없는 방향이 우리가 온 길이죠."

마르코가 미소를 지으며 말했다.

"이쪽 길이라는 건 어떻게 알고?"

"자세히 보세요, 수레가 지나가 패인 자국이 있습니다. 장서
관 건물이 크고 사람이 많으니 수레가 지나갈 일도 제일 많겠
지요."

구구절절 하는 말이 보통내기가 아니다. 한때 밑바닥의 인
간들과 어울린 적이 있다지만 그래도 막다른 길을 뚫고 나가
는 임기응변 능력이나 일을 벌이는 배포가 보통 아니라는 생
각이 들었다. 나는 어느새 마르코를 경탄의 눈으로 바라보고
있었다. 이렇게 민첩한 자가 그동안 내가 보아온 그놈이 맞나
싶은 생각마저 들었다.

"이런 건 어디서 배웠나?"

"담에 말씀드리죠."

마르코는 의미심장한 눈길로 돌아보며 답했다.

가느다란 바람이 뺨을 스치더니 등불이 휘청거렸다.

"오, 바람이 통하는 걸 보니 우리가 잘못 온 것 같습니다."

마르코가 갑자기 멈추며 말했다.

"왜?"

"벌써 바람이 통할 리 없습니다. 장서관 반대편 일꾼들 숙
사 쪽으로 온 것 같습니다. 숙사 너머는 절벽에 가까운 급경사
라서 수평으로 뚫으면 밖으로 연결됩니다. 그리고 장서관 지
하라기엔 거리가 너무 짧습니다."

마르코가 등불을 높이 들며 바람의 방향을 가늠했다. 몇 걸음 앞쪽에서 길이 굽어 곡각지를 형성했다. 마르코가 갑자기 등불을 급히 내리며 등 뒤로 감추더니 쉬잇, 하며 손가락을 입술에 댔다. 나는 놀라서 그를 바라보았다.

마르코가 한쪽 손으로 귀를 모았다. 나도 따라 했다. 곡각지를 휘도는 바람결에 낯선 소리가 묻어왔다. 휘파람 소리 같기도 하고 고양이 울음소리 같기도 했다. 끊어질 듯 이어지며 고음이 단속적으로 파고들었다. 가만히 귀를 기울이니 여자의 웃음소리다. 웃음소리는 점점 가까워지고 있다.

"알고 보니 여우가 드나드는 통로였군요."

마르코가 옅은 미소와 함께 말끝을 길게 늘였다.

놀란 내가 오던 길로 다시 돌아가려고 몸을 돌리는데 마르코가 팔을 잡았다. 나는 눈을 휘둥그레 뜨고 왜 그러냐고, 표정으로 물었다.

"잠깐, 무슨 일인지 구경해보는 것도 재밌을 것 같지 않습니까? 수도원의 비밀 하나 정도는 알아놓는 게 나쁘진 않겠죠. 만약을 대비해서 말입니다."

무슨 말인가 싶다가 이윽고 눈치를 챘다. 진짜 영악한 친구로군. 나는 마르코의 어깨를 가볍게 두드리고는 고개를 끄덕였다. 마르코는 불빛이 새지 않도록 조심스레 손으로 감싸며 소리 나는 쪽으로 향했다.

앞으로 나아갈수록 바람이 세졌고 공기도 맑아졌다. 외부로 통하는 입구가 가까워졌다는 증거다. 통로가 몇 번 굽이진 탓에 거리를 제대로 가늠하지 못했지만 수런거리는 말소리를 향해 걸었다. 갑자기 시야가 막혀버렸다. 막다른 길이었다. 그런데 소리는 더욱 또렷해졌다. 어리둥절하다가 가만히 다시 보니 막다른 길이 아니었다. 길이 진행 방향에서 오른쪽 급히 꺾인 바람에 전면의 벽만 보인 탓이었다.

마르코가 등잔을 끄고 발걸음을 더욱 조심스럽게 디디며 나아갔다. 오른쪽 벽을 타고 희미한 불빛이 새어 나왔다. 마르코는 직각으로 꺾인 모서리에 이르러 몸을 벽에 붙이고 살짝 고개만 내밀었다. 이어 내 손을 잡고 자기와 자리를 바꾸었다. 나도 마르코처럼 조심스레 고개를 내밀었다. 마르코는 무릎을 꿇고 엎드리더니 나의 허리 밑에서 고개를 내밀었다.

그곳에는 보는 눈을 의심할 만큼 놀라운 광경이 펼쳐져 있었다. 우리가 바라본 곳은 지하치고는 꽤 너른 공터다. 지름이 어른 양팔 길이의 서너 배쯤은 좋이 될 정도다. 자세히 보니 한쪽 면은 육중한 아치형 문으로 돼있다. 외부와 연결되는 문으로 보였다. 그곳에 두 명의 여인과 수도사 복장을 한 세 명의 사내가 이야기를 나누고 있다. 여인들은 둘 다 블리오를 입고 있어 일꾼으로 보이지 않았다. 하나는 어깨가 드러난 붉은 원피스 안에 흰색 상의를 입은 여인은 중년이고, 몸매가 드러나는 푸른 원피스에 깃과 소매를 자주색으로 장식한 블리오를 입은 여인은 젊은 처녀다. 처녀는 머리에 망사로 된 흰색 베일을 쓰고 있다. 중년 여인네는 아무런 거리낌이 없이 입을 크게 벌리고 웃으면서 떠들고 있다.

가만히 보니 사내들은 총무일과 수도사와 장서관장 세베우스, 그리고 내가 모르는 젊은 수도사다. 젊은 수도사는 이제 갓 서품을 받은 듯 어딘지 좀 어리숙해 보였다. 중년 여인과 총무일과 수도사는 마치 가족이라도 되는 듯이 자연스럽게 이야기를 나누었다. 나는 호기심보다는 불안감이 더 커져 마르코의 등을 손가락으로 찌르며 돌아가자고 손짓했다. 그러나 마르코는 나의 손짓에도 아랑곳하지 않고 검지를 입술에 갖다 대었다.

"호호호, 장서관장님은 언제 봐도 배포가 크셔요. 대금은 플랑드르 길더로 드리겠습니다. 요즘 시중에선 그쪽 돈이 먹힌답니다. 피렌체나 밀라노의 플로린은 가치가 점점 떨어지고 있죠."

중년 여인은 손으로 입을 가리며 깔깔댔다.

"빨리 가시죠. 우리 수도사가 되돌아오려면 밤이 짧습니다."

세베우스가 대꾸를 하지 않자 총무일과 수도사가 여인의 말을 자르며 젊은 수도사를 가리켰다. 총무일과 수도사가 육중한 아치문을 열자 바람이 쌩하고 들어왔다. 그러자 젊은 수도

사가 바닥에 놓여 있는 짐을 들어 어깨에 멨다. 짐은 네모난 형
태로 보자기에 싸여 있었지만 나는 그게 무엇인지 단번에 알
아챘다. 양피지다.

그들이 나간 곳은 북쪽으로 경사가 가파른 곳임에도 불구하
고 여인들과 젊은 수도사는 머뭇거림 없이 어둠 속으로 사라
졌다. 장서관장과 총무일과 수도사는 아무 일도 없다는 듯 후
드를 뒤집어쓰고 우리 쪽으로 돌아섰다.

나는 깜짝 놀라 마르코의 어깨를 치고는 우리가 왔던 통로
를 향해 뛰다시피 돌아왔다. 웬일인지 등불이 없어도 길을 외
운 것처럼 발걸음이 스스로 알아서 달려갔다. 우리가 머뭇거
렸던 갈림길에 도착해서야 겨우 숨을 돌렸다. 마르코가 등잔
에 불을 붙였다. 나는 깜짝 놀라 화급하게 속삭였다.

"이봐, 지금 저들이 오고 있잖아. 불을 켜면 어떡하나?"

"염려 놓으십시오. 그들의 발걸음은 우리처럼 급할 게 없습
니다. 이제 우리 길을 찾아야 하니 당연히 불을 켜야죠."

마르코의 입가엔 희미한 미소가 번져 있다. 그의 여유로운
태도 덕분에 나도 긴장의 끈을 늦추었다.

지하에선 그가 나의 목자다. 등잔 덕분에 아까와 반대 방향
의 입구를 찾을 수 있었다. 통로를 따라 서른 걸음쯤 나아가니
문이 나타났다. 손잡이를 잡고 밀자 끼이익 비명을 지르며 열
렸다. 제법 너른 공간이 나타났다. 중앙에 제단이 있고 바닥은

돌로 포장돼 있다. 제단을 중심으로 이중 삼중으로 쌓은 대리석 석관이 방사형으로 뻗어 있다. 어림잡아 오륙십 개는 될 것 같았다. 역대 수도원장들이나 고명한 수도사들의 관일 것이다. 성 보니파키우스의 관도 여기 있겠지. 그런 생각이 떠올랐지만 죽은 성인의 관을 확인하고 싶은 생각은 들지 않았다. 중앙 통로를 따라 관들을 지나자 납골실이 나왔다. 벽면에 사각으로 움푹움푹 파놓은 벽감에 해골과 뼈가 쌓여 있고 허연 거미줄이 장막을 쳐놓았다. 한쪽엔 무명 수도사들의 뼈들이 아무렇게나 널려 있다. 납골실을 지나자 길이 좁아지며 순전히 통로로만 이용되는 길이 나타났다.

앞서가던 마르코가 다시 멈췄다. 몇 발자국 앞에서 찌이익, 찌익 하는 소리가 나더니 등불이 미치는 경계면에서 무엇인가 빠르게 이동하는 것이 보였다. 수백 개의 자갈이 한꺼번에 굴러가는 모양 같기도 하고, 시커먼 액체가 부글부글 끓으면서 흘러가는 것 같기도 했다. 마르코가 자세히 보더니 "들쥐 떼입니다. 기다리죠." 한다. 들쥐 떼는 순식간에 사라져버렸다.

얼마 후 다시 시커먼 벽이 눈앞에 나타났다. 벽이 곧 문이었다. 참나무에 무쇠 징을 박은 육중한 양개문이 고집 센 수도사처럼 입을 다물고 있다. 우리는 문 앞에 잠시 서 있었다. 혹시 자물쇠가 있지는 않을까 살펴보았으나 아무런 장치를 발견할 수 없었다. 잠겨 있으면 어떻게하지? 열 수 있으려나? 나는 성호를 긋고 지그시 문을 밀었다. 문은 꼼짝도 하지 않았다. 곁에 있던 마르코가 양손을 대고 끙, 하며 힘껏 밀었다. 그제야 문이 농도 짙은 어둠을 토해내며 입을 벌렸다.

15

장서관의 지하공간은 지상의 구조를 그대로 반영했다. 별다른 칸이나 시설물을 설치하지 않아서 기둥의 위치로 지상의 구조를 그대로 가늠할 수 있었다. 마르코가 기둥 사이를 요리조리 돌아다니더니 맞은편 벽면을 타고 올라가는 계단을 발견했다. 계단을 올라가자 마루로 된 천장 문이 나타났다. 마르코가 천장을 들어 올려 먼저 밖으로 나갔다. 나도 따라 올라갔다. 장서관 출입구가 멀찌감치 보였다. 오, 제대로 온 게 맞구나! 가슴이 뛰기 시작했다. 불안감보다는 환희와 흥분이 휘몰아쳤다.

우리는 고양이처럼 살금살금 이층으로 올라갔다. 굳게 닫힌 문서작업실 대문이 또 한 번 나를 시험하는 것 같았다. 심호흡을 크게 한 후 힘껏 열었다. 의외로 쉽게 열렸다. 나는 다짜고짜 문서작업실을 가로질렀다. 블로흐가 작업하던 책상은 낮에 보았던 작업대 그대로였다. 『사물의 본성에 관하여』도 보조 작업대에 얌전히 놓여 있다. 나는 책을 집어 품에 넣고 행낭에서 양피지 한 묶음과 종이를 꺼내 그 자리에 놓았다.

드디어 이루었다. 라틴어의 진수이자 에피쿠로스 사상의 결정체인 책이 세상에서 사라지기 직전에 기적처럼 내 손에 들어온 것이다. 현실이 아닌 것처럼 여겨져 품속의 책을 몇 번이고 쓸어 보았다. 꿈은 아닐까. 이 책이 세상에 나가게 되면 어떤 일이 벌어질 것인가? 상상만으로도 숨이 막힐 듯했다. 마르코와 나는 임무를 완수한 기사처럼 서로 지그시 바라보면서 미소를 지었다. 자, 이제 나가는 일만 남았다.

그때 내 안에서 회오리치며 솟아오르는, 이 느닷없는 열망은 또 무어란 말인가. 원죄의 수렁에서 벗어날 수 없는 게 정녕 인간의 숙명이란 말인가. 하나의 욕심은 또 다른 욕심을 낳게 하는 자궁이니, 나는 문득 장서관 서고에 들어가 보고 싶은 충동에서 헤어날 수 없었다. 어떻게 들어온 곳인데. 그냥 나갈 수 없다는 생각에 몸이 달았다. 장서관장이 출입을 금지시킨 그곳엔 엄청난 희귀본들이 나를 기다리고 있을지 모른다는 생각이 밀려왔다. 나의 눈길이 삼층에 머물러 움직일 줄을 모르자 마르코가 내 팔을 흔들며 말했다.

"선생님, 이럴 때가 아닙니다. 책을 구했으니 빨리 나가야 합니다."

나는 마르코를 애원의 눈길로 바라보았다.

"잠시 구경만 하자구나."

"안 됩니다! 절대 안 됩니다! 자칫하면 모든 걸 그르칠 수가 있습니다. 욕심은 주님이 싫어해서가 아니라 신셀 망칠 수 있기 때문에 자제해야 하는 겁니다."

나는 뒤를 따라오며 간청하는 마르코의 충고에도 아랑곳하지 않고 삼층으로 올라갔다. 세베우스의 집무실을 지나 장서고 앞에 섰다. 고리에 자물쇠가 달려 있었지만 잠겨 있지 않다. 문을 열었다. 오래된 책 냄새가 쏴하고 밀려왔다. 온몸의 감각들이 단숨에 깨어나고 신경이 한 올 한 올 곤두섰다. 눈앞에 엄청나게 많은 책들이 책장에 꽂힌 채 끝이 없을 것 같은 미로를 형성하고 있다. 나는 미로에서 길을 잃고 생을 마쳐도 좋을 것만 같았다. 책장마다 그리스 고전과 아라비아의 비전秘典들이 나를 향해 살려달라고 아우성치는 소리가 귓전에 맴돌았다.

그때였다. 마르코가 갑자기 나의 등잔불을 자신의 옷으로 덮더니 자신의 등잔불도 훅 불어서 꺼버렸다. 동시에 나지막하게 쉬잇, 하는 소리를 냈다. 장서고는 어둠 속에 잠겨 버렸다. 우리는 장서고 문을 새끼손가락만큼 열고 출입구로 시선을 고정했다.

타박타박. 희미한 발걸음 소리가 점점 커지더니 삼층 문 앞에서 멈췄다. 덜컹하는 소리와 함께 문이 열리며 누군가 들어왔다. 등불에 비친 얼굴을 보자 나도 모르게 오싹했다. 장서관장 세베우스다.

총무일과 수도사와 헤어진 후 장서관으로 바로 온 것 같았다. 세베우스는 자신의 집무실을 빙 둘러보았다. 그리고는 다른 수도사들의 책상 사이를 돌아다니며 흘깃흘깃 눈길을 주었다. 딱히 무언가를 찾는 것도 아니지만 그렇다고 아주 무심한 것도 아닌 눈빛이다. 그의 발걸음이 장서고로 점점 가까워지고 있다. 우리는 책장 사이로 몸을 숨겼다. 이윽고 세베우스가 장서고 문을 열면서 고개를 갸웃했다. 문이 제대로 닫혀 있지 않아 이상했던 모양이다. 그가 안으로 들어와 책장 사이를 둘러볼까 봐 가슴이 졸였다.

짧은 순간 속이 까맣게 타들어가며 자책이 밀려왔다. 아, 수도원 칠흑 같은 지하실에 갇혀 평생을 썩어봐야 정신을 차릴 놈. 목적을 이루었으면 잽싸게 사라질 일이지 어쩌자고 여기까지 왔단 말인가.

그때 세베우스가 등불을 머리 위로 높이 들고 서고 안으로 한 발짝 들어왔다. 둘러보면 끝장이다. 심장이 멎는 것 같았다. 그러나 그는 등불이 미치는 범위까지 한 바퀴 휘 둘러본 후 발걸음을 돌려 장서고를 나갔다. 살았다. 안도의 숨을 내쉬자 전신에 힘이 빠지면서 제자리에 풀썩 주저앉았다.

그때였다. 철커덕하는 소리와 함께 장서고 문을 자물쇠로 채우는 소리가 들려왔다. 잠시 후 출입구 문을 여는 소리가 나더니 거기에도 자물쇠를 채우는 소리가 들렸다. 마르코와 나는 황급히 장서고 문을 당겨보았다. 꿈쩍도 하지 않았다.

우리는 갇힌 것이다.

그런데 이상했다. 막막함은 잠시고 왠지 모를 설렘이 가슴 한켠에서 솟아올랐다. 이왕 갇힌 김에 장서들이나 원 없이 구경해볼까. 배짱이라기보다는 무모함이었다. 나는 등잔불을 이마 위로 쳐들고 책장 사이를 돌아다녔다. 그리스 고전이 어딨더라? 아냐, 책들을 재분류한다고 했어. 그렇다면 이단서적들을 모아놓은 곳을 찾아야 해. 나는 정신없이 이곳저곳을 기웃거렸다. 그러다 길을 잃었다. 내 키 두 배 높이의 책장은 일직선으로 늘어선 게 아니라 미로처럼 가로세로 방향이 섞여 있다는 사실을 깜빡 잊은 것이다. 그래도 일단 계속 가보기로 했다. 조금 더 들어가니 이번엔 격실이 나타났다. 나는 혹시 그곳에 이단서적을 모아놓았을까 싶어 안으로 들어갔다.

격실은 육각형으로 되어 있고 어른 양팔 너비의 두 배쯤 되었다. 정면에 책장이 보이고 양옆으로 문이 있다. 책과 문이 한 칸씩 번갈아 각각 삼면을 차지하고 있다. 무슨 표시가 있는가 싶어 살펴 보았지만 문에 아무런 표식이 없다. 혹시나 해서 문 위쪽 상인방을 바라보았지만 역시 아무것도 없다. 나는 두 개의 문 가운데 오른쪽을 택해 안으로 들어갔다. 그 방 역시 육각형으로 삼면이 책장이고 다른 삼면은 문이다. 그곳을 잰걸음으로 돌아다니면서 책장을 훑어보았지만 모두 신학관련 서적이다.

격실 밖으로 나가야겠다는 생각이 들었다. 하지만 방향을 알 수 없었다. 어디가 어딘지 도무지 감이 오지 않았다. 지나온 궤적을 떠올려 보았지만 도무지 갈피를 잡을 수 없었다. 한 줄기 땀이 등골을 타고 주르르 흘러내렸다. 정신을 차리고 집중하려 했지만 나의 인지능력으론 경로 파악이 불가능했다.

닥치는대로 문을 열며 아무 방이나 들어가 보았다. 이제 책 따윈 눈에 들어오지 않았다. 어서 빨리 미로를 벗어나야겠다는 생각밖에 들지 않았다. 시간이 꽤 흐르고 난 뒤에야 내가 같은 길을 계속 맴돌고 있다는 걸 깨달았다. 서책은 없고 가로대에 두루마리만 삼각형으로 쌓아놓은 방이 있었는데 그 방을 몇 번이나 다시 마주친 것이다. 맥이 탁 풀리며 힘이 쭉 빠졌다. 나는 제자리에 주저앉았다. 정신을 가다듬기 위해 심호흡을 했다. 지식의 욕탕에서 익사하다. 나도 모르게 라틴어 육보격으로 읊조렸다.

그때, 벌컥 문이 열리며 시커먼 그림자가 들이닥쳤다. 나는 깜짝 놀라 벌떡 일어섰다. 손을 뻗어 책장에서 아무 책이나 꺼내 손에 쥐었다. 여차하면 책 모서리로 내려칠 요량이었다.

"접니다!"

"오, 마르코!"

마르코의 첫내 나는 목소리가 그렇게 반가울 수 없었다. 마르코는 자신의 말을 듣지 않고 어정거리다가 기어코 사달을 내더니 꼼짝없이 갇힌 처지가 되어서도 또 딴짓을 하고 있는 나를 기가 막힌다는 듯 바라보았다.

"이런 식으로 생각 없이 아무 곳이나 들어가면 어떡합니까?"

마르코의 말끝이 뾰족해졌다.

"미로가 되어 있는 줄 몰랐구나. 그런데 어떻게 날 찾았느냐?"

"선생님이 안 보이기에 이곳으로 들어간 줄 알았습니다. 육각형이 이어진 벌집구조는 자칫하면 맴돌게 됩니다. 여길 보십시오. 문과 벽이 한 칸씩 번갈아 있습니다. 오른쪽 문이든 왼쪽 문이든 한 방향으로 가면 육각형의 바깥쪽을 순환하게 되어 있습니다. 좌우를 번갈아 가면 되겠지만 막상 방안에서는 문과 벽이 똑같은 형태로 반복되기 때문에 헷갈리다가 혼란에 빠지게 됩니다. 조금이라도 몸의 방향이 틀어지면 애초에 설정했던 좌우 역시 어긋나게 되지요. 좌우를 번갈아 간다고 해도 어느 순간엔 다시 맴돌게 됩니다."

"그럼 어떻게 나간단 말이냐?"

내 목소리가 약간 떨려 나왔다.

"길을 잃지 않기 위해 표시를 해놓았습니다."

"표시? 어떻게 말이냐?"

"책을 한 권 뽑아 내가 들어가려는 문 앞에다 놓습니다. 책이 놓여 있는 방을 만나면 책이 없는 쪽 문으로 들어갑니다. 이런 식으로 하다 보면 책이 세 권 놓여 있는 문과 두 권 놓여 있는 문을 만날 수도 있습니다. 이 경우 권수가 작은 문으로 갑니다. 이렇게 하면 맴돌지 않습니다. 방이 무한히 연결돼 있지 않은 한 언젠가는 밖으로 나가게 돼 있죠."

"만약 양쪽 문에 세 권이 쌓여 있는 방을 만나면 어떡하지?"

"그런 경우는 없습니다. 입구가 세 개인 방들이 연결된 공간에서 표식이 세 개 이상 쌓인다면 그건 순환고리입니다. 순환고리에 빠지면 나갈 수 없죠."

"우리가 순환고리에 빠진 건 아닐까?"

"순환고리에 빠지는 경우는 두 가지밖에 없습니다. 첫째, 출구 없는 미로의 한 가운데서 깨어나는 것입니다. 하지만 우리는 멀쩡한 정신으로 여기에 들어오지 않았습니까. 그러니 그건 아닙니다. 다음으로 제3의 인물이 미로에 갇힌 자를 교란시키기 위해 표식을 똑같이 했을 때입니다. 우리의 경우로 말하자면 모든 문마다 책이 세 권씩 놓여있는 거지요. 하지만 이렇게 되면 교란시키는 당사자도 갇히게 됩니다."

그 말을 듣는 순간 나는 장서관장 세베우스의 얼굴을 떠올렸다. 그가 우리 뒤를 밟아 문마다 책을 세 권씩 쌓아놓는 상상을 했다.

"만약 누군가가 우리를 가두기 위해 자신도 갇힐 각오를 하고 문마다 책을 세 권씩 갖다 놓는다면 우리는 어떻게 될까?"

"그렇게까지 한다면 할 수 없죠. 잡혀주는 수밖에."

마르코는 한심한 눈길로 나를 바라보더니 말을 이었다.

"공허한 추론에 빠져 시간을 낭비할 여유가 없습니다. 한시라도 빨리 움직여야 합니다."

마르코가 심지를 잘라내자 등잔불이 살짝 고갤 들었다.

"그런데 넌 대체 이런 걸 다 어떻게 알고 있는 거냐?"

"예전에 밀라노에 있을 때 지하생활자들과 어울리면서 배웠습니다. 그들은 제아무리 복잡한 미로라도 단번에 출구를 찾아냅니다."

"대단하구나!"

"절 놓치지 말고 잘 따라오세요."

마르코는 바닥에 책이 있는지 등잔불로 확인하면서 문을 열었다. 나는 마르코의 꽁무니를 놓치지 않으려고 바싹 따라 붙었다.

일곱 개의 문을 열고 나서야 우리는 벌집 구조의 격실 모둠을 벗어났다. 그렇다고 문제가 완전히 해결된 건 아니다. 그래봤자 여전히 장서관 안이니까. 높은 책장이 벽처럼 둘러져 있어 방향을 잡지 못하긴 매한가지였다. 디스(Dis)를 벗어나 스틱스 강을 건너 림보(Limbo)[1]로 돌아왔지만 아직 천국으로 들어간 건 아니다.

"휴우."

나도 모르게 한숨을 내쉬었다.

"이러고 있을 때가 아니에요. 밖으로 나갈 방도를 찾아야죠."

풀이 죽은 채 서 있는 나를 보고 마르코가 말했다.

"어떻게?"

나는 눈을 동그랗게 뜨고 마르코를 바라보았다. 이제는 모든 걸 마르코에게 의존할 수밖에 없다. 어쩌다 일이 이렇게 되어버렸을까.

"모르죠. 하지만 궁리를 해봐야죠. 여기서 낼 아침 장서관 문이 열릴 때까지 기다릴 순 없지 않습니까?"

"어떡해야지?"

그렇게 물으면서 하나에서 열까지 마르코의 답에 목을 매고 있는 내가 바보 같다는 생각이 들었다.

"궁하면 통하도록 해야죠."

_____

1 단테가 『신곡』에서 묘사한 지옥에서 디스(Dis)는 '지옥 속의 지옥'으로 최하층에 있고, 림보(Limbo)는 '지옥 같지 않은 지옥'으로 지상과의 경계면에 위치하고 있다. 디스와 림보 사이에 스틱스 강이 흐른다.

마르코는 내가 육각형 방에서 헤맬 때 외벽을 찾아보았다고 했다. 그가 살펴본 바에 의하면 장서관은 외벽을 따라 격실을 만들어 놓았다고 한다. 외벽에 연한 격실은 햇빛을 차단하고 통풍을 조절하면서 책의 분류 장소로 쓰이는 공간으로 보인다고 한다. 그중에서 창문이 있는 곳을 찾아야 한다는 것이다. 우리는 공간을 가로질러 외벽 격실에 다다른 다음 그곳을 하나하나 열어보기 시작했다. 잠긴 곳도 있고 열리는 곳도 있다. 열린 격실에는 세로로 길게 늘어진 좁다란 창문이 두 개씩 있고 가운데에는 탁자가 놓여 있다. 탁자 위에는 책들이 제각각 높이를 달리한 채 포개져 있다. 마르코는 열리는 격실마다 창문에 손을 대고 살펴보았다. 창은 스테인드글라스로 채색된 곳도 있고 반투명 회색 간유리로만 되어 있는 곳도 있다.

"여기에요."

마르코가 창문 하나를 가리켰다. 천사가 나팔을 불며 하강하는 그림이 있는 스테인드글라스 창이다.

"보세요. 이 창문 그림의 채도가 높잖아요. 교체한 지 얼마 안 되었다는 거죠."

그는 창틀을 손가락으로 쓸어내리며 말했다. 이어 품속에서 손바닥 크기의 칼을 꺼냈다.

"웬 칼이냐?"

"지하를 돌아다닐 땐 몇 가지 도구를 항상 준비해야 합니

다. 그중에서도 칼은 필수죠. 유사시엔 무기가 되기도 하구
요."

마르코는 나를 쳐다보지도 않고 창에 시선을 고정하며 말
했다. 그는 창틀 모서리 사이에 칼날을 집어넣고 좌우로 흔들
더니 품에서 병을 꺼내 뚜껑을 열고 정체를 알 수 없는 액체를
부었다. 창틀에서 푸지직 하는 소리와 함께 연기가 피어오르
고 역한 냄새가 코를 찔렀다. 마르코가 다시 칼날을 끼우고 흔
들자 창이 삐걱대며 틈이 벌어지기 시작하더니 마침내 창틀과
분리되었다. 마르코는 창을 떼어내지 않고 비스듬히 기대어
놓았다.

"염산이냐??"

"낮에 시약소에서 슬쩍했습니다."

마르코는 구차한 변명 없이 짧게 답했다.

"그런데 여기는 3층 아니냐. 뛰어내리기엔 너무 높지 않을
까?"

게다가 장서관 건물은 충고가 높다. 걱정되지 않을 수 없다.

"당연하죠. 그냥 뛰어내렸다간 다리가 부러지기 십상입니
다. 줄을 타고 내려가야죠."

"줄은 또 어디서 구하지?"

마르코는 대답 없이 손가락으로 내 옷을 가리켰다. 옷차림
새를 내려다보던 내가 아, 하며 허리에 두른 끈을 풀었다. 마르

코와 나는 수도원에서 지급한 간이 수도복을 입고 있다는 걸 잊은 것이다. 그러나 두 사람의 허리끈을 잇는다고 하더라도 길이는 턱없이 모자란다. 이층 중간까지도 닿지 않을 것이다. 마르코가 수도복을 벗더니 밑단을 손가락 두 마디 너비로 길게 찢었다. 몇 겹을 잘라낸 후 서로 연결하자 제법 긴 줄이 되었다. 마르코는 이를 반으로 접어 두 줄로 만들었다.

창을 떼어내 벽에 세우고는 반으로 접은 줄을 외벽에 있는 작업용 고정쇠에 걸었다. 마르코가 나를 바라보며 고개를 끄덕였다. 나는 몸을 옆으로 돌려 창틀에 구겨 넣고는 줄을 잡고 조심조심 아래로 내려왔다. 캄캄한 밤중이라 아무것도 보이지 않으니 바닥 모르는 낭떠러지를 내려가는 기분이었다. 팔이 후들거리고 모골이 송연했다. 반으로 접은 줄이라 길이가 충분하진 않았다. 땅이 희미하게 어른거리는 키 높이 정도에서 뛰어내렸다.

땅바닥에 풀이 우거져 있어 그다지 충격이 가해지진 않았다. 무사하다는 신호로 창문을 향해 손을 흔들자 마르코가 손을 들어 답했다. 어둠이 눈에 익으니 어느 정도 식별이 되었다. 이어 줄에 매달린 그가 창을 문틀에 다시 끼우는 모습이 환영처럼 보였다. 언제 나타났는지 초승달이 게슴츠레 뜬 눈으로 우리를 지켜보고 있다. 외벽에 튀어나온 마르코는 마치 기괴한 가고일 같았다. 그는 능숙하게 창문을 닫고 내려오다가 줄의 한쪽을 잡고 풀쩍 뛰어내렸다. 나머지 줄이 따라 당겨내려 왔다.

우리는 초승달의 수상쩍은 눈길을 외면한 채 장서관 건물 벽에 바싹 붙어 숙소 방향으로 이동했다. 숙소가 보이자 마르코와 나는 산책이라도 나온 듯 태연한 모습으로 광장을 가로질러 갔다.

"그나저나 창문이 떨어지진 않을까?"

방에 들어가자마자 마르코에게 걱정스레 물었다.

"창을 끼워 넣을 때 책에서 찢어낸 양피지를 모서리에 끼웠습니다. 서리를 머금은 양피지의 부피가 늘어나면 꽉 조이게 됩니다. 뿐만 아니라 햇살을 받으면 창틀에 있는 아교와 결합돼 더욱 굳어지게 됩니다. 다른 창보다 더 단단해지죠."

"네 과거가 심히 의심스럽구나!"

입은 추궁이지만 눈에는 경외와 희열을 담았다. 그런 나를 보며 마르코는 무덤덤하게 답했다.

"생존기술이라고 해두죠. 우리 같은 자들에게는 도구가 성경이고 기술이 복음입니다."

"그나저나 본당 기도실의 지하 출입구는 어떡하지? 지금이라도 가서 닫고 올까?"

"그럴 필요 없습니다. 제가 보기엔 그 구멍을 이용하는 자가 알아서 닫아놓거나 아니면 그 구멍의 존재를 숨기고 싶은 자들에 의해 소리 소문 없이 덮어질 겁니다. 수레바퀴 자국으로 보건대 여우들은 이곳 수도원에서 양피지 뿐만 아니라 식량이라든가 별의별 걸 다 사고파는 것 같습니다. 식량을 빼돌리고 양피지를 몰래 내다 팔고. 암튼 지하 출입구에 대한 공개적인 문제 제기는 결코 없을 거라고 장담합니다. 왜냐면 다치는 사람이 너무 많기 때문입니다. 이곳도 사람이 사는 곳이니까요."

마르코는 마치 자기가 선생님인 양 나를 바라보며 말했다.

"조과 시작 전까지 잠깐 눈이라도 붙이거라."

말이 끝나기도 전에 마르코는 침대에 벌렁 누웠다.

16

나는 바닥에 무릎을 꿇고 침대 위에 손을 모아 기도를 올렸다. 만물을 주관하시는 여호와 하나님이시여, 나의 행위가 당신이 보시기에 온당치 못할지라도 저는 하나의 생각이 죽는 걸 보고 싶지 않습니다. 여호와께서 세상을 창조하시고 마지막 날 천사와 짐승 사이에 존재하는 인간을 창조하신 건 인간이 스스로 생각하고 영성을 갖추어 하늘과 땅 사이를 잇는 사다리가 되라고 하심이 아닌지요. 당신으로부터 스스로 생각할 줄 아는 능력을 부여받은 인간이, 여러 가지 생각을 한다는 건 그 옳고 그름과 성속을 떠나 만물을 주관하시는 당신의 섭리 안에 속하는 것이리라 믿습니다. 당신의 아들이 이 땅에 오시기 전 당신께서 허락하신 생각들이 당신의 이름으로 죽어나가길 원하십니까. 인자하시고 우리 죄를 용서하시는 여호와 아버지. 당신께서 저의 욕심을 허락하시리라 믿습니다. 수도원의 잣대로 저를 벌하시지 마시고 세상을 굽어 살피시는 여호와 아버지의 뜻대로 저를 살피소서. 저의 모든 행동이 당신의 섭리 안에서 당신에게 가는 길이라 믿겠나이다.

조과 성례가 얼마 남지 않은 시간에 나는 침대에서 일어났다. 품속에서 『사물의 본성에 관하여』를 꺼내고는 주르르 책장을 넘겼다. 바람이 살랑 일며 보풀이 살포시 날았다. 나는 성호를 긋고 책 표지에 살며시 입술을 댔다. 그리고 마르코에게 건넸다.

우리는 숙소를 나갔다. 밤새 수도원 경내를 도는 순찰 수도사의 눈길을 피해 조심조심 담장으로 갔다. 품에서 편지를 꺼내 마르코에게 건넸다. 편지는 일이 잘못 됐을 경우에 대비해 직설적 표현은 삼가고 비유와 은어로 적었다.

경애하는 니콜리 경에게
테라누오바 촌놈이 세상을 방황하던 중
광야에서 크나큰 은혜를 받았습니다.
이 기쁜 소식을 천하는 천사에게 삼백 송이의 꽃을 바쳐야 함이 마땅합니다.

우리 몇몇 책사냥꾼끼리는 은어로 통한다. 테라누오바는

나를 지칭하고, 광야는 장서관을 뜻하며 은혜를 받았다는 건 문헌을 발굴했다는 의미다. 끝으로 천사는 전하는 사람, 꽃은 돈을 가리킨다. 이 정도면 니콜리 경도 알아듣고 마르코에게 대가를 지불할 것이다.

"잊지 말고 피렌체의 니콜로 니콜리 경을 찾아가게. 자네 수고비는 니콜리 경이 지불할 것이니 안심하고."

마르코는 어둠 속에서 고개를 끄덕였다. 내가 양손을 깍지 끼고 무릎 앞에 놓자 마르코가 발을 얹었다. 발을 들어 올리자 마르코의 손이 담장 끝에 닿았다. 그는 능숙하게 한쪽 다리를 난간에 걸치고는 고양이처럼 날렵하게 타고 올라갔다. 담장 위에서 마르코가 나를 내려다보았다. 나 역시 마르코를 올려다보았다. 우리는 서로를 바라보며 빙긋이 미소지었다. 잠시 후 마르코는 어둠 속으로 사라졌다.

마르코가 그런 계획을 제안한 것이 함께 있는 동안 나의 인문주의에 동화되었기 때문인지 아니면 큰돈을 벌 기회라고 생각해서였는지 진실은 알 수 없다. 그의 동기 따위는 따지고 싶지 않다. 여하튼 에피쿠로스가 무덤에 들어가기 직전에 다시 살아날 수 있었던 건 순전히 그의 계획 때문이다. 동기가 무슨 상관이란 말인가. 어젯밤의 일을 생각하면 모골이 송연해진다. 어떻게 그 위기를 다 헤치고 이렇게 아침을 맞고 있는지 꿈을 꾼 것만 같다.

아침 식사가 끝나자 총무일과 수도사가 내게 찾아 왔다. 그 곁에는 처음 보는 수도사가 서 있다. 총무일과 수도사는 곁에 있는 수도사가 의사라고 소개했다.

"형제의 보조서기는 어디 갔소이까?"

총무일과 수도사가 미간을 찌푸리며 물었다.

나는 두근거리는 가슴을 진정시키며 호흡을 가다듬었다.

"왜 그러십니까?"

"그가 몹쓸 병을 앓고 있기 때문입니다. 수도원은 단체생활을 하는 곳입니다. 다른 사람에게 옮길 수도 있는 병자는 출입이 금지되어 있습니다. 어제 당신의 보조서기가 발병하며 피를 쏟는 걸 저를 비롯하여 많은 사람들이 보았습니다."

옆에 있던 의사수도사가 말을 이었다.

"팔십 년 전 수도원을 휩쓸고 간 페스트의 악몽을 우리는 잊지 않고 있습니다. 형제의 보조서기는 폐병에 걸린 것 같습니다. 각혈까지 할 정도니 중증이라고 볼 수 있습니다. 격리시키거나 출원시켜야 합니다."

휴우, 나는 이들이 눈치채지 못하게 가슴을 쓸어내렸다. 도난당한 책 때문에 온 게 아니었다. 오히려 이들의 방문은 마르크와 나의 계획이 성공했다는 방증이다.

"저도 그자가 폐병에 걸린 줄 몰랐습니다. 저까지 속였으니까요. 신성한 수도원을 오염시키면 안 될 것 같아서 한시라도 빨리 이곳을 떠나라고 했습니다. 오늘 새벽 찬과가 시작되자 마자 떠났습니다. 일꾼들이 수도원 정문을 여는 시각에 말입 니다."

"오, 신속하게 조치해주셨군요. 저희 수도원을 헤아려 주신 점에 감사드립니다."

총무일과 수도사와 의료담당 수도사는 아무런 의심 없이 각 자의 일터로 갔다.

더 큰 문제가 남았다. 나는 그때까지 나도 수도원에서 몰래 도망쳐야 하나 아니면 모른 척하고 있어야 하나. 둘 중 어떤 행 동을 취해야 할지 결정하지 못하고 있었다. 도망치는 게 상수 일 것 같다가도 수도원 책을 훔쳐 도망쳤다는 소문이라도 나 면 앞으로 교황청이든 주교단이든 어디든지 발붙이기 힘들게 된다. 그렇다고 모른 척하고 있는 것도 위험하긴 마찬가지다. 시치미 떼기엔 내가 어제 블로흐 수도사에게 간절히 매달리고 악마의 거래를 제안한 게 명백한 정황증거가 되기 때문이다.

나는 뷔리당의 당나귀처럼 어쩔 줄 모르다가 결단을 내렸 다. 과감히 정면 돌파하기로. 내가 먼저 주사위를 던져 내 운 명을 시험대에 올리기로 했다. 장서관으로 가면서 속으로 기 도했다. 나의 모든 행동이 당신의 섭리 안에서 당신에게 가는 길이라 믿겠나이다.

스크립토리움에 도착하자 수도사들이 장서 작업에 열중하고 있다. 나는 일부러 동쪽을 바라본 다음 시선을 천천히 서쪽으로 옮겼다. 나의 시선이 블로흐 수도사에게 닿았을 때 그는 서안에서 필사에 전념하고 있었다. 적어도 나에게는 그렇게 보였다. 스크립토리움 안에서 잔심부름하는 앳된 수련사가 내게로 다가왔다. 나는 손으로 블로흐 수도사를 가리켰다. 수련사가 그에게 가서 손님이 왔다는 손짓을 했다. 블로흐 수도사는 고개를 들지도 않고 손을 저었다. 수련사가 내게로 와서 그가 지금 바쁘니 볼일이 있으면 나중에 보자고 수화로 전했다.

어제까지 서안 위에 놓여 있던 책이 사라졌다는 걸 누구보다 먼저 아는 사람이 바로 블로흐다. 대체할 수 있는 양피지와 덤으로 종이까지 얹어주었다한들 세책 대상 원본이 분실되었다는 사실엔 변함이 없다. 그럼에도 그는 조용히 필사만 하고 있다. 나의 행위를 용서하는 걸까 아니면 대체물이 있으면 됐다고 넘어가는 걸까. 블로흐 수도사의 뒷모습을 바라보았다. 문득 그의 등이 인문주의자를 위한 노둣돌처럼 보였다. 나는 조용히 스크립토리움을 나섰다. 그리고 테르툴리아누스의 『헤르모게네스를 비판함』을 꺼내 필사하기 시작했다. 마르코가 무사히 피렌체에 도착하기를 기도하며.

17

마르코가 떠난 후이니만큼 나는 더 이상 눈에 띄는 행동을 하지 않기 위해 만과 성무에 참여했다. 만과 성무는 수도원에 있는 모든 구성원이 참여해야 한다. 일꾼들은 물론이고 종종 마을의 주민들도 참석한다. 나는 수도복을 입지 않고 회중석에 앉았다. 성례가 시작되었다. 참회 의식이 지나고 말씀 전례와 복음 찬송이 이어졌다. 이날따라 미사가 성가셨다. 내 마음속에는 마르코가 여전히 또아릴 틀고 있다. 풀다강을 건너 어디로 향했을까. 콘스탄츠, 밀라노를 거쳐 피렌체로 가는 게 가장 빠른 길이긴 하지만 아우크스부르크로 가서 볼로냐로 가는 길도 있다. 어디로 가든 그는 명민하게 잘 헤쳐나가리라. 마르코와 함께 지하 통로를 다녀오면서 나는 그를 다시 보게 되었다. 지상에서의 나의 권위와 지식이 지하에선 아무런 쓸모가 없다는 걸 알았다.

지하세계에선 말씀도, 사상도, 관념도 길을 인도해주지 않았다. 오로지 지각과 감각에 의지한 판단만이 중요했다. 결국 내가 갈망하던 서책을 손에 쥐게 된 것은 마르크의 탁월한 감각 덕분이었다.

회개하라(P ∝ nitentiam agite)! 나의 뉘우침은 절도가 아니라 마르코에 대한 편견에 대해서였다. 성례는 어느덧 영성체로 이어졌다. 오늘의 강론 내용은 무엇인지 기억조차 없다. 나는 이런 마음으로 영성체를 받고 싶지 않아 조용히 일어나 밖으로 나갔다.

저녁 식사 후 숙사에서 쉬고 있는데 누군가 방문을 두드렸다. 문을 열어보니 앳된 수련사가 서 있다. 안면이 조금 익었다 싶었는데 가만히 보니 장서관 스크립토리움에서 잔심부름하는 수련사다.

"장서관장님께서 선생님을 뵙고자 하십니다."

웬일로? 하는 표정으로 바라보자 수련사는 어깨를 으쓱하며 자기는 모른다고 했다. 수련사를 따라가며 무슨 일로 장서관장이 나를 보자는 것일까. 드디어 올 것이 온 건가. 이리저리 생각을 굴리며 만일의 경우에 대비해 몇 가지 대비책을 떠올려 보았다. 관장실 문 앞에서 수련사는 목례를 하고는 어디론가 가버렸다. 적막감이 실내를 휩쌌다. 심호흡을 크게 한 번

하고 문을 두드렸다.

"들어오시오!"

장서관장 세베우스의 짧고 무뚝뚝한 소리가 들렸다.

문을 열고 들어가자 뜻밖에도 블로흐 수도사가 관장 앞에서 두 손을 모은 채 서 있다. 블로흐 수도사의 이마가 번들거리는 걸 보니 식은땀이라도 흘리는 것 같았다.

세베우스 관장은 들어오는 나를 힐끗 보더니 다시 블로흐 수도사에게로 시선을 돌리며 차가운 말투로 내뱉듯 말했다.

"형제께서는 이제 자기의 위치로 돌아가 근신하도록 하시오."

블로흐 수도사는 돌아서서 곧장 문밖으로 나갔다. 나와는 눈도 마주치지도 않았다. 곁을 스쳐 갈 때 그의 얼굴에 서린 당혹감과 배신감을 읽었다. 결국 그 일이구나. 미안함이 목구멍까지 차올랐다.

"일과가 끝난 이 시간에 내가 왜 형제를 만나고자 하는지 형제께서는 스스로 잘 알고 계시리라 믿소이다."

혹시나 했지만 고지식한 블로흐는 결국 자기 선에서 어젯밤 일을 덮지 못한 것이다. 어차피 세척될 책인데 답답한 인간들 같으니라고.

"아둔한 저를 일깨워 주시면 고맙겠습니다."

그렇다고 내 입으로 먼저 고백할 이유는 없다.

"형제여, 꼭 내 입으로 얘기해야 되겠소이까. 이곳은 우리 주 예수와 하나님 아버지의 말씀이 보관된 성스러운 곳입니다. 부디 스스로 입을 열어 죄를 가볍게 하십시오."

세베우스 관장 또한 만만치 않았다.

"제가 져야 할 짐이 있다면 지겠습니다. 세베우스 수도사님."

나는 장서관장이라는 직함보다 본연의 신분을 상기시키고자 수도사라는 호칭을 사용했다.

"어제 블로흐 수도사가 형제께서 소유하고 있는 아리스토텔레스의 『비밀 중의 비밀』과 곧 세책될 우리 장서관의 이교 서적과 교환하자고 제안했다는 걸 내게 보고했소이다. 물론 나는 허락지 않았습니다. 오늘 오후 일과성무 시간에 문득 생각이 나서 어제 형제께서 갈망하던 그 이교 서적을 블로흐 수도사에게 가져오라고 했소이다. 그런데 블로흐 수도사의 답이, 어처구니없게도, 책이 사라졌다고 하더이다. 그 책이 대체 어디로 간 겁니까? 나는 형제의 소행으로 의심하는 바입니다. 또한 형제의 보조서기는 어디로 사라진 것입니까? 이에 대한 해명도 부탁합니다."

"……."

뭐라 대답해야 좋을까. 망설이는 태도가 세베우스 관장에게는 내가 사실을 인정하는 것으로 비친 모양이다.

"형제의 터무니없는 욕심 때문에 블로흐 수도사가 곤경에 처했소이다. 그가 곤욕을 치를 것이라고는 눈곱만치도 고려하지 않습니까? 블로흐 수도사는 저의 명으로 근신에 처해졌고 내일이면 원장님께 보고가 들어갈 것이오. 원장님의 판단에 따라 필사 성무에서 제외되거나 심지어 사제 서품이 박탈될 수도 있소. 블로흐 수도사는 책이 사라졌다는 사실을 나에게 보고하지 않았습니다. 그대와 짜고 거래를 한 것인지도 모르지요. 거짓과 기만이라는, 사제라면 결코 저지를 수 없는 죄를 범한 것이올시다. 책을 빼돌리고 블로흐 수도사를 곤경에 빠트린 데 대해 형제께선 과연 일말의 가책이라도 느끼시는지요."

내게 먼저 든 생각은 죄 없는 블로흐 수도사를 위해서 뭔가를 해야 한다는 것이었다. 우선 적극적인 변호부터 시작했다.

"블로흐 수도사는 전혀 모르는 일입니다. 또한 저는 귀 장서관에 조금의 손해도 끼치지 않았습니다. 오히려 도움을 드렸습니다. 이 점 고려해주시기 바랍니다."

"무슨 도움을 주셨다는 건지요. 다른 양피지와 그깟 종이를 덤으로 준다고 죄가 사해진다고 여기십니까? 믿음 속에서 살아가는 신앙인은 물질의 보상이 아니라 양심의 기준으로 판단합니다. 형제의 행동은 물질의 문제이지만 블로흐 수도사가 형제의 행위를 묵과한 것은 사제의 양심을 저버린 것입니다. 엄격한 수행이 근본인 수도회에서 양심에 어긋나는 행동을 한 수도사에게는 사제 자격을 박탈하거나 최소한 추방이라는 징벌이 내려지는 게 수도원의 전통입니다."

세베우스 수도사의 언성이 점점 높아졌다.

"다시 한번 말씀드리지만 블로흐 수도사는 전혀 모르는 일일 뿐 아니라 저의 행동을 꿈에도 예상하지 못했을 겁니다. 저의 죄를 달게 받겠습니다. 다만 블로흐 수도사에 대한 징벌만큼은 거두어 주십시오."

"외부 사람은 우리 수도원 일에 관여할 수 없습니다. 형제의 잘못은 그 잘못대로 우리 수도원의 규율에 따라 대가를 치를 것입니다."

얼음이 쩡쩡 갈라지는 듯한 소리로 세베우스 관장이 말했다.

"좋습니다. 이왕 이렇게 된 거 한 가지만 여쭙겠습니다. 블로흐 수도사의 서안에 놓여 있던 양피지는 어차피 세책될 것이었습니다. 몇 백 년을 묵어 너덜너덜해진 양피지보다 훨씬 신선한 양피지로 대체했습니다. 필사수도사들이 성사聖事에 집중하기에 훨씬 좋은 양질의 양피집니다. 글씨는 잘 써지고 채색도 잘 먹습니다. 냄새도 없고 수정하기도 쉽습니다. 거기다 종이까지 제공했습니다. 지금 필사의 세계는 종이가 대세입니다. 그런 종이를 필사수도사들이 경험할 수 있는 좋은 기회가 아닙니까. 저의 행동은 비난받아 마땅하고 그에 대한 처

벌 또한 마땅히 받아야 하지만 수도원으로선 이 일에 전혀 무관한, 육신의 형제보다 더 소중한 수도사를 굳이 징벌할 이유가 있습니까?"

"형제여, 내 말을 곡해하고 있구려. 내가 그 책의 수명을 끊고자 하는 건 단지 양피지를 얻기 위함이 아니라 그 책이 이단 중에서도 이단의 책이기 때문이오. 입에 담기도 불경한 그 책은 인간의 저질스러운 쾌락을 권하고 사탄의 속삭임에 귀를 기울이게 하오. 그러한 책이 세간에 퍼진다면 하나님의 나라를 세우는데 가장 큰 적이 될 것임은 불을 보듯 뻔한 일이오. 적그리스도가 세상을 유혹하기 위해 던진 그런 책을 우리 수도원 밖으로 나가는 것을 어찌 한 발자국이라도 허용하겠소이까. 수도사라면 비록 그 행위엔 가담치 않았을지언정 결과에 따른 책임을 져야 하는 것이 올바른 자세입니다."

그의 독단을 인정하고 싶지 않았다. 대체 읽어보지도 않고 어찌 그런 억측에 사로잡힌단 말인가. 차라리 책의 내용으로 토론을 하자면, 그리하여 그의 논리와 통찰에 내가 넘어간다면 이 또한 받아들이겠지만, 문을 열어보지도 않고 못을 박는 건 용납할 수가 없다.

"수도사님께서는 그 서책을 읽어보셨습니까? 그 안에 무슨 내용이 있는지 알기는 아시는지요?"

나의 도발적 응수에 세베우스 관장의 얼굴에 불쾌한 기색이 역력히 서렸다.

"형제여, 경험하지 않아도 알 수 있고 읽지 않아도 짐작할 수 있소이다. 주께서 제자 도마에게 이르시기를 나를 보지 않고도 믿는 사람은 복이 있다고 했소이다. 믿음의 차원을 굳이 경험의 차원으로 환원시킬 필요는 없는 것이오. 앞선 시대의 교부철학자들이 에피쿠로스학파는 하나님의 가르침을 망령되게 하는 극악한 사상이고 그중에서도 루크레티우스의 시가는 사탄의 속삭임처럼 달콤하다고 했소이다. 그런 책이 우리 장서관에서 수백 년을 숨죽이고 있었다는 것만 해도 끔찍한 일이오. 다행히 주께서 우리에게 밝은 눈을 주셔서 장서고의 서책을 새로 분류하는 과정에서 찾아냈소이다. 굳이 그 책의 내용을 입에 올릴 게 뭐 있겠소."

"엊그제도 말씀 드렸지만 그 책은 그리스 시대의 사상을 담은 로마 시인의 저서입니다. 이단의 도장을 찍을 게 아니라 되살려야 할 로마의 유산이죠. 아시다시피 오늘날의 유럽이 있기까지 로마가 있었고, 로마는 그리스로부터 정신적 유산을 이어받았습니다. 한 세기 전부터 우리 그리스도교 신학에도 그리스 현인들의 사상이 강물처럼 흘러넘치고 있습니다. 위대한 학자 알베르투스 마그누스는 자신의 사유의 뿌리를 아리스토텔레스에 두었다고 했습니다. 그는 이교도 아비센나[1]와 아베로에스[2]가 서방세계에 전한 아리스토텔레스 주석에서 벗어나 독창적인 해석을 이루었습니다. 그가 천국의 부름에 응할

---

1 아비센나(Avicenna, 980~1037)는 이븐 시나(Ibn Sina)의 라틴어 이름이다. 사만(Saman) 왕조의 부하라(현 우즈베키스탄)에서 태어난 그는 10세에 방대한 코란을, 17세에 왕실 도서관의 책을 모두 외웠다고 한다. 이븐 시나는 평생 242권의 책을 남겼는데, 『학문의 서Le Livre de science』, 『치유의 서Shifâ』, 『공정의 서Livre de l'Arbitrage équitable』 등이 대표작이다. 특히 『치유의 서』는 5천 쪽이 넘는 분량으로 부피나 완성도에서 전대미문의 책으로 평가된다. 『의학정전Le Canon de la médecine』(전 5권)은 7년에 걸쳐 집필해 무려 100만 단어가 들어가는 기념비적인 분량이다. 당대 의학 지식을 집대성하고 있는 이 책은 12세기에 라틴어로 번역된 뒤에 16세기까지 유럽의 의학교에서 필수 교과서가 되었다(로쟈). 아리스토텔레스 이후에 등장한 최고의 철학자로서(장—피에르 랑젤리에) 그리스 철학과 코란을 조화시킨 그의 사상은 중세 유럽 철학의 설계도가 되었다. 그의 이론은 스콜라학파의 기원이 되었고, 프란체스코파를 비롯한 수도원들의 실천 철학으로 자리 잡았다(허연).

2 아베로에스(Averroes, 1126~1198)는 이븐 루시드(Ibn Rushd)의 라틴어 이름이다. 스페인의 코르도바에서 출생한 그는 아비센나와 더불어 최고의 아랍 철학자로 꼽힌다. 아리스토텔레스의 방대한 저술을 아랍어에서 라틴어로 꼼꼼히 번역하고 상세한 주석을 붙였다. 잃어버린 아리스토텔레스를 유럽에 되돌려 주었다고 평가 받는다. 그의 '이중진리론'은 '이성으로 논증된 세속의 진리'와 '계시를 통해 알려진 신앙의 진리'가 충돌할 경우 이 둘이 모두 참이라고 본다. 즉 종교의 진리와 세속의 진리를 분리해 따로따로 인정해주는 것이다(고명섭). 그에 의한, 신앙에 눌려 있던 이성의 부활은 향후 문예부흥의 자양분이 된다. 토머스 아퀴나스는 그의 라틴어 번역본을 토대로 아리스토텔레스를 깊이 파고들어 스콜라철학으로 융합시켰다. 이 때문에 스콜라철학자들이 주석자라고 할 때에는 아베로에스를 일컬었다. 저명한 신학자(철학자) 보에티우스, 아퀴나스, 로저 베이컨, 마르실리우스 등이 아베로에스주의(Averroism)의 신봉자였다.

때까지 쾰른에 거하면서 몰두한 저서 『신의 놀라운 지식에 관한 대전(*Summa theologiae sive de mirabili scientia dei*)』은 아리스토텔레스에 관한 새롭고 독창적인 주석입니다. 오늘날 신학자들이 숭앙하는 알베르투스 마그누스의 학문적 뿌리가 그리스도를 알지 못했던 시대의 사유체계라고 해서 이단으로 몰아세우는 것이 과연 타당한 일입니까?"

격한 반론이 거슬리는지 세베우스는 미간을 찌푸리고 눈을 가늘게 뜨며 나를 쏘아보았다.

이쯤에서 어조를 한풀 꺾어야 했지만 이미 격랑의 파도에 올라탄 나의 입은 그칠 줄 몰랐다.

"알베르투스 마그누스의 제자이자 스콜라철학의 완성자라고 일컫는 아퀴노 사람 성 토마스는 아리스토텔레스의 삼단논법을 받아들여 신학을 논증하는 수단으로 삼았습니다. 그는 감각을 통해 수집된 경험으로부터 추상적인 개념을 뽑아내야 한다는 아리스토텔레스의 경험주의를 논박하기 위해 영혼의 독자성을 주창하지 않았습니까? 하지만 그는 영혼이 인간을 존재케 하는 실체적 형상을 보유하고 그 기능을 완성한다는 면에서는 아리스토텔레스가 제시한 인간형을 수용하기도 했습니다. 이처럼 이교도나 이방인의 사상은 그리스도 신학의 완성에 거름이 되기도 하고 때로는 연못 속의 메기가 되기도 합니다. 이 또한 자애로우신 하나님의 허용이 아니겠습니까?"

"형제의 주장은 성인 토마스의 방대한 사상 중 일면만 바라보고 전체를 호도하는 오류를 범하고 있구료. 성 토마스께서는 계시를 통해서 신이 드러나고 신앙의 구체성에 관여한다고 했소이다. 계시에 반복되는 주장들은 거짓되거나 모순되어서가 아니라 궤변에 의거한 논증이라서 이들을 거부해야 할 의무가 있다고도 했소. 또한 인간에게는 영속할 무언가가 숨겨져 있으니 계시를 통해 하나님과의 영원한 관계를 회복해야 한다고 했소이다. 그 계시의 영역에 쾌락을 추구하고 권찬勸讚하는 이교도의 혐오스런 사상은 포함되지 않소이다."

세베우스 수도사는 말을 끊고 허공으로 눈길을 주었다. 이어 형형한 눈길로 나를 쏘아보며 말을 이었다.

"형제께서 이교도 아비센나와 아베로에스를 언급해서 하는 말이지만, 개인이 지적 인식의 온전한 주체일 수 없음을 표방한 이들의 지성단일성을 비판하기 위해 성 토마스는 「지성단일성에 관한 아베로에스주의들 논박」이라는 논문까지 따로 썼소이다. 그는 영혼과 육체의 단일성을 강조하면서도 인간에게 고유한 정신, 즉 지성적 능력을 영혼과 구별한 아리스토텔레스가 그리스적 이원론을 완전히 극복하지 못한 것으로 보고 성서의 관점에서 이에 상응하는 인간관을 제시했소. 아리스토텔레스를 받아들이되 이를 넘어서는 형이상학적 체계와 원리를 새롭게 세운 것이오"[3]

세베우스는 막힘이 없었다. 논변은 물 흐르듯하고 믿음은
반석 같았다. 어느 수도원이든 신학의 높이가 가장 높고, 신앙
의 깊이가 가장 깊은 사람이 장서관장이 된다. 과연 장서관장
다웠다.

"장서목록에 메사할라[4]의 『15개의 별(De quindecim stellis)』
이 있더군요. 메사할라는 아랍의 이교도일 뿐만 아니라, 『15개
의 별』은 『코르푸스 헤르메티쿰(Corpus Hermeticum)』에 주
석을 단 책이올시다. 장서관장님도 알다시피 코르푸스 헤르메
티쿰은 헤르메스 트리스메기스투스(Hermes Trismegistus)[5]의

---

3 '지성단일성'에 관해선, 이경재, 「토마스 아퀴나스 인간학의 논리적 출발
점에 대헌 정당화」, 가톨릭철학, 2003, vol., no.5 / 박승찬, 「인격에 대해
영혼—육체의 통일성이 지니는 의미: 토마스 아퀴나스의 작품들을 중심
으로」, 철학사상 vol.35. 2010 / 박승찬, 「인간 지성에 대한 세기의 논쟁」,
『중세철학』 15권, 2009. 등 참조.

4 메사할라(Messahalla, 740~815)는 마샬 라 이븐 아타리(Masha'allah ibn
Atharī)의 라틴어 이름이다. 호라산 출신의 유대인으로 8세기 말에서 9세
기 초에 바그다드에서 활동한 점성가, 천문학자, 수학자이다. 압바스 칼
리프의 궁정 점성술사로서 그의 점성학은 아라비아에 광범위하게 퍼졌
고 라틴어로 번역되어 서구세계에도 널리 알려졌다.

5 일명 헤르메티즘(Hermeticism)이라고 한다. 헤르메스 트기스메기스투
스(Hermes Trismegistus)의 축자적 의미는 "세 번의 위대한 헤르메스
(thrice—great Hermes)"라는 뜻이다. 연금술, 점성술, 신성 마법(Theurgy,
백마술). 세 가지 위대한 지혜로 우주의 원리를 이해하고 그 의미를 파악
하는 것이 주된 교리다. 연금술로 죽음과 부활, 윤회를 공부하며, 점성술
로 신의 의지를 감지하고 인간의 운명을 예언한다. 최종적으로 신성 마

경전이죠. 헤르메스 트리스메기스투스. 이집트 제사장의 주술을 그럴듯하게 포장하고 악령들과 대화를 나누는 방법이 기재된, 저급할 뿐만 아니라 이단적이기까지 한 밀교 경전입니다. 이런 망령된 책도 버젓이 있는데 어찌 루크레티우스의 시가집을 배척하십니까?"

나는 논증의 방향을 틀어 이단 서적의 예를 들었다.

"비록 메사할라가 이교도이고, 그가 주석을 단 코르푸스 헤르메티쿰이 헤르메티즘의 문헌집이라 할지라도, 『15개의 별』은 연금술과 신성마법을 제외하고 천문학 분야만 추린 것이오. 별은 주 하나님이 창조한 세계의 일부라오. 별자리 운행을 체계적으로 설명함은 궁극엔 하나님의 나라를 찬양하는 것으로 귀결되기 때문에 저자가 이교도일망정 그 내용은 보관함이 마땅하다오."

세배우스의 논거는 흔들림이 없었다.

아, 또 할 말이 없어졌다. 논쟁으로 이들을 당해낼 재간이 없다. 나는 방향을 틀기로 했다.

법을 통해 신과 교통하고 합일한다. 알렉산더 후손들이 이집트에 세운 프톨레마이우스 왕조, 즉 헬레니즘 이집트(305-30 BC) 시대에 그리스 신 헤르메스와 이집트 신 토트를 결합해 하나의 신으로 묶어 예배를 드리기 시작하다가 점차 신앙으로 발전했다. 기독교가 득세하고 로마가 멸망하자 교세가 급격히 퇴색했다. 종교로서의 교단은 사라졌지만 피지배 계층에게는 민간 신앙으로 남아 영향력을 발휘했다. 중세 시대에는 신비의 학문으로 인식돼 일부 지식인들의 호기심을 자극하기도 했다.

"저의 죄를 인정하나이다. 처분은 귀 수도원의 규율에 따르겠습니다."

죄를 인정하고 고분고분하게 나오자 세베우스 관장이 조금 누그러졌다.

"형제여, 인간은 본래부터 나약하고 죄에 기반합니다. 그러기에 주님의 말씀 안에서 부지런히 죄를 걷어내고 마음을 정화시켜야 하는 게 우리 인간의 숙명입니다. 자, 이제 그럼, 형제의 보조서기는 어디에 있지요?"

"그자가 저의 책을 훔쳐 달아났습니다."

세베우스 관장의 얼굴이 다시 굳어졌다.

"형제여, 좀 전 고백의 용기는 어디로 사라졌습니까? 다시 한 번 묻겠습니다. 형제의 보조서기와 훔친 서책은 지금 어디 있습니까?"

"세베우스 수도사님, 저의 모든 것을 걸고 자백하나이다. 그자가 저에게 고서의 값어치를 듣고는 그 대가를 탐해 환자로 위장한 다음 책을 편취해 도망갔나이다. 저도 그가 폐병 환자로 연기한 것인 줄은 꿈에도 몰랐습니다."

"아…….."

세베우스 관장은 이마에 손을 짚고 생각에 잠겼다. 나의 교란 전술에 그가 그렸던 머릿속 그림이 틀어진 모양이다. 그가 생각하기에 교황청 비서와 서기가 공범으로 둘이 공모해 책을 편취하고는 서기를 먼저 도주시킨 것으로 생각했는데 내가 이를 완강히 부인하니 그의 추리가 벽에 부딪힌 것이다. 공모 관계라면 나를 추궁해 책의 향방을 알아낼 수 있겠지만 서기의 단독 범행이라면 이미 도망친 그자를 추적하기가 쉽지 않을 것이다.

이쯤에서 나는 비장의 무기를 꺼내기로 했다. 그런 점에서 마르코의 혜안에 탄복하지 않을 수 없었다.

"이 사건과 별개로 수도사님께 고백을 청합니다. 저의 죄를 사하고 영혼을 정화시키고자 합니다."

나는 무릎을 꿇고 세베우스 관장에게 고해성사를 요청했다.

"아니외다, 형제여. 고해는 마음의 죄를 씻는 것이지 현실의 죄를 면케 하는 것이 아닙니다. 형제는 고해성사로 나의 입을 막으려 하지 마시오."

그는 노련하게 나의 청을 물리쳤다.

"세베우스 수도사여, 저는 장서관 침입의 죄를 고하고 사함을 받으려는 것이 아닙니다. 그런 얄팍함 때문이라면 수도사께서는 당장이라도 규율담당 수도사를 호출하셔도 상관없습니다. 저는 보아선 안 될 것을 보고 들어선 안 될 것을 들었습니다. 진즉에 고해를 통해 번민을 가라앉히지 못한 죄를 씻고자 함입니다. 우매한 죄인이 시기를 놓쳐 죄가 눈덩이처럼 불어나는 것이 두렵사옵니다. 다시 한번 청합니다. 수도사님께서 저의 고해를 받아주시겠습니까?"

"사제에게 주어진 침묵의 의무로 형제의 죄를 봉하고 싶진 않습니다. 형제께서는 별개라고 했지만 그것이 책을 도둑맞은 일과 무관하다고 어찌 장담하겠습니까. 나는 이제 형제님을 믿을 수가 없습니다. 그러니 청을 거두시오."

역시 녹록치 않았다. 하지만 나의 복안은 다른 데 있었다. 내가 쳐놓은 그물에 그가 조금씩 다가오고 있다. 그의 죄를 파헤쳐 나의 허물을 덮고자 하는 것이 나의 계획이다.

"고해성사를 받아주시지 않는다면 지금부터 수도사님과 저 사이의 사적인 대화로 여겨주시기를 바랍니다. 어떤 말은 고해성사로 봉인되어야 함에도 불구하고 역병처럼 떠돌아 사람들의 영혼을 감염시키는가 하면, 어떤 말은 널리 퍼져 그 의로움을 알려야 함에도 불구하고 고해로 봉인되어 스러지기도 합니다. 저 같은 경우 어디에 해당하는지 모르겠으나 수도사님께서 봉인을 거부하셨으니 제 말의 고삐를 저도 놓칠 수가 있음을 양해 바랍니다. 또한 제가 간밤에 본 것은 저의 눈이 잘못한 게 아니라 그자들의 행실에 책임이 있음을 알려드립니다. 부디 저로 인해 비롯되었다고 원망을 하시지 말기 바랍니다."

"형제의 말투가 심히 모호하오. 만사에 주님이 깃들면 무엇이 두려우리오. 어서 빨리 말하시오."

나의 애매한 말투가 거슬리는지 세베우스 관장은 덥석 미끼를 물었다. 이어서 나는 간밤에 지하 통로에서 본 일련의 광경을 가감 없이 말했다. 양피지 묶음은 웬 것이며, 중년 여인과 젊은 처자는 누구인가, 젊은 수도사는 왜 여인들을 따라갔는가. 여인이 건넨 플랑드르 길더는 웬 돈인가.

내가 말을 하면 할수록 세베우스 수도사의 얼굴은 일그러져 갔다.

"……저의 행동이 떳떳하지 못함은 저 스스로 잘 알고 있습니다. 그렇다고 제가 본 것이 헛것이 아님 또한 확실합니다. 불의를 고발하는 것이 의를 밝히는 것이고, 그 의를 밝힘에 있어서 자격을 요하진 않을 것입니다. 하나님의 권능으로 세상의 소금이 되어야 할 수도원에서 제가 보고 들은 것이 차마 진실이라고 세상에 선뜻 외치지 못한 채 수도사님께 먼저 고하는 저의 심정을 헤아려 주소서."

빙 둘러 말했지만, 말인즉슨 나의 죄와 당신의 허물을 같이 묻어두자는 것이다.

"……대단하외다. 교황청 사람들은 술수의 권능이 대단하다더니 빈말이 아니었구료."

"……"

"형제가 원하는 것은 무엇이오?"

"블로흐 수도사의 실수를 용서해주십시오. 그는 아무 죄가 없사옵니다. 다음으로…….”

“다음은?”

세베우스 수도사가 되물었다.

“저의 죄 또한 용서해주시옵소서. 하나님의 품에서는 진리
도 증거하고 거짓됨도 증거합니다. 수도자들이 보기에 거짓되
고 삿된 지식이라 할지라도, 그 지식을 세상에 내놓음으로써
증거의 권능을 시험하는 것 또한 신께서 주관하시는 일이라고
생각합니다.”

“좋소, 이 또한 주님이 예비하심이라.”

세베우스 수도사는 긴 한숨을 내쉬며 체념하듯 말했다.

“…….”

나는 달리 할 말이 없어 입을 다물었다.

침묵 속에서 세베우스 수도사는 뭔가를 말하려다 억지로 삼
키는 듯 입술을 잘근 씹었다.

“초라하지만 이것도 변명이라고 늘어놓겠으니 형제께서는
들어주기를 바라오.”

나는 고개를 끄덕여 동의를 표했다. 이어 경청할 자세가 되
었다는 의미로 맞은편 의자에 앉았다. 잠깐의 정적이 흐른 후
마침내 그가 입을 열었다

“작금의 수도원 재정은 이루 말할 수 없이 힘든 상황이오.
그런데도 불구하고 수도원장은 현실은 도외시한 채 과거의 영

화에 취해 운영이 방만하다오. 반세기 전 창궐한 페스트 때문에 인구가 줄어들어 수도원의 소작을 담당할 농노는 부족하고 평민들은 일자리를 찾아 도시로 빠져나가고 있소. 마인츠와 작센의 주교들은 수도원 재정에 도움을 주기는커녕 요양과 피정 명분으로 귀족과 그 가족을 수시로 이곳으로 보내 오히려 재정을 축내고 있소이다.

과거 수도원이 담당했던 학문과 지식의 생산도 대학으로 옮겨가 버렸소. 예전에는 위대한 학자가 수도원에서 나왔지만 백 년 전부터는 모두 대학에서 배출되고 있소. 그뿐이 아니오. 그리스어와 아라비아 서적의 번역도 대학이 담당하고 있소이다. 예전에는 귀족의 자제들을 수도원에서 교육시켰지만 요즘은 대학으로 보내고 있단 말이오. 황제와 영주들은 수도원의 엄격한 규율이 고루하다고 여기고 우리의 순일한 믿음을 편벽한 사고라고 치부하고 있소. 이 와중에 수도원장은 대교구의 주교와 추기경들과의 교제에만 신경 쓰고 있다오. 수도원의 재정이 정치적 입김에 따라 좌우되던 시절이 지났으나 수도원장은 여전히 대교구와의 관계가 문제를 해결해 주리라 믿고 있소이다. 황제나 영주들과의 관계도 점차 소원해지고 있다오. 속권과 교권의 분리를 주장하는 그들이니만큼 당연한 귀결이기도 하겠지요."

쯧, 쯧.

중간 중간 혀를 차며 동조하자 그의 넋두리는 길게 이어져 갔다.

"우리 풀다수도원이 설립된 지 어언 칠백 년. 초기에만 해도 성인 보니파시오의 사명을 이어받아 근면을 최고의 덕으로 삼았소이다. '게으름은 영혼의 적'이라는 베네딕토회의 기풍을 오롯이 지켜가고 있었지요. 9세기 풀다수도원의 전성기 시절엔 수도사가 600명에 이르렀고 이들이 게르만 각 지역에 파견 나갈 정도였소. 이런 규모의 수도원이라면 으레 정치적 사건에 휘말리고 시대의 환난에 휩쓸리게 마련이오. 황제와 교황의 틈바구니에서 권력의 눈치를 봐야 했고 무엇보다 수도원장 자체가 권력의 풍향에 따라 바뀌기 일쑤였소. 이처럼 수도원은 권력과 정치에 가까워지고 영주와 귀족의 기부에 점점 더 많이 의존하게 되면서 성례와 의식에 집중하기 시작했소이다. 노동의 가치를 잊어버리고 성성聖性은 퇴색해버린 것이지요. 성무의 번례가 노동을 제약하는 바람에 수도사들은 찬양과 경배에 더욱 몰두했습니다. 그렇게 오백 년을 지냈고 그동안 수도원은 시나브로 병이 깊어갔습니다."

나는 장서관장의 진지한 말에 고개를 끄덕이며 동의를 표했다. 신앙뿐만 아니라 지식과 부가 넘치던 수도원의 위상이 예전같지 못한 건 사실이다. 그래도 이들은 여전히 가진 게 너무 많다.

"현재 우리 수도원에는 82명의 사제가 있고, 73명의 일꾼과 하루 4,50여 명의 외부 인력이 드나들고 있소. 보직을 맡은 수도사가 이들을 다 먹여 살려야 하지요. 딸린 식구에 비해 수입은 부족하고. 베네딕토 수도회는 프란체스코회나 도미니코회와 달리 자급자족을 원칙으로 하고 있소이다. 즉 무소유보다는 노동을 통해 삶을 정결하게 하고자 하는 거지요. 하지만 안타깝게도 현실은 그렇지 못하오. 형제에게 자세히 털어놓을 순 없으나 풀다수도원은 겉으론 번지르르하지만 알고 보면 속 빈 강정이올시다.

이런 상황에서 재정을 담당하는 총무일과 수도사가 내게 도움을 청하였소. 나는 궁리 끝에 이단과 사탄의 말이 기록된 양피지를 세척해 수도원의 살림에 도움을 주고자 했소. 수도사 신분을 감안하면 나의 죄가 형제의 죄보다 더욱 무겁지만 이 또한 수도원을 위한 길이라 생각하면 참회 목록에 올리는 걸 좀 미루어도 되지 싶구료."

나는 세베우스 수도사의 장황한 언사를 참을성 있게 들어주었다. 사실 그 사정을 모르는 바도 아니다. 비단 풀다수도원뿐이랴, 모든 수도원에 공통적으로 닥친 문제이기도 하다.

"허면, 여자는 어떻게 된 사연입니까?"

세베우스 수도사는 내가 여자까지 물고 늘어지자 얼굴에 난처한 표정이 역력했다.

"여자는 나와 상관없는 일이외다. 형제도 굳이 알 필요가 없는 일이구요."

"알 필요가 없다고요? 제가 의혹을 간직한 채로 이 방을 나서는 게 장서관장님에게는 물론 수도원에도 그리 좋은 일은 아닐 것입니다. 저의 죄를 씻고자 지하에서 벌어지고 있는 일을 일부러 드러낼 생각은 없지만 갑작스런 회오悔悟가 일어나 저도 모르게 주님의 품 안에 모든 걸 내려놓고 정죄를 청할까 두렵습니다. 저는 심지가 굳지 못하고 의지도 박약한 사람입니다."

은근한 협박에 세베우스 수도사는 나를 노려보았다.

"에두르지 말고 말하시오."

"제가 사제 신분이 아니니 고해를 받을 수 없습니다만 관장님께서 저에게 진실을 토해내면 육신과 영혼이 가벼워지지 않겠습니까. 저 또한 진실을 앎으로써 수도원의 입장을 이해할 수 있을 겁니다."

"휴우……."

세베우스 수도사는 긴 한숨을 내쉬며 자세를 고쳐 앉았다.

짐작이 가는 바가 없진 않으나 굳이 여자의 존재를 캐물은 이유는 세베우스를 옭아맬 또 하나의 패를 손에 쥐고 싶었기 때문이다. 나의 안전을 더욱 확보해줄 이중 장치로써 말이다

"좋소, 얘기하겠소. 먼저 이 문제는 나와 상관없다는 걸 다

시 한번 분명히 해두고 시작하겠소이다."

나는 그의 말을 들을 준비가 된 것처럼 의자를 조금 앞으로 당겨 앉았다.

"세크레투스도 아시다시피 수도원은 신을 향한 헌신과 수행의 공간이오. 세속의 논리와 잣대가 통하지 않는 수도원 나름의 진리와 기준이 있소이다. 수도원에서는 세속과 관련된 일을 하는 직책의 수도사들이 있지요. 성소聖所를 제외한 수도원의 시설만 해도 9명의 요리사가 있는 식당을 비롯해 식재료 저장소, 대장간, 마구간, 외양간, 돼지우리, 약재재배소, 벽돌가마, 재봉실, 양초공방, 염색장, 채석장 등등을 운영하고 관리해야 하오. 그밖에 수도원의 생산물과 소모품을 세속의 상인들과 거래하고, 근 백 명에 이르는 일꾼들과 하루에 수십 명씩 드나드는 외부 일용직들을 상대하고, 수도원 경작지를 붙여먹는 소작인들을 부리는 수도사가 있어야 하는 거지요. 이들은 수도복만 입었지 비승비속非僧非俗 상태인 사람들이오. 하지만 이들의 지원이 있기에 다른 수도사들이 영혼의 등불을 켤 수 있고, 이들의 노고가 있기에 다른 수도사들이 학문을 연구하고 지식을 생산할 수 있소이다. 수도원도 세속의 삶과 마찬가지로 의식주를 해결하는 생존 기제가 뒷받침돼야 합니다. 수도원의 고고한 정신은 이러한 생존 기제 위에서만 존재할 수 있으니까요. 그 기제를 유지하는 수도사들을 혹자는 겉은 수도복을 걸치고 속은 비속함에 물들어 있다고 욕하지만 내가 보기엔 이들이 오히려 희생자로 보입니다."

세베우스 관장은 말을 마치고는 눈길을 허공으로 돌렸다. 무언가 할 말이 있지만 해야 할지 말지 망설이는 것 같았다. 짧은 순간이지만 공기가 얼어붙었다. 이윽고 허공에 머물던 그의 눈길이 서서히 내려와 나의 눈길과 마주쳤다.

"수도원은 신의 아들이 아닌 사람의 아들들이 모여 있는 곳이오. 수도사들도 가끔, 아주 가끔 정념과 욕정의 충동에 시달리고 있소이다. 끔찍한 일이죠. 연단의 시련으로 여기고 주님을 부르짖으며 떨쳐내야겠지만 그렇지 못하고 유혹에 넘어갈 때도 있다는 걸 수도원의 역사가 보여주고 있습니다. 천년의 전통 속에서 어떤 소질은 아름다운 꽃으로 피어나지만 어떤 속성은 곰팡이가 되어 수도원의 기둥을 갉아먹기도 하오. 지나치게 촘촘한 그물은 물고기의 씨를 말리고 너무 맑은 물엔 고기가 살 수 없소이다. 맑은 물, 흐린 물 모두 받아들여야만 큰 강이 될 수 있는 것이지요.

수도원의 엄격한 규율은 남색이라는 곰팡이가 피어나는 조건이 되기도 하오. 가장 성스러워야 할 곳에서 가장 더러운 곰팡이가 피어나는 이유가 뭘까요. 그건 악마도 이 세상에 존재하도록 허락하신 전능하신 그분의 뜻이 아니겠소. 그분의 뜻이 그러할진대 이 또한 어쩔 수 없다고 보아야지요. 하여 우리는 우리가 할 수 있는 권능 안에서 예방하고 다스리는 수밖에 없는 것입니다. 극단적인 금욕은 하나님의 섭리를 뒤틀고 왜곡시키오. 차라리 교회의 법을 거스르는 것이 하나님의 섭리를 거스르는 것보단 낫지 않겠소?"

"세상의 거울이라는 수도원에서 어찌 이런 일이……. 거룩한 그분께 서원한 수도사로선 남색으로 정결치 못하거나 세속의 여인과 음행의 죄를 짓거나, 이나저나 다 같은 죄인이 아닙니까?"

나는 자칫하면 물어뜯을 것처럼 따지며 물었다.

"죄라고 다 같은 죄가 아니지요. 죄에도 등급이 있소. 요셉이 형제들을 속인 것과, 베드로가 그리스도를 부인한 것과, 유다가 그리스도를 로마 병사에게 넘긴 것이 같다고 할 수 있을는지요. 나는 하나님의 섭리 안에서 저지른 죄가 섭리를 벗어난 죄보다 낫다고 보는 것이오."

이쯤에서 물러서기로 했다. 장서관장이 제 입으로 더 많은 치부를 실토할 것 같지도 않고 또 그럴 필요도 없었다. 덤으로 패 한 장을 더 얻은 것만으로도 목적을 달성하기엔 충분하니까.

"그럼, 이만……."

나는 세베우스 관장에서 고개를 숙이고 돌아섰다.

우리가 율법은 신령한 줄 알거니와 나는 육신에 속하여 죄

아래에 팔렸도다. 내가 행하는 것을 내가 알지 못하노니 곧 내가 원하는 것은 행하지 아니하고 도리어 미워하는 것을 행함이라.

문을 향해 가는 등 뒤에서 나지막이 중얼거리는 소리가 들렸다. 로마서 7장 14절이다. 나는 모른 척하고 장서관장실 문을 닫았다.

18

다음날 조과 성무가 끝나고 방으로 돌아와 테르툴리아누스의 『헤르모게네스를 비판함』을 펼쳤다. 고요한 필사의 세계에 침잠하고 싶지만 마음속은 거친 풍랑에서 빠져나오지 못했다. 손가락에 힘이 들어가고 필압이 고르지 못해 글씨가 뒤죽박죽이다. 단아한 나의 글씨체가 처음 필사를 배우는 아이처럼 개발새발이 되었다. 잘못 쓴 글자를 지운 치즈가루가 양피지 위에 구더기처럼 뒹굴고 있다.

마르코는 무사히 가고 있는가. 그가 책의 가치를 알아보고는 니콜리 경에게 가지 않고 300플로린 이상을 지불할 다른 구매자를 찾으려 잠적하는 건 아닌지. 인문주의자 외에는 위험을 무릅쓰고 그 책에 거액을 투자할 리 없겠지만 세상은 모를 일이다. 나 자신만 해도 불과 일 년 전엔 로마 교황청의 고위 관료였는데 지금은 초라한 방랑자에 불과하지 않은가.

장서관장 세베우스와의 논쟁은 그것으로 마무리된 건가. 그쯤에서 넘어간 건지 아니면 그가 계속 물고늘어질지 알 수 없다. 그와의 대화가 어정쩡하게 끝났기 때문이다. 결론이 나지 않은 상태에서 그의 방을 나선 것이 내내 신경줄을 당기고 있다.

상념 속에서 허우적대고 있을 때 똑똑똑 노크 소리가 들리더니 낯선 목소리가 들렸다.

"형제님, 계십니까?"

문을 열어주고 보니 수도원장실에 본 수련사다.

"원장님께서 잠시 뵙자고 하십니다."

가슴이 쿵 하고 내려앉았다. 깃털 펜 수십 개가 심장에 꽂히는 느낌이다. 나는 수도복을 입고 수련사를 따라갔다.

원장실에 들어가자 메를라우 수도원장은 책상에 앉아 있고 맞은편에 세베우스 장서관장이 서 있다. 어제 세베우스가 책상에 앉아 있고 맞은편에 블로흐가 서 있던 구도와 똑같았다. 차이가 있다면 블로흐는 안절부절못했고 세베우스는 침착함을 넘어 무표정한 얼굴이다.

"장서관장으로부터 얘길 들었소."

수도원장은 단도직입으로 용건을 꺼냈다.

"죄송합니다. 저의 죄를 달게 받겠나이다."

구차스럽게 변명하지 않기로 했다. 나는 수도원장이 장서관의 서책 따위에 집착할 사람이 아니라고 보았다. 첫날 이야기를 나누면서 수도원장의 권력욕과 명예욕을 읽었다. 그런 유의 인간을 알아보는 데 이골이 난 사람이 바로 나 아닌가.

"형제가 죗값을 치른다고 사태가 해결되는 건 아니잖소."

수도원장은 느긋한 말투로 또박또박 말했다.

"……"

나는 마땅히 대꾸할 말이 없어 입을 다물었다.

"이 사건으로 인해 본 수도원의 명예는 큰 상처를 입을 것이오. 이교 중에서도 가장 혐오스러운 이단의 혀를 우리 수도원이 간직하고 있었다는 것만 해도 크나큰 불명예인데, 사탄의 언어가 기록돼 있는 서책이 본 수도원의 봉인을 뚫고 세상으로 나갔다면 우린 그야말로 씻을 수 없는 죄악을 짊어지는 것이오."

수도원장은 말을 마치고 나를 뚫어지게 바라보았다.

나는 수도원장이 절도의 죄를 추궁하지 않고 수도원의 명예를 먼저 거론한 것에 주목했다. '원장에게는 에피쿠로스 사상의 위험성보다는 수도원의 권위에 손상이 가지 않는 게 더 중요하구나.' 권력의 촉수에 민감한 나의 직감은 그렇게 속삭였다.

"수도원의 명예에 흠이 되지 않는 방법을 강구하겠나이다."

"방법이 있소이까?"

"저의 보조서기를 최대한 빨리 잡아와 대령하겠습니다."

"그런다고 땅에 떨어진 명예가 다시 회복되겠소이까. 게다가 형제가 되돌아온다는 보장이 있는 것도 아니잖소."

수도원장은 녹록지 않았다. 사실 나도 딱히 방법이 있는 건 아니었다. 수도원장 앞에서 얼른 나오는 대로 답했을 뿐이다. 그의 말대로 이곳을 빠져나가면 내가 되돌아온다는 보장은 없다. 나부터도 그럴 생각이 조금도 없으니까.

"지금부터 내 말을 잘 들으시오. 나는 형제에게 절도죄를 묻고자 하는 것이 아니오. 달리 생각하면 형제가 우리 수도원에 재산상의 손해를 끼친 건 없소이다. 새 양피지와 더불어 최상급 종이까지 주었으니 교환이라면 오히려 우리가 이득이오. 그러나 이는 도덕과 양심의 무게를 저울에 달지 않는 세속의 교환 논리일 뿐이오. 우리에겐 개인의 양심뿐만 아니라 사제의 권위와 수도원의 명예를 지켜야 하는 사명감이 있소이다. 그 무게까지 함께 달아야 하오. 피치 못할 사정으로 이들 사이의 가치가 충돌할 경우엔 우선순위를 매겨야 하오. 즉 수도원의 명예가 가장 중요하고 다음으로 사제의 권위, 끝으로 개인의 양심 순으로 저울에 올려져야 하오."

"지당하신 말씀입니다. 세속의 논리로 거래를 제안한 저의 어리석음을 용서하소서."

나는 머리를 조아리며 공손하게 대꾸했다.

"우리 수도원의 명예를 지키기 위해 내가 한 가지 제안을 하겠소."

드디어 수도원장의 최후통첩이 임박했구나. 나는 이단심판관의 최종선고를 기다리는 순교자가 된 기분이었다. 갑자기 입술이 타고 목이 말랐다.

"우리는 형제에게 육체적 징벌과 같은 가혹한 대가를 치르게 하거나 무조건 책을 되찾아오라는 식으로 윽박지르진 않겠소. 대신에 우리 수도원의 명예에 흠집이 나지 않기 위한 현실적인 방안을 제시하겠소이다. 형제와 형제의 서기가 공모해 훔쳐간 책의 봉인을 명하는 바이오. 그 책이 우리 품을 떠난 것을 용인하되 세상엔 드러나지 않도록 하시오."

수도원장은 말을 마치고는 나를 지긋이 바라보았다.

세상에 나오지 못하도록 하라. 수도원 장서관에 봉인되어 있으나 세상의 다른 곳에서 내가 유폐시키거나, 결국 세상의 빛을 쏘이지 못하는 건 마찬가지 아닌가. 사람들 사이에서 전파되지 않도록 하란 의도는 알겠지만 그렇다면 애초부터 내가 그 책을 빼낼 이유가 없는 것 아닌가.

나는 뭐라고 답하며 이 곤경을 벗어나야 할지 난감했다.

"형제여, 나의 요구에 다소 모순이 있다는 건 알고 있소. 형제가 책을 갖고 나왔을 땐 세상에 퍼뜨리기 위함이오. 그런데 책을 가지고는 있되 세상에 내놓지 말라는 건 굶주린 사람 앞에 성찬을 차려놓고 먹지 말라고 하는 것이나 마찬가지일 것이오. 이 또한 비현실적이라면 비현실적이오. 따라서 보다 현실적인 제안을 덧붙이겠소. 향후 사십 년 동안 그 책을 봉인하겠다는 서약을 하시오."

"사, 사십 년은 너무 깁니다. 저의 수명이 다할 즈음까지 감춰야 한다는 건 저로선 무척 힘든 조건입니다."

나도 모르게 반발하는 말이 튀어나왔다. 역제안을 하기엔 염치없는 짓인 줄 알지만 사십 년 동안 봉인해야 한다면 남은 생애 동안엔 그 책을 보관만하고 있어야 한다. 그러기엔 너무 억울하다. 그렇다고 내 맘대로 하겠다고 우길 수도 없는 입장 아닌가.

"사십 년은 이스라엘 족속이 광야에서 지냈던 기간이오. 장서관장에 의하면, 그대가 그 책 또한 하나님의 섭리 안에 있는 것이라고 주장했다던데 만약 그 책에, 비록 악의 권능이긴 하지만 일말의 권능이 있다면 사십 년의 봉인을 능히 견뎌내지 않겠소?"

"그 비유는 적당치 않습니다. 그 책은 애급에서 탈출한 이스라엘 족속도 아니고 바빌로니아에 끌려간 히브리인도 아닙니다. 그 책엔 어떤 권능이 있는 것도 아니고 사탄의 흉계가 스며 있는 건 더욱 아닙니다. 그저 하나의 시가집에 불과합니다. 노래하고 즐기는 인간의 속성을 라틴어 운율로 기술한 것에 불과합니다."

나는 여기서 물러서면 더 이상 빠져나갈 구멍이 없다는 걸 알기에 어떡하든 탈출구를 마련해야 했다. 그때 엊그제 읽었던 책의 구절이 문득 떠올랐다.

"영혼의 인도자이신 사제시여! 삶이 무거운 종교에 눌려 모두의 눈앞에서 땅에 비천하게 누워 있을 때, 종교는 하늘에서부터 머리를 보이며 소름 끼치는 모습으로 인간들 위에 서 있나이다.[1] 우리 죄 많은 범부들은 종교의 무서움과 무거움에 가위눌려 한순간에 멋모르고 튀어나가기도 합니다. 그것을 일탈이라고 합니다. 일탈을 나무라긴 쉽지만 제자리로 돌아오게 하는 건 어렵습니다. 하지만 어렵고 품이 들기에 더욱 고귀한 것입니다. 저는 어리석음의 죄를 뉘우치고 고귀함의 은혜를 입고 싶나이다."

말을 하는 가운데 나도 모르게 눈물이 주르르 흘러내렸다. 그 와중에도 나는 서책이 스스로를 보호하기 위해 내 입술을 빌려 말을 토해내도록 하는구나, 하는 생각이 들었다.

"고매하고 덕이 높으신 수도원장님, 죄로 얼룩진 저의 미련한 행동을 용서해달라고 간청하진 않겠습니다. 그러나 어리석은 범인의 간절함만은 부디 외면하지 말아 주십시오. 귀 수도

---

1 루크레티우스, 앞의 책, 1권 62~65행을 변용.

원의 명예에 하등의 손상이 가게 하지 않겠다는 조건으로 기간을 십 년으로 감해주시면 안 되겠사옵니까?"

십 년이면 사건이 잊혀지고 수도원장은 물론이고 장서관장도 현재의 자리에 있지 않을 것이다. 그때가 되어 그 책이 세상에 돌아다닌들.

수도원장은 아득한 눈길로 허공을 바라보고 있다.

"원장님, 이 자를 어떻게 믿겠습니까?"

세베우스가 갑자기 나섰다.

"장서관장의 의견은 어떠시오?"

수도원장이 세베우스를 향해 고갤 돌렸다.

"애초 말씀하신 대로 사십 년 동안 봉인해야 합니다. 사탄의 언어가 기록돼 있는 그 서책을 되찾아오라고 하지 않는 것만도 우리가 한 발 물러선 것인데 유폐 기간까지 감해줄 필욘 없습니다. 사탄의 말은 늦춰질수록 좋습니다."

수도원장은 가벼운 한숨과 함께 손가락으로 관자놀이를 짚었다. 그의 미간에 주름이 잡혔다. 장서관장의 의견에 자칫하면 원장의 마음이 돌아설 수도 있다. 틈을 보이면 안 되겠다 싶었다.

"사십 년이라는 세월의 무게가 저를 게으르게 만들어 자칫 부주의해질까 염려되옵니다. 한편으론 제가 로마로 돌아가기 전에 저를 따라온 자가 서책을 이미 다른 사람에게 넘겼을 수도 있습니다. 그자는 제가 전적으로 신뢰할 수 없는 작자입니다. 그렇게 되지 않도록 서책의 소재를 파악해 전파를 막을 수 있는 사람은 저밖에 없습니다. 왜냐면 그 책의 가치를 높이 평가하고 필사할 만한 사람은 흔치 않기 때문입니다. 만약 누군가가 필사했다면 필사자를 설득하여 봉인할 수 있는 현실적 제안이 필요합니다. 너무 길면 반발할 것이고 너무 짧으면 효과가 없을 것이니. 수용 가능한 적절한 기간을 정해야 합니다. 저는 그 기간이 십 년이라고 생각합니다."

나는 마르코가 그 책을 다른 사람에게 넘겨 전파시킬 가능성도 있음을 상기시켰다. 사법권이 미치지 않는 이탈리아에서 무조건 책을 되찾아오라고 윽박지르는 게 비현실적이라는 사실을 수도원장도 알고 있다. 사십 년이란 기간은 외려 반발심을 일으켜 봉인의 의지를 꺾을 수도 있다는 사실을 은근히 내비친 것이다.

수도원장은 말없이 입술을 지그시 깨물며 허공을 노려보더니 이윽고 청천벽력과 같은 말을 했다.

"이 문제에 대해선 좀더 고려해봐야겠소."

"네?"

나는 벌어진 입을 다물 길이 없었다. 일이 풀리는가 싶었는데 갑자기 왜 마음이 바뀌었을까, 수도원장의 변덕이 가늠되지 않았다.

"형제는 당분간 본 수도원의 규율에 따라 구금을 명하는 바이오."

이어 벽에 있는 줄을 당겼다. 딸랑, 종소리가 울리자 수련사가 방문을 열고 들어왔다.

"브란트 수도사를 불러주게나."

수련사가 목례를 하고 급히 나갔다. 기율담당 수도사를 호출한 것 같았다.

메를라우 수도원장은 입을 꽉 다물며 창밖으로 시선을 돌렸고, 세베우스 장서관장은 알 듯 모를 듯한 표정을 지으며 나를 노려보았다. 잠시 후 호두알을 꽉 깨문 것같이 입매가 도드라진 보통 체격의 중년 수도사와 건장한 체격의 젊은 수도사가 원장실로 들어왔다.

"이 형제를 모셔가게."

수도원장이 짧게 지시했다. 중년의 브란트 수도사가 자신을 따라오라고 눈으로 말했다. 그를 따르자 젊은 수도사가 내 뒤에 서서 따라왔다.

19

브란트 수도사는 원장실을 나와 공터를 가로질러 북쪽으로
갔다. 공터 끝에 허름한 창고 같은 건물이 다닥다닥 붙어 있는
게 보였다. 풍경이 뚝 끊기고 하늘만 보이는 것으로 보아 그너
머는 절벽 같았다. 가까이 가서 보니 외양간이 있고 그 끝에 용
도를 알 수 없는 객실이 하나 있다. 브란트 수도사가 안으로 들
어갔다. 실내는 컴컴했다. 갑자기 어두워진 시야 때문에 사위
를 분간하지 못하고 있는데 브란트 수도사가 벽에서 뭔가를
꺼내더니 갑자기 밝아졌다. 횃대에 불을 붙인 것이다. 그제야
실내 구조가 보였다. 놀랍게도 방이 아니라 지하로 들어가는
입구였다. 한가운데 지하로 내려가는 계단이 보였다.

브란트 수도사는 거리낌 없이 계단을 내려갔다. 서너 걸음
을 간 후 오른쪽으로 돌자 놀랍게도 사흘 전 장서관장과 총무
일과 수도사와 젊은 수도사 그리고 두 명의 여인이 희희낙락

하던 공터가 나타났다. 아치형 양개문을 보고 단번에 알아차렸다. 브란트 수도사가 공터의 오른쪽으로 가자 벽면에 방이 하나 보였다. 허리 높이에 빗장이 걸쳐있고 가슴과 발목쯤에 높이 한 뼘, 너비가 두 뼘 정도인 미닫이 창이 아래위로 있다. 브란트가 문을 잡아당기자 경첩에서 끄으윽 비명 소리가 났다. 문은 손바닥 두께로 육중했다. 브란트 수도사가 손으로 안을 가리켰다. 나는 군말 없이 안으로 들어갔다. 실내는 바닥만 목재로 깔았고 벽과 천장은 석회를 발라 놓았다. 지하실 특유의 습기와 석회 냄새가 훅 끼쳤다. 코안에 석회수를 들이붓는 것 같았다. 구석에 나무 침대가 놓여 있고 그 위에 담요 몇 장이 있다.

"식사는 아랫창으로 넣어줄 것이오. 퇴식구로 사용하시오."

브란트 수도사가 딱딱하게 말했다.

"언제까지 있는 겁니까?"

내가 따지듯 물었다.

"원장님의 지시가 있을 때까지요. 나에겐 아무것도 묻지 마시오."

찬물을 끼얹는 것처럼 싸늘하게 내뱉으며 방문을 닫았다. 이어 빗장을 지르는 소리가 쿠궁하고 들렸다. 나는 다급하게 윗창을 열었다. 시야가 한 뼘 크기로 작아졌다. 횃대를 든 브란트와 젊은 수도사가 가버리자 칠흑 같은 어둠이 사지를 조여왔다.

시간이 얼마나 흘렀는지 모른다. 어둠을 이불 삼아 잠만 내내 잤다. 덜컥하는 소리와 함께 급식창으로 식사가 들어오면 급히 해치우고 그릇을 내놓은 기억은 있는데 횟수로는 몇 번인지 잘 모르겠다. 서너 번인지 대여섯 번인지 아님 그 이상였는지.

요한네스 23세가 화형대에 매달렸다. 병사가 장작 밑단에 불을 붙이자 나는 군중 속에서 뛰쳐나갔다. 웃옷을 벗어서 불을 끄려고 했다. 화염은 나의 행동을 조롱하듯 점점 더 살아 올랐다. 화형대 매달린 요한네스 23세는 빙긋이 미소지으며 말했다. "세크레투스, 나는 안 죽어. 그러니 헛수고 말게." 대체 화형에서 살아남는 인간이 어디 있단 말인가. 당신은 신이 아냐! 인간이라고. 어서 내려와! 고함을 지르자 병사들이 나를 포박해 군중 속으로 내던졌다. 나는 악을 썼다. 교황, 당신은 신이 아냐! 악을 쓰는 나를 향해 병사들이 몽둥이로 내리쳤다. 어느새 화형대에 매달린 사람이 요한네스 23세가 아닌 히에로니무스로 바뀌어있다. 오, 성인이시여. 내려오소서. 당신에겐 죄가 없나이다. 나는 히에로니무스를 향해 애원했다. 성인은 화염 속에서 온몸을 뒤틀며 말했다. '나의 죄는 오직 주님만이 심판할 수 있을 뿐이라네.' 성인이시여! 절규하는 나를 향해 병사들의 구타가 다시 시작되었다.

쿵쿵쿵, 몽둥이찜질이 어느 순간 박자로 되어 나를 의식의 강으로 실어날랐다.

퍼뜩 정신을 차리고 보니 문이 열려 있다. 그리고 입구에 누군가 촛불을 들고 서 있다. 나는 이마의 식은땀을 훔치며 침대에 걸터앉았다. 눈에 초점이 잡히자 후드를 뒤집어 쓴 검은 그림자가 누군지 알 것 같았다. 큰 키에 구부정한 어깨, 흔들거리는 긴 팔. 들판에 홀로 선 겨울나무 같은 모습. 그림자가 손가락으로 문을 가볍게 두드렸다. 저 소리가 꿈속에선 몽둥이 타작이었구나. 나는 벌떡 일어났다. 그림자는 열어놓은 문을 손으로 가리켰다. 나가도 좋다는 뜻인가?

나는 제자리에 서서 움직이지 않았다. 가만히 보니 그림자의 왼손에 보자기에 싼 짐이 들려 있다. 그림자가 보따리를 나에게 내밀었다. 내 짐인 모양이다. 나는 받을 생각도 않고 말했다.

"블로흐 수도사님!"

그림자가 흠칫하더니 후드를 벗었다. 블로흐의 얼굴이 나타났다. 수더분했던 인상이 찌든 얼굴로 변했다. 며칠 사이 마음고생이 심했구나. 블로흐는 말없이 손으로 입구를 가리켰다. 빨리 나가라는 뜻이다. 하지만 나는 움직이지 않았다.

"내가 여기서 도망치면 수도사님은 더욱 곤경에 처하게 됩니다."

내가 나직이 말했다.

"형제여, 제 걱정은 마시고 형제의 갈 길을 가십시오. 예수 님께서는 가이사의 것과 하나님의 것을 구분하셨습니다. 형제 는 형제의 길로 가시오. 나는 나의 길로 갈 것입니다."

블로흐의 목소리가 약간 떨려 나왔다.

엄격한 수도원 기율에 의해 근신에 처해진 필사수도사는 다 시는 장서관에서 직무를 맡지 못할 것이다. 잘해야 수도원 잡 무 일을 맡거나 최악의 경우 수도원을 떠나야 할지 모른다. 나 때문에 곤경에 처한 블로흐 수도사를 바라보는 것만으로도 괴 로웠다.

"……."

"형제님, 나의 길은 어긋났소이다. 제자리로 돌려놓을 순 없 습니다. 형제의 길을 열어줌으로써 나는 나름의 참회 행위를 하는 것이오. …나에겐 속죄의 길이 따로 있다오."

블로흐는 안정을 찾은 듯 예전의 목소리로 돌아왔다.

"그렇지 않소이다. 블로흐 수도사. 근신 중에 이런 일을 벌 이면 더욱 돌이킬 수 없게 됩니다. 수도원장과 장서관장은 저 를 함부로 처분하진 못할 겁니다. 저는 교황청은 물론이고 추 기경들에게도 끈이 닿아 있습니다. 제가 오래 갇혀 있으면 연 락이 오게 돼 있습니다. 저의 보조서기에게 만일의 사태에 대비해 지시해놓은 게 있습니다. 한 달 동안 연락이 없으면 니콜리 경을 통해 로마와 피렌체 추기경에게 저의 안전 여부를 확인토록 조치해 놓았습니다."

나는 마르코에게 그런 조처를 취한 적이 없다. 다만 블로흐 수도사의 일탈 행동을 동조하거나 편승하고 싶지 않아 그렇게 둘러댔다.

"그건 형제의 단견입니다. 수도사들은 세속의 잣대와 기준이 다릅니다. 형제를 교회법에 따라 이단법정에 넘길 수도 있습니다."

이단이란 말이 들리자 나도 모르게 오싹해졌다. 이단법정, 이단심판, 이단선고. 이들은 이단이라는 딱지를 붙이고 나면 단호하고 과격해진다.

침묵이 흘렀다. 침묵 속에서 블로흐와 나는 서로를 바라보았다. 마침내 내가 입을 뗐다.

"대체 왜 이러시는 겁니까. 제가 말한 인문주의 때문입니까? 수도사님께선 인문주의 사상에 동의하십니까?"

내가 도발적으로 물었다.

"아니오. 동의냐 아니냐의 차원을 떠나 형제님의 말처럼 모든 사상은 제 나름의 생명이 있다고 봅니다. 공교롭게도 형제를 만나기 얼마 전 나는 유대철학자 마이모니데스[1]의 『혼란에 빠진 자들을 위한 길잡이(*Dalālatul hā'irīin*)』에 주석을 다는 작업을 하고 있었습니다."

"마이모니데스라면 유대 철학자 말씀인가요?"

"그렇소. 성 토마스 아퀴나스께서 『대이교대전』(Summa contra gentiles)에서 랍비 모세 마이모니데스라고 실명을 거론하며 비판했던 학자 맞습니다."

"그가 왜요?"

"성인 토마스는 이성을 철저하게 신앙의 도구로 삼았지만,

---

1 마이모니데스(1138-1204)는 아랍제국이 세계를 다스리던 시기에 스페인의 코르도바에서 태어났다. 무와히드(Almohad)왕조가 유대교와 기독교를 탄압하자 28세(1166년) 때 카이로로 이주하였다. 술탄의 의사이며 유명한 율법학자이기도 했고 동시에 당시 이집트 유대공동체의 지도자였지만 무엇보다 중세 최고의 유대철학자로 이름을 날렸다. 그가 저술한 『혼란에 빠진 자들을 위한 길잡이』(The Guide to the Perplexed)는 유대철학사에서 가장 중요한 책으로 평가받고 있다.
마이모니데스가 활동할 무렵은 그리스철학이 이슬람 세계에 이입되어 한창 꽃피우고 있을 때였다. 신플라톤주의의 영향도 있었지만 그의 철학적 뿌리는 아리스토텔레스주의라 할 수 있다. 마이모니데스의 영향력은 유대철학을 넘어서 기독교 스콜라주의에도 큰 영향을 미쳤다. 알베르투스 마그누스, 토마스 아퀴나스, 마이스터 에크하르트, 둔스 스코투스 등이 마이모니데스의 철학을 언급하거나 그에 대한 견해를 밝혔다.
마이모니데스의 히브리어 이름은 랍비 모세 벤 마이몬 (Rabbi Moses Ben Maimon)인데 히브리어로 머리글자만 따서 람밤(RAMBAM)이라 부른다. 마이모니데스(Maimonides)는 람밤의 라틴어식 이름이다. (최중화, 「중세 유대교로 보는 마이모니데스의 삶과 철학」, 『서강저널』, 철학논집 제59집, 2019)

마이모니데스는 아퀴나스와 달리 아리스토텔레스와 성서 사이에서 갈피를 잡지 못하는 유대인을 위해 신앙과 이성의 조화를 꾀했습니다. 아퀴나스는 신과 피조물 사이를 유비(類比, analogical)의 관계로 설정한 반면 마이모니데스는 어떠한 유사성도 없다고 했죠. 아퀴나스는 신과 피조물을 일방적인 관계로 여겼고 마이모니데스는 쌍방향적인 관계로 이해한 것입니다. 신과 피조물 사이가 일방통행이라면 신앙의 길만 있으면 되지만 쌍방통행이라면 이성의 길도 필요한 것 아니겠습니까?"

"마치 인문주의자들이 이성을 강조하는 것과 같군요."

내가 맞장구를 치자 블로흐 수도사가 어깨를 한번 으쓱했다.

"마이모니데스는 인간의 모습을 한 하나님을 글자 그대로 해석해서는 안 된다며 성서의 비합리적인 부분들은 이성을 초월한 경외감으로 받아들여야 한다고 했습니다. 나는 이 히브리 율법학자의 책에 주해를 달면서 종교적 경외감은 이성을 초월하지만 이성의 복무에 의해야 한다는 그의 논리 속에서 외려 이성의 가능성을 엿보았습니다. 종교적 경외도 말하자면 로고스에 의해 구축되어질 때 비로소 완성된다는 것입니다. 마이모니데스는 예언자의 직관이 로고스를 통해 얻은 지식보다 한 차원 높은 곳에 있다고 했지만, 그 직관은 로고스의 과정과 검증을 통과하지 않으면 무기력하고 심지어 폐기되어야 한다고까지 했습니다."

"그래도 그는 랍비이니만큼 이성을 최고의 가치나 목표로 삼진 않았겠지요?"

"그렇습니다. 하지만 서방의 스콜라주의자처럼 신앙만을 내세우진 않았습니다. 그는 신앙과 이성 사이의 조화와 균형, 양자의 어우러짐을 강조했습니다. 나는 『혼란에 빠진 자들을 위한 길잡이』를 탐구하면서 이성은 신앙의 하위 개념이 아니라 불가분의 관계가 아닌가 하는 의문이 들었습니다. 혹자는 내 생각을 회의가 아닌 논증으로 돌파하면 되지 않겠냐고 반문하겠지만, 도미니코회만큼은 아니지만 우리 베네딕토회 역시 성인 아퀴나스의 교리는 함부로 논박할 수 없는 성역이 되었으니까요."

"그렇긴 하지요."

"그러던 차에 형제는 나에게 인문주의를 설파했습니다. 짧은 변설이었지만 울림은 컸습니다. 인간을 탐구하는 것 역시 신에게 닿는 길이 아닐까 하는 생각을 하게 된 것입니다. 왜냐하면 신은 자신의 형상을 모사한 특별한 피조물에게 이성이란 특수한 능력을 부여했기 때문이오. 형제의 말에 의해 수도원, 그것도 장서관에만 갇혀 있던 나의 성채에 커다란 구멍이 뚫리고 말았습니다. 여리고 성을 무너뜨리는 여호수아의 나팔소리 같았다고나 할까요."

말을 마친 블로흐 수도사는 식도에 걸려 있는 이물질을 내뱉은 것처럼 긴 숨을 내쉬었다.

"그래도 어찌 수도사로서 원장의 순명을 어기는 행위까지 하시려는 겁니까?"

나는 애원조로 말했다.

"꼭 그런 건 아니라오……."

블로흐 수도사는 잠시 머뭇거리다가 입을 열었다.

"어제 원장님께서 근신 중인 내 방에 직접 오셨습니다. 성례 집전 중이라 다른 수도사들은 모두 본당에 있었죠. 즉 아무도 모르게 살짝 오신 것입니다. 원장님은 나에게 형제가 지하에 구금돼 있다는 한마디만 던지시고 가버리셨습니다. 내가 뭐라 물어볼 새도 없이 말이오. 나는 곰곰이 생각해보았습니다. 그러다가 원장님께선 자신의 선에서 어떤 조치를 할 수 없으니 나보고 해결하라고 한 건 아닐까. 내가 당신을 몰래 풀어주길 원하신 건 아닐까. 하는 결론에 다다랐습니다."

"그럴 리가?"

나는 설마 그럴까 했다. 원장이 나를 쉽게 어쩌지 못하리라는 것쯤은 알고 있다. 수도사가 아닌 나를 수도원 규율로 징벌하기엔 한계가 있다. 비록 지금은 끈 떨어진 신세지만 그들이 보기에 나는 로마 교황청의 고위 관료 아닌가. 따라서 그들이 나에게 내릴 수 있는 최대한의 징벌은 기껏해야 길지 않은 구금 후에 추방 정도일 것이라고 보았다.

그들에게 가장 무난한 일은 도망간 보조서기에게서 책을 회수하는 것이지만, 그것이 현실적으로 난망하다면 루크레티우스의 저서가 풀다수도원에서 빠져나와 세상에 전해졌다는 사실 자체를 무화시키고 아무 일도 없었던 것처럼 시치밀 떼는 것이다. 아무리 그렇다 하더라도 나를 기껏 감금해 놓고 이런 식으로 놓아주는 건 또 뭔가. 왠지 개운치 않았다.

"나의 행동은 꼭 형제만을 위한 일은 아니요. 우리 수도원을 위해 내가 죄를 짊어지는 것이오. 그것만이 내가 속죄하는 길이라오."

순간 뇌리에 섬광이 스쳤다. 아! 수도원장은 블로흐의 이런 행동을 일부러 유도했구나. 블로흐 수도사에게 모든 짐을 지게 하려고. 내가 사라지고 나면 누군가 희생양이 돼 체벌을 받고 사건은 그렇게 마무리될 것이다. 그러면 이 정도의 술수쯤은 주머니 속의 묵주를 돌리듯 자연스러우리라.

"날이 밝아오고 있습니다. 어서 빨리 가시오."

블로흐 수도사가 다급하게 말한 후 앞장 서서 공터를 가로질렀다.

블로흐 수도사가 아치문을 열자 가풀막진 길이 나타났다. 길은 서남쪽으로 굽어져 있고 길 너머 오른쪽은 가파른 절벽이다. 멀리 산등성이에서 여명이 비치었다. 아침 해는 조급하다. 빨리 가야 한다. 하지만 발걸음이 떼어지지 않았다.

"형제여, 어서 가시오. 나는 지금 오른손이 하는 일을 왼손이 모르게 하는 것이오."

블로흐 수도사가 손짓으로 재촉했다.

"…그럼."

나는 말을 잇지 못하고 급경사 길을 조심조심 내려갔다.

서남쪽으로 휘돌아 내려가자 경사가 완만해지고 숲이 나타났다. 숲으로 들어가기 전에 고개 들어 지나온 길을 바라보았다. 아치문은 닫혔다. 블로흐 수도사가 안으로 들어갔나 보다, 라고 생각하는 순간 북쪽으로 이어진 담장에 검은 그림자가 보였다. 담장 아래는 삼사 층 높이의 절벽이고 바닥은 너덜겅이다. 순간 가슴이 쿵! 무너져내렸다. 서늘한 바람이 가슴에 쏴아 몰아쳤다.

그림자는 허공을 날더니 이내 추락했다.

안 돼!

나는 비명을 질렀다. 그리고 숲속으로 질주했다.

새벽 공기는 적의敵意를 품은 것처럼 싸늘했다. 나는 시퍼런 공기를 폐부 깊숙이 들이마시며 남쪽으로 달렸다.

20

이상으로 38년 전 내가 풀다수도원에서 지냈던 일주일 동안의 행적을 고백했다.

풀다수도원을 빠져 나온 후 나는 콘스탄츠로 부리나케 내뺐다. 근 두달 만에 하숙집에 돌아오니 세실리아는 없었다. 삼개월 치 월세를 선납했는데 세실리아는 삼 개월을 기다릴 생각이 조금도 없었던 모양이다.

블로흐 수도사가 건네준 보따리 속에는 『헤르모게네스를 비판함』이 들어 있었다. 짐을 급하게 싸느라 다른 서책과 섞여들어온 것인지 아니면 일부러 넣은 건지 알 수 없었다. ―후일 나는 인편으로 『헤르모게네스를 비판함』을 풀다수도원에 보냈다. ― 나는 한 달 동안 머물며 『헤르모게네스를 비판함』을 필사했다. 콘스탄츠의 시끌벅적한 뒷골목에서 나는 필사의 무아지경에 빠졌다. 그것은 수도원의 고요함 속에서 필사하는 것과 또 달랐다.

천이백 년 전 신학자 테르툴리아누스는 그리스 철학자들이 강조한 이성에 대해 불신을 넘어 적대감을 드러냈다. 그는 헤르모게네스를 향해 예루살렘은 아테네와 아무 상관이 없다면서, 신앙은 믿음의 영역이기 때문에 그리스 사상의 정교한 논리와 합리성은 신앙에 도움이 되지 않을 뿐만 아니라 오히려 방해가 된다고 일갈했다. "불합리하기 때문에 믿는다"는 그 유명한 명제가 바로 이 책에 있었다.

그로부터 천년 후 아퀴나스 이전 스콜라 철학의 최고봉으로 일컬어지고 있는 안셀무스는 신앙은 지성을 요구한다고 했다. 무조건 믿기보다 신앙을 논리적으로 구성하고 합리적으로 논증할 수 있어야 믿음이 더욱 확고해진다고 했다. 전능하신 하나님의 계시 내용은 이성적 해석이 뒷받침되어야 비로소 완성된다고 하며 "나는 알기 위해서 믿는다"라는 신학적 명제를 제시했다. '불합리하기 때문에 믿는다'에서 '알기 위해서 믿는다'까지, 이성이 신앙의 영역에 자리 잡는 데 천년의 세월이 흘러야 했다. 그리고 천년 동안의 동토 속에서도 이성의 씨앗은 꺼지지 않고 있었다.

지난 이백 년 동안 신앙과 이성의 조화를 꿈꾼 스콜라학자들에 의해 이성이 동토의 얼음을 뚫고 지상으로 나왔다. 나는 이성이 지상에서 틔우는 싹이 겨우 신앙뿐이라고는 생각하지 않는다. 인문주의가 되었든 혹은 다른 어떤 사상이 되었든 동토를 뚫고 맞이하는 세상이 다시 신앙의 세계라면 너무 초라하지 않은가. 지난 천년 동안 인간은 신앙이라는 빵만 지겹도록 먹어 왔다.

봄이 시작될 무렵 필사가 끝났다. 그즈음 로마 출신 오도 콜론나가 마르티누스 5세라는 이름으로 새로운 교황이 되었다. 나와 안면이 있는 그는 교황청 사무국에 와서 일해도 좋다고 했으나 나는 거절했다. 세크레투스를 지낸 내가 어찌 다시 스크립토르로 돌아간단 말인가.

공의회도 막바지에 이르렀다. 콘스탄츠 공의회는 4년 동안 지속돼 가장 오랫동안 열린 공의회라는 기록을 세웠다. 가톨릭 세계가 그만큼 해결해야 할 숙제가 많았다는 증거다. 공의회에서는 교령 '지극한 성스러움(Haec Sancta)'을 발표했다. 이 법령은, 성령으로 모인 사제들이 그리스도로부터 직접 권한을 받았으므로 콘스탄츠 공의회는 합법적인 보편공의회로 간주하고 교황을 포함한 모든 그리스도인은 공의회 결정에 복종해야 한다고 선언했다. 교회의 최고 결정권이 교황 개인이 아니라 공의회에서 선출된 대의체에 위임된 것이다. 이로써 콘스탄티누스 황제의 기증장 이후 천년 동안 면면히 이어오던 교황 수장제는 공의회 우위설에게 최고 권위를 양보하게 되었다.

잉글랜드 대표를 이끌고 공의회에 참석했던 윈체스터 주교 헨리 보퍼트가 회의 폐막을 며칠 남기지 않은 시점에 나에게 자리를 제안했다. 나는 반색하고 수락했다. 그곳은 문헌학 지식을 갖춘 인문주의자의 발길이 아직 미치지 못한 곳이기 때문이다. 엄청난 광맥이 숨겨져 있을지도 모른다는 기대를 하고 떠났으나 잉글랜드에서의 생활은 최악이었다. 주교단에서 나의 역할은 특별히 주어지지 않았고, 찾아볼 만한 고전문헌도 없었다. 섬나라 수도원들은 대부분 지은 지 400년이 넘지 않았다. 내가 찾는 문헌은 400년은커녕 천년 이상 된 것이다. 단순히 오래된 서책을 찾는 게 아니라 인문주의자가 원하는 지식이 천년 동안 생산되지 않은 것이다. 잉글랜드에서 돌아온 후 나는 4년을 야인으로 지냈고 그동안 책사냥에 열중했다.

퀸틸리아누스의 『변론술 교본*Institutio oratoria*』, 발레리우스 플라쿠스의 『아르고선의 대원들*Argonautica*』 3권과 제4권 일부, 키케로의 연설문에 대한 아스코니우스 페디아누스의 주석집, 마르쿠스 마닐리우스의 『천문학*Astronomica*』, 암미아누스 마르켈리누스의 『전적戰績*Res Gestae*』, 마르쿠스 가비우스 아피키우스의 요리책, 키케로의 연설문 『카에시나를 변호함*Pro Caecina*』, 키케로의 다른 연설문 7편, 율리우스 피르미쿠스 마테르누스의 『점성서占星書*Matheseos libri*』 등이 내가 발굴한 고문헌이다. 이 정도면 4년 세월이 헛되다고 할 수 없을 것이다.

마르코는 약속한 대로『사물의 본성에 관하여』를 니콜리 경에게 전했다. 니콜리 경에게는 내가 다시 보내달라고 요청할 때까지 잘 보관해 달라고 부탁했다. 마음 같아서는 당장 피렌체로 달려가 책을 내 곁에 두고 싶었지만 로마에 묶인 몸인지라 차일피일 미루다 보니 몇 년이 흘렀다. 마침내 책이 내 손에 들어온 건 7년 만이다.

그동안 여러 차례 니콜리 경에서 책을 돌려달라고 요청했지만 그는 이런저런 핑계로 응하지 않았다. 니콜리 경은 왜 나의 반환요청을 무시하고 보내주지 않았는지 도통 모를 일이었다. 그의 의도가 무엇인지 가늠할 수 없었지만 책이 내 손에 다시 들어온 것만으로도 나는 신께 감사했다.

메를라우 수도원장과 합의한 건 아니지만 나 스스로 언약한 십 년 봉인을 지키기로 했다.『사물의 본성에 관하여』를 3년 동안 내 책상에 넣어놓고 기다렸다. 약속한 연도가 되자 내 글씨체로 다시 필사했다.

필사를 하는 동안 테베레 강가를 걷는 것처럼 고요한 평화와 벅찬 충족감이 나를 감쌌다. 종종 강가 아지랑이 속에서 블로흐 수도사가 걸어 나오곤 했다. 그의 마지막이 추락이 아니라 승천으로 기억되는 건 웬 기억의 왜곡인지 모르겠다.

세상에서 모략과 술수가 가장 창의적으로 피어나는 교황청에서 세크레투스로 봉직한 지 어언 30년. 8명의 교황 이름이 내 삶의 양피지에 적혀 있다. 몇년 전부터 부쩍 교황청 생활에 염증을 느끼기 시작했다. 피곤과 권태가 나를 마구 볶아댔다. 권력의 한복판에서 암투와 모략의 불을 지피기에는 너무 늙었다는 생각이 들었다. 그러던 차에 피렌체에서 서기장직 제의가 왔다.

　피렌체 서기장 자리는 인문주의자들의 요람이다. 나의 스승 클루치오 살루타티에서 시작하여 두 번이나 서기장을 역임한 레오나르도 브루니, 그 뒤를 이은 카를로 마르수피니까지. 나의 직전 서기장 마르수피니는 임종 직전까지『일리아스』를 라틴어로 번역하고 있었다. 그런 자리에 내가 초빙되었다는 건 인문주의자로서 매우 큰 영광이다. 73세의 나이에 피렌체 서기장이 되어 4년이 흘렀다. 별 미련 없이 영예롭게 은퇴할 때가 되었다.

　서기장으로 있으면서도 저술 활동을 게을리하지 않아 세 권의 저서를 냈다.『인간 존재의 참혹함에 대하여』는 인생을 제법 오래 살아온 자로서 겪어온 세월에 대한 회한의 성격이 짙다. 지상에서 가장 높은 인간이라는 교황을 지근거리에서 보아온 나로서는 자신이 행복하다고 느끼는 사람은 아무도 없다는 결론에 도달했다. 다음으로 그리스 희극 루키아노스의『당나귀』를 라틴어로 번역했다. 그럼에도 불구하고 인생은 희극이 되어야 한다는 소망이 담겨 있는 작업이었다. 끝으로 『피렌체 역사』는 내가 가장 심혈을 기울인 책이다. 비록 브루니의 원작에 보론을 추가하는 형태지만 역사책을 쓴다는 것이 남다른 사명감을 불러일으켰다. 역사에는 인간의 모든 것이 담겨 있기 때문이다.

근자에 마인츠 사람 구텐베르크가 인쇄라는 방식으로 글자를 종이에 마구 찍어낸다고 한다. 글씨를 쓰는 것이 아니라 찍어낸다는 게 어떠한 방식을 일컫는지 명확하게 와 닿진 않지만 책이 한꺼번에 몇 백 권씩 만들어진다니 놀랍고 신기한 일이다.

이와 관련해 떠오르는 일화가 두 개 있다. 하나는 어느 베네딕토 수도사의 불만이다. 그는 거룩한 행위인 필사가 직공의 손놀림으로 대체되는 건 성스러운 행위를 속된 노역으로 전락시키는 것이라고 했다. 얼마 전 고서 수집 때문에 만난 그는 시중에 인쇄 기술로 만든 '42행 성서'가 나돈다면서 하나님의 말씀을 담은 성서는 성직자 외에 범접을 금해야 함에도 불구하고 어리석은 대중이 쉽게 접할 수 있도록 하는 건 성녀를 창녀로 타락시키는 신성모독이라고 열변을 토했다. 그러면서 자신의 필사본 대가로 100플로린을 아무렇지도 않게 불렀다.

나는 요즘 눈이 침침해 더 이상 필사를 못한다. 그래서 대필자를 구하곤 한다. 그리스어와 라틴어에 능통한 사람을 구하다 보니 자연스레 베네딕토회 수도사에게 연락할 수밖에 없었다.

다른 하나는 인쇄술인가 뭔가로 돈을 번 자들이 찾아와 내 필사본 책을 잔뜩 빌려 간 것이다. 일단의 인쇄업자들이 다녀간 며칠 후 다른 인쇄업자들이 또 찾아왔다. 이미 다른 업자들이 가져갔다는 이야기를 듣자 그들은 하다못해 쓰다만 편지라도 있으면 좋으니 빌려달라고 간청했다. 대체 무엇 때문에 내가 쓴 문서에 당신들이 관심을 가지냐니까, 그들은 내가 개발한 서체가 인쇄에 알맞으므로 이를 활자에 응용하기 위해서라고 한다. 어떤 면이 인쇄에 적합하냐고 묻자 그들이 답하기를, 내 글씨체가 불필요한 장식이 없고 글자의 선이 매끄러워 식자를 주조할 때 유리하다고 했다. 주조라면 쇳물을 틀에 붓는 것 아닌가? 라고 묻자, 그렇다고 답한다.

쇳물로 글자를 만들다니 나는 도무지 이해할 수 없었다. 그러나 내가 개발한 글씨체가 널리 쓰일 수 있다면 이 또한 인문주의 사명에 반하지 않는 것이기에 허락해주었다.

고백하자면 나만의 글씨체를 개발하게 된 데는 마르코의 영향이 컸다. 이는 아무도 모르는 사실인데 여기서 처음 밝힌다. 마르코와 콘스탄츠에서 만나 풀다수도원까지 가는 두 달 동안 나는 그의 서체를 유심히 살펴보았다. 그의 서체는 근본이 없고 계통도 가늠하기 어려웠지만 분명히 빠르고 효율적인 면이 있었다. 게르만 사람들이 즐겨 쓰던 카롤링거체에 뿌리가 있는 것 같지만 꼭 그렇다고 단정할 순 없었다. 마르코가 볼로냐와 밀라노에서 필경사 생활을 꽤 오래 했기 때문에 텍스투라체와 게르만 카롤링거체와 섞였다고 보아야 한다.

마르코와 헤어지고 나서 나는 그의 실용적인 글씨체를 염두에 두고 당시 내가 주로 쓰던 레테라 안티카체를 변형시켰다. 흘려쓰기에 중점을 두고 각을 없앤 것이다. 세로획을 가늘게 하여 필압을 낮추고 가로획의 직선을 고집하지 않아 마찰을 줄였다. 그리고 자간과 행간도 일부러 넓혔다. 양피지보다 싼 종이가 보급되자 공간의 여유가 생긴 것이다. 확실히 필사 속도가 빨라졌고 가독성이 좋아졌다. 나는 점차 안티카체를 버리고 나만의 글씨체를 만들어 갔다.

사실 나의 궁극적 관심사는 필사도 책도 아닌 인간 정신의 향연이다. 그것을 보존하고 맥을 잇는 것 또한 위대한 정신의 탄생 못지않게 중요하다고 생각한다. 그렇다 하더라도 나는 살면서 에피쿠로스와 루크레티우스의 철학을 날것으로 드러낼 만큼 어리석게 굴진 않았다. 세계는 하나님의 창조가 아닌 오직 원자와 진공으로만 탄생했고 심지어 우리의 육체와 영혼도 그러하다는 설을 어찌 내 입으로 말할 것이며, 영혼은 육체와 함께 사멸하니 사후에 받아야 할 심판도 없다는 생각을 어찌 조금이라도 내비치겠는가. 신은 우리의 행동에 아무런 관심도 없고 관여도 하지 않으니 인간에게 중요한 건 쾌락이라는 주장, 쾌락이 삶의 최고 목표이며 모든 체계화된 종교는 미신적인 망상이라는 이 놀라운 주장을 어찌 꿈속에서라도 내비치겠는가.

내 삶의 터전은 바티칸이었고, 그곳은 에피쿠로스라면 경기를 일으키는 자들이 모여 있는 곳이다. 나는 심지어 정적政敵 라우렌티우스 발렌시스[1]를 공격할 때 그의 저서에 인용된 에피쿠로스를 꼬투리 잡아 그를 에피쿠로스주의자라고 몰아붙이기까지 했다.

말이 나왔으니 말이지 내 일생에서 최대의 적이라 할 수 있는 발렌시스가 인문주의자라는 건 무슨 또 신의 심술이란 말인가. 그는 젊고 명민하고 기지가 뛰어났다. 게다가 외모까지 수려하니 저 높은 곳에 계신 분의 불공평함을 탓할 수밖에. 나중에 알게 됐지만, 로마에서 공부한 그가 교황청 상무국에서

---

1 라우렌시스 발렌시스Laurentius Vallensis는 라틴어식 이름이고 영어식으로 로렌초 발라(Lorenzo Valla)라고 한다. 대표작 『라틴어의 우아함에 대하여Elegantiae linguae Latinae』(1444)에서 라틴어의 문법과 문체론을 체계적으로 분석하였다. 그에 따르면 언어는 지혜의 원천이며, 인간의 문화는 언어에 의해 이루어지므로 인간을 진리의 세계로 이끄는 데 있어 수사학, 문법 등 언어학이 철학이나 논리학보다 더 중요하다고 했다. (진원숙, 'Lorenzo Valla 의 비판사학 소고', 대구사학 19, 1981. 참조)

일하기를 원했으나 여의치 않게 되자 파비아대학에 가서 교수 직을 얻었다고 한다.

그가 고구考究하는 분야는, 처음엔 문헌학과 수사학이었으나 차츰 언어 자체의 문제로 넘어갔다. 누구도 관심을 기울이지 않고 아무도 문제제기를 하지 않지만 발렌시스는 언어의 문법적 요소와 그 구조에 천착했다. 그래서인지 그의 글은 논리가 정연하고 문법적으로도 완벽하다. 그러니 그와 논쟁을 할 때는 여간 주의를 기울이지 않으면 안 된다.

그가 대학자 바르톨루스의 문체를 공격한 일이 있었다. 바르톨루스가 누군가. 그가 로마법을 시대에 맞게 새롭게 해석한 주해서 『콘실리아consilia』는 법학도들에게는 성서로 통하는 책이다. 그런 바르톨루스의 저서에 대해, 발렌시스는 바르톨루스가 라틴어를 조잡하게 사용함으로써 글의 품위를 떨어뜨리고 나아가 라틴어를 모독했다고 비판했다. 여기서 그는 루크레티우스의 『사물의 본성에 관하여』를 언급하여 이를 라틴어의 전범으로 삼아야 한다고 주장했다. 그의 공격이 얼마나 신랄했으면 파비아대학에서 쫓겨날 지경이 되고 말았겠는가.

스물일곱이라는 나이 차도 있을 뿐만 아니라 로마에 있는 내가 파비아 대학 교수를 알 수는 없었다. 상무국 관리와 대화 중 치기 어린 젊은 교수가 대학자를 공격하는 바람에 대학에서 쫓겨났다는 사연을 들었을 때만 해도 자리가 파하면 잊힐 가벼운 화젯거리에 불과했다. 그런데 관리로부터 그가 루크레티우스를 찬양했다는 말에 귀가 쫑긋해지고 말았다.

『사물의 본성에 관하여』를 필사해 지인들에게 넘겨준 지 십오 년이 지났다. 그동안 얼마나 필사되어 사람들 사이에 퍼졌는지 나는 모른다. 사람들의 관심과 사랑을 받았으면 내가 생각한 이상으로 널리 퍼졌을 것이고 그렇지 않다면 내 주위 불과 몇 사람에 그쳤을 것이다. 불온하다면 불온할 수 있는 이 서적에 대해 나는 적극적인 유포를 삼갔다―다시 한번 강조하지만 내 밥벌이는 교황청이다―. 나의 필사본을 본 사람은 니콜리 경, 그리고 나와 같이 살루타티 선생께 배운 레오나르도 브루니, 나의 동료 바르톨로메오―순전히 자랑하기 위해서 그에게도 보냈다―정도다. 니콜리 경이야 워낙 발도 넓고 인문주의자들의 대부라고 일컬어지니 그에게서 빌려 재필사한 사람이 있을 수도 있다.

나는 루크레티우스의 저서를 찬양했다는 점이 기특해 발렌시스의 저작을 찾아보았다. 깜짝 놀랄 만한 사실은 그가 파비아 대학에 부임한 지 얼마 되지 않았을 때 『쾌락에 관하여 De voluntate』를 썼다는 것이다. 이 책은 한마디로 에피쿠로스학파를 높이 평가하고 그들의 학문을 소개하는 내용이다. 제목부터 이를 드러내지 않는가. 나도 모르는 사이에 물밑에서 그리고 젊은 사람들 사이에선 에피쿠로스라는 조류가 흐르고 있었던 것이다.

파비아 대학에서 쫓겨난 발렌시스는 나폴리 왕국을 지배하던 아라곤 군주 알폰소에게 봉직했다. 그는 알폰소 왕가에서 일하면서 또 한 번 세간의 이목을 끄는 글을 발표했다. 바로 콘스탄티누스 황제가 교황에게 기독교 왕국을 증여했다는 '콘스탄티누스 기증장'이 조작된 문서라고 주장한 것이다.[2] 증서에 기록된 라틴어는 조리가 없고 어법에도 맞지 않다면서 황제의 교서가 이렇게 쓰일 리가 없다는 것이 주요 논거였다.

가톨릭 세계에서 교황이 세상의 으뜸이 되어야 하는 근거로 첫 번째는 초대 베드로로부터 이어져 온 그리스도의 대리인이라는 것이고, 두 번째가 콘스탄티누스 황제의 기증장이었다. 그런데 이 증서가 정체불명의 조악한 문서라고 발렌시스가 뒤집은 것이다. 그것도 조목조목 논리적으로 따져 가며.

이는 커다란 반향을 일으켰다. 그의 주장은 진위 여부를 떠나 교황의 권위를 깎아내리는 행위로 받아들여졌다. 발렌시스는 성직자들의 집중 공격을 받고 종교재판에 넘겨졌다. 그런

---

2 1443년 초겨울 라우렌티우스 발렌시스는 오랫동안 알고 지내던 로마의 추기경 루도비코 트레비산에게 편지를 보내, 3년 전 자신이 쓴 한 책에 대한 소회를 전하며 〈위작 콘스탄티누스 기증장에 대한 연설De falso credita et ementita Constantini donatione declamatio〉을 세상에 알렸다. (임병철, 〈임병철의 이탈리아 르네상스인들〉, 한겨레신문, 2021.12.11.)

데 재판에 넘겨진 죄목이 엉뚱했다. 이단 에피쿠로스를 찬양했다는 것이다. 그렇다면 콘스탄티누스 황제의 기증장이 가짜라는 걸 인정한다는 뜻인가. 교황청은 더 이상 그 문제에 말려들지 않으려 했다. 어차피 천 년이 지났는데 진위 여부를 속 시원히 밝힐 자는 아무도 없다.

누가 내 생각을 묻는다면, 나는 문헌학적으로나 어원적으로 볼 때 발렌시스의 견해에 동조한다. 기증장은 야만인들이 로마를 침탈해 제국이 무너지고 난 이후에 작성된 것이 아닐까. 쑥대밭이 된 로마를 재건하기 위해 뭔가가 필요한 입장에서 교황청이 작성한 것이 아닐까. 그렇게 생각하는 이유는 발렌시스도 주장했듯이 공화정 시대의 라틴어가 아니라 라틴 세계가 제각각의 공국으로 분열된 시대의 표현이 눈에 띄기 때문이다.

대표적으로 명사에서 엄격하게 남성, 여성, 중성을 고집했던 고대 라틴어가 기증장에는 두서없이 표현돼 있다. 이민족의 언어가 침투해서 그런 것이다. 내가 이런 걸 파악할 수 있었던 건 『사물의 본성에 관하여』를 필사하면서 익힌 라틴어 덕분이다. 발렌시스 역시 그럴 가능성이 높았다.

발렌시스는 알폰소 왕의 중재로 화형은 면했지만 더 이상 나폴리 궁정에 머물 수 없었다. 저간의 사정을 알고 있는 나는 마침 니콜라우스 5세가 새로운 교황으로 즉위하자 그를 교황청에 추천했다.

니콜라우스 5세가 교황이 된 것은 인문주의자들에겐 행운이었다. 왜냐하면 바젤 공의회와 피렌체 공의회에서 보여준 그의 평화주의적 행보와 베네치아, 피렌체, 나폴리 간 적대적 관계를 종식시킨 로디평화조약을 그가 제안하고 중재했기 때문이다.

무엇보다 그는 인문주의자들에 대해 매우 호의적이다. 그는 성직자임에도 불구하고 페트라르카, 보카치오, 살루타티 등을 흠모했고 레오나르도 브루니와 깊은 교제를 맺었다. 나는 그가 볼로냐 추기경으로 있을 때 그의 인품을 경모하여 『군주의 불행에 관하여』라는 저서를 그에게 헌정하기도 했었다. 이런 그가 교황이 되었으니 인문주의자들에게는 절로 환호가 나올 수밖에.

이에 화답하듯 교황은 바티칸 궁에 최초로 도서관을 만들었다. 도서관에 『사물의 본성에 관하여』를 소장해 놓으라고 직접 지시할 정도이니 그의 인문주의에 관한 관심은 기대 이상이었다. 사정이 이러하니 곤궁에 처한 인문주의자 발렌시스를 교황청으로 불러들이는 건 당연하지 않겠는가.

그러나 이것이 내 일생일대의 패착이 될 줄이야. 발렌시스의 날카로운 공격력과 빈틈없는 논리는 엄격한 학문적 성취의 산물이 아니라 그의 타고난 기질 탓임이 분명했다. 그 어떤 권위도 인정하지 않고 그 어떤 신념도 흔들어놓아야만 직성이 풀리는 그의 못된 기질 말이다. 자신의 기질을 뒷받침하기 위해 그는 쉴 새 없이 탐구하고 끊임없이 논리를 벼렸다. 나는 그의 고매한 학식과 풍부한 교양을 인정하기에 앞서 그의 싸움닭 기질부터 파악했어야 했다. 이 또한 나의 실수니 누굴 탓하랴. 인생의 황혼을 앞두고 나는 그와 피 튀기는 싸움을 벌여야 했다. 이 또한 저 높으신 분의 계획이런가.

발렌시스가 교황청 상무국에 일하기 시작한 후 니콜라우스 5세를 사이에 두고 그와 나 사이에 신경전이 벌어지기 시작했다. 나는 교황 성하가 그를 스크립토르 정도로 임명하길 바랐는데 덜컥 세크레투스로 지명하는 것 아닌가. 세상에, 스물다섯 살에 교황청에 발을 디뎌 사십 년 동안 일곱 명의 교황을 보좌한 내가 버젓이 있는데도 이제 갓 사십에 하다못해 추기경을 보필한 경험도 없는 자를 대뜸 제2비서로 임명하다니. 서운한 맘이 들지 않았다면 거짓말이다. 그러나 어디까지나 교황 성하의 결정이고 나도 머지않아 은퇴해야 할 나이니까 그리 심각하게 이의를 제기하진 않았지만 나름대로 조치는 취했다.

발렌시스로 하여금 상무국에서 일하는 것이 아니라 성직자들에게 수사학을 가르치도록 한 것이다. 그런데 이 작자가 서서히 진면목을 보이며 이빨을 드러내는 덴 나도 참을 수가 없었다. 중간에 외도한 것을 빼고도 자그마치 교황청 경력만 30

년인 내가 아닌가. 예순일곱의 나이에도 투지는 열일곱이었다.

발단은 물론 그자였다. 발렌시스는 성경을 인문주의 문헌학적으로 파악할 때 기존의 시각과 달리 봐야 한다는 논문을 발표했다. 그의 언어학에 대한 집착을 모르는 바는 아니나 그가 몸담은 곳은 다른 어떤 곳도 아닌 교황청이다. 성경의 언어는 그 자체로 완전하지만 부족한 인간이 잘못 이해하는 경우를 대비해 신의 대리인인 교황만이 독점적이고 최종적인 해석의 권리가 있다는 곳이다.

나는 점잖게 신학적 관점과 인문학적 주석은 구별해야 한다고 논평했다. 가볍게 주의를 줌으로써 알아서 처신하라는 메시지였다. 그런데 이 자가 나의 논평에 대해 격렬하게 반박하더니 이어 나의 저서에 대해 악의적인 비평을 해대는 것 아닌가. 한마디로 내가 정확하고 올바른 라틴어를 강조하지만, 실은 전통과 권위만을 추종하고 근거 없는 문법적 추론에 기대어 실제 사용되는 용례를 무시하고 있다는 것이다.

여기서 당시의 비평적 논점에 대해 일일이 짚고 넘어가는 건 무용한 일이지만 지금도 생생히 떠올라 아무리 잊으려 해도 잊히지 않는 언사가 있다. 발렌시스는 내가 그저 필사에만 소질이 있을 뿐이지 저작에는 재능이 없다고 한 것이다. 심지어 보나벤투라가 「아리스토텔레스 서문」에서 쓴, 책을 만드는 네 가지 방식을 인용하면서 나를 가장 낮은 등급의 스크립토르(scriptor)로 규정했다. 그뿐인가 자신은 편찬자(compilator)와 주해자(commentor)를 뛰어넘어 가장 높은 단계인 작가(auctor)[3]라고 하면서 나에게 스스로를 돌아보라는 건방지기 짝이 없는 충고까지 곁들였다.

정말 분통 터질 일이었다. 발렌시스가 어떤 의도로 싸움을 걸어왔는지 나는 지금까지도 알 수 없다. 내 자리를 넘보고 그런 싸움을 걸어올 정도의 수준 낮은 인간으로 폄하하고 싶지도 않다. 그러나 누군가 싸움을 걸어왔는데 의도가 선하면 회피하고 악한 의도에만 대응한다는 건 비겁한 일이다. 싸움은 싸움의 논리로 임해야 하고, 일단 싸우면 이기고 볼 일이다.

나는 발렌시스의 저서를 붙잡고 늘어졌다. 그의 『라틴어의 우아함에 대하여』를 비판했는데, 발렌시스는 아예 『포조 비판』이란 제목으로 응수했다. 할 수 없이 좀 더 강력한 패를 꺼내야 했다. 그의 약한 고리는 젊었을 적 치기로 적은 『쾌락에

---

3 성 보나벤투라(1221~1274)는 『명제집 주해』에 붙인 「아리스토텔레스 서문」에서 책을 만드는 네 가지 방식을 구분했다. "남의 것을 적되 아무것도 덧붙이지 않고 바꾸지도 않는 사람은 필경사(scriptor)라 하고, 남의 것을 적으면서 무언가를 덧붙이는 사람을 편찬자(compilator)라고 한다. 남의 것과 본인의 것을 함께 적되 남의 것을 핵심적으로 적고 본인의 것을 설명을 위해서만 덧붙이는 사람은 주해자(commentor)라 칭하고, 본인의 것과 남의 것을 함께 적되 본인 것을 핵심에 놓고 남의 것은 강조를 위해 덧붙이는 사람을 작가(auctor)라고 부른다.(오토 루드비히. 『쓰기의 역사』, 이기숙 옮김, 연세대학교출판부, 2013, 185쪽.)

관하여』였다. 에피쿠로스를 찬양하고 루크레티우스를 경배하는 그 내용을 물고늘어졌다. 교황청의 먹잇감으로는 그저 그만 아닌가. 게다가 나는 그 책을 발굴한 장본인이다. 원본의 내용을 나만큼 아는 사람도 드물 것이다.

나는 그의 저서를 그야말로 토씨 하나하나까지 토를 달며 반박했다. 논지의 핵심은 언어학적 오류 분석이니 문헌학적 적확성이니 그런 수준이 아니다. 그의 에피쿠로스학파 숭배는 무신론자의 징후이며 타락의 징표가 아니고 달리 무엇이겠는가? 이는 온갖 사악한 것들을 물리치고 그 잔해 위에 굳건히 성전을 세워 온전히 세상을 다스려야 할 교회에 대한 도전이라고 공격했다.

그는 대화체 형식의 글에서 에피쿠로스 사상을 대변하는 자의 논리를 피력했을 뿐이라고 대응했다. 그의 변명은 곧 수세를 의미했다. 나는 공세의 고삐를 늦추지 않았다. 책의 내용을 보면 기독교적인 교리의 허점을 파고드는 에피쿠로스주의자의 논리가 훨씬 정교하고 설득력 있게 전개되어 있다. 이는 저자의 의도가 엿보이는 것이라고 비판했다.

나의 공격이 예상외로 거세지자 발렌시스가 당황한 것 같았다. 일단 싸움의 방식이 달랐다. 그는 학문적인 범위 안에서 토론을 벌이려는 생각이었지만 나는 토론 이전에 그의 신앙과 윤리를 검증하겠다고 나온 것이었다. 교황청의 윤리란 게 별 것 있겠는가. 신의 말씀에 복종하고 신을 거룩히 여김 아닌가. 싸움이 길어질수록 발렌시스는 자신이 불리해짐을 알고 점차 수그러들었다. 이는 곧 나의 승리를 의미했다.

"다른 사람도 아니고, 다, 당신이 어떻게 에피쿠로스학파를 그런 식으로 말할 수 있는 거죠? 당신이 감히 루크레티우스를……, 당신이 어떻게 『사물의 본성에 관하여』를 이렇게 폄훼할 수 있는 거죠?"

벌겋게 얼굴이 달아오르며 내뱉은 마지막 말에서 나는 그가 뭔가를 알고 있구나 하는 걸 눈치 챘다. 그래도 그는 끝내 나의 비밀을 들추진 않았다. 확실한 증거가 없기 때문이었을까. 그보다는 나로 인해 『사물의 본성에 관하여』가 세상에 나올 수 있었던 것에 대한 최소한의 감사 표시가 아니었을까, 후일 내 나름대로 짐작해보았다.

이 사건을 계기로 나도 교황청 생활에 덧정 없어졌다. 그도 나도 상처를 입었다. 서로를 향해 야만인, 이단자, 표절자라고 하면서 입에 담기조차 민망한 욕설을 주고받았다. 정도의 차이일 뿐 30년 동안의 교황청 생활이 이와 크게 다를 바 있었을까. 그와 크게 싸운 지 1년도 안 돼 나는 로마를 떠나 피렌체로 갔다.

21

풀다수도원 이후 나의 삶은 이 불온하지만 매력적인 책과 적절히 거리를 유지하는 줄타기로 이어져왔다. 줄타기는 성공했다. 덕분에 『사물의 본성에 관하여』는 세상을 떠돌며 필사가들의 손끝에서 손끝으로 전해졌고, 인문주의자들의 입에서 입으로 전해졌다. 그런 가운데 마침내 생명력을 획득했다. 최근에 떠오르는 학자로 주목받고 있는 마르실리우스 피치누스는 자신이 가장 깊게 감명을 받은 책이 『사물의 본성에 관하여』라며 이에 관한 학술 논평까지 발표했다.

『사물의 본성에 관하여』는 나의 사생아다. 세상에서 사라지기 직전 나의 손으로 되살려 놓고도 내가 그 책의 산파라고 밝힐 수가 없었다. 바티칸 외곽에서 몰래 키우는 교황청 사제들의 자식들이나 마찬가지였다. 남몰래 바라보며 속으로만 응원할 수밖에 없는 애틋한 입장 말이다.

그럼에도 불구하고 사람들 사이에선 『사물의 본성에 관하여』가 나로 인해 세상에 모습을 드러냈고, 꺼져가던 에피쿠로스 사상이 되살아 난 것은 순전히 포조 때문이라는 소문이 나돌았다. 소문은 어느새 사실로 굳어져 나를 루크레티아니(루크레티우스파) 혹은 에피쿠로스주의자라고 공격하는 사람도 있었다. 물론 나는 부인했다. 포도주를 즐기는 것과 그것을 찬양하는 것은 별개인 것처럼 설령 에피쿠로스를 세상에 내놓았다해도 에피쿠로스주의자라는 건 아니라고 말이다.

　천년 동안 어둠 속에서 소멸해가는 사상을 끄집어내 시간의 먼지를 털어내고 세상의 햇볕을 쬐었다는 것, 그것만으로도 나의 역할은 충분하다고 생각한다. 그러니 거기에 더해 그 책의 이념을 위해 나에게 순교까지 요구하는 건 지나친 일이 아니겠는가. 그 책은 내 정신의 산물이 아니다. 나는 그저 좋은 말로 인문주의자, 나쁜 말로 책사냥꾼에 불과한 고전문헌 애호가일 뿐이다.

인간의 삶이 무거운 종교에 눌려

모두의 눈앞에서 땅에 비천하게 누워 있을 때,

그 종교는 하늘의 영역으로부터 머리를 보이며

소름끼치는 모습으로 인간들의 위에 서 있었는데,

처음으로 한 희랍인[1]이 필멸(必滅)의 눈을 감히 맞서 들었고,

처음으로 감히 맞서 대항하였도다.[2]

─루크레티우스

포조의 글이 바티칸 도서관에, 그것도 왜 비밀장서고에 있었는가. 얼핏 생각하면 그의 글이 그곳에 있을 이유가 없다. 비밀장서고는 교황청이 외부에 공개하고 싶지 않은, 외교적으로 예민하거나 교리적으로 논쟁을 일으킬 만한 주제 혹은 그 밖에 성가신 일이 발생할 여지가 있는 사안을 봉인해 놓은 곳이다. 그렇다고 비밀장서고에 있는 모든 문서가 사서의 세세하고 엄격한 판단을 거친 건 아니다. 초기에는 비교적 엄정한

1 에피쿠로스를 지칭함.

2 루크레티우스, 앞의 책 1권 62~67행

과정을 거쳐 보존이라는 문을 통과했겠지만, 세월이 흐르면서 사서의 편의 혹은 해태懈怠 때문인지 뭉텅이로 보관된 문서들이 꽤 많았다. 마치 창고지기가 몰려드는 짐더미를 나중에 세분할 요량으로 꾸러미째로 던져놓는 것처럼.

아무리 그렇다 하더라도 포조의 표현처럼 바티칸은 에피쿠로스라면 경기를 일으키는 곳인데 에피쿠로스주의의 바이블이라 할 수 있는 책을 필사했다고 고백하는 문서를 바티칸 서고에 보관할 이유는 없다. 어쩌면 『사물의 본성에 관하여』를 필사하고 유포한 포조의 행적이 발각되는 바람에 이를 추궁하기 위해 그 증거로 바티칸 교황청에서 압수한 것일 수도 있다. 그러나 포조가 피렌체 서기장을 지내며 말년까지 교황청과 좋은 관계를 유지했다는 사실에 비추어 볼 때 그다지 신빙성 있는 가설은 아니다.

따라서 다음과 같이 두 가지로 추론해보는 게 보다 합리적이다. 먼저 포조가 세상과 작별하고 난 38년 후인 1497년, 피렌체는 도미니코회 소속 신부 지롤라모 사보나롤라가 통치했다. 많은 추종자를 거느린 사보나롤라 신부는 당시 피렌체를 실질적으로 통치한 메디치가家를 참주정으로 몰아붙이며 공화정 수립을 주창했다. 그의 선동에 시민들이 호응하여 마침내 피에로 데 메디치를 권좌에서 끌어내고 사보나롤라가 권력을 장악했다.

그의 선동이 먹힌 이유는 타락의 도시 피렌체에 주님의 칼이 떨어져 외국 군대가 쳐들어오고, 로마와 피렌체의 권력자가 머지않아 사망의 골짜기로 떨어질 것이라고 한 예언이 그대로 맞아떨어졌기 때문이다. 실제로 권력자 로렌초 데 메디치와 교황 인노첸티우스 8세가 연이어 죽음을 맞이했고, 1494년 프랑스의 샤를 8세가 알프스를 넘어 피렌체를 침공했다. 샤를 8세에게 무조건 항복한 피렌체는 메디치가의 수장인 피에로를 추방하고 시의회에서 사보나롤라 신부를 통치자로 추대했다.

사보나롤라는 도미니코수도회의 모토인 정결과 금욕을 땅위에서 실현하고자 했다. 모든 법규는 신의 의사에 따르고 생활은 종교적 규율에 복속한다는 훈령을 발표했다. 사치와 허영은 발붙일 수 없다면서 이와 관련된 물품을 태워버리라고 명령했다. 서적과 예술품들이 신앙의 불꽃에 불살라졌다. 심지어 여인들의 빗까지도 허영의 도구로 몰려 광장의 불길 속에 던져졌다.

르네상스의 꽃을 피웠던 피렌체의 많은 예술작품이 이때 재가 되어 사라졌다. 이런 분위기 속에서 포조의 저술이 온전히 살아남기는 힘들었을 것이다. 메디치 가문이 실각하고 사보나롤라가 정권을 잡을 낌새가 보이자 시뇨리아의 관료들이 책과 문서들을 몰래 바티칸으로 보냈는데 그 와중에 포조의 문서도 함께 묻혀 갔을 공산이 크다.

다른 하나는 포조 가문의 누군가가 포조가 쓴 문서 전체를 교황청 서고로 보내지 않았을까 하는 추론이다. 로렌초 데 메디치의 후원으로 서기장을 지낸 포조이니 만큼 그의 흔적은 메디치 가문을 몰아낸 시민들의 분노와 그들의 광기 어린 폭력에 노출될 위험성이 컸다. 따라서 주요 문서와 귀중품을 미리 피신시키지 않았을까. 바티칸도서관측은 내용을 일일이 살피지 않고 문서를 꾸러미째 서고 어딘가에 던져놓았고, 세월이 흐르는 동안 문서들은 이리저리 흩어져 있다가 500년 후 지구 반대편에서 온 신학도의 눈에 띈 게 아닐까.

『사물의 본성에 관하여』가 르네상스의 발흥과 인문주의의 발아에 어떤 식으로 또 얼마만큼 이바지했는지는 정확히 알 길이 없다. 과문한 탓인지 몰라도 이에 대한 연구도 거의 없고 학자들의 주목을 받은 적도 없는 것으로 알고 있다. 하지만 몇 가지 사례를 들추어 그 가능성을 짐작해 볼 수는 있다.

포조가 천년의 잠을 깨워 세상에 내놓은 지 불과 20년 만에 『사물의 본성에 관하여』는 농익은 과육향이 바람결에 번지듯 지식인 사이에 퍼져나갔다. 물론 명목상이나마 세속의 지배권이 교황에게 있고 기독의 교의가 삶을 규율하는 서슬 퍼런 세상에서 대놓고 독서를 자랑하거나 품평할 수는 없었을 것이다. 그러나 이 책이 지식인 사이에서 알게 모르게 널리 퍼졌다는 증거는 허다하다.

1472년, 르네상스의 정신적 자양분을 제공했다는 마르실리우스 피치누스는 『사물의 본성에 관하여』에 크게 감명을 받아 학술적 논평을 냈고,[3] 동시대의 마키아벨리는 필사를 남겼다.[4] 책이 세상에 모습을 드러낸 지 백 년이 지날 무렵 피렌체에서는 학교에서 루크레티우스의 저서를 읽는 것을 금하고 이를 위반하면 10두카트의 벌금을 매긴다는 포고가 내려졌다.

세월이 좀 더 흐르자 이제 에피쿠로스주의가 낯설고 이단적인 사상으로 여겨지지 않게 되었다. 지식인들은 비판하기 위해 읽는다는 영악한 평계를 대며 독서를 즐기곤 말미에 지극히 형식적이고 의례적인 논평을 남기는 알리바이를 잊지 않았다. 오죽하면 '루크레티우스의 작품은 이 세상을 창조한 신의 말씀에 어긋나며 삼위일체의 진리를 의심케 하는 불온한 책이다'라는 최초의 논평에 '동의합니다'라는 영혼 없는 댓글이 주렁주렁 달린 필사본이 시중에 돌아다녔겠는가. 때마침 불어

---

3 사제 서품까지 받은 적이 있는 피치누스는 훗날 『사물의 본성에 관하여』를 칭송한 것은 철없던 시절의 치기였다면서, 루크레티우스의 저서를 신랄하게 비판한다. 덕분에 그의 정치적, 신학적 입지는 흔들리지 않았다.

4 마키아벨리 자신은 『사물의 본성에 관하여』를 필사했다는 기록을 남기지 않았지만—당시는 옴짝달싹할 수 없는 사보나롤라 통치 시기였다— 필적으로 미루어 보건대 후대 사람들은 그의 필사임이 확실하다고 본다.

닥친 인쇄술의 보급에 힘입어 『사물의 본성에 관하여』는 광범위하고 지속적으로 유포되었다.

에라스무스는 『에피쿠로스주의』라는 글에서 비유라는 명분으로 에피쿠로스와 루크레티우스의 사상을 노골적으로 전달했고, 에라스무스의 친구 토마스 모어도 그의 저서 『유토피아』에서 에피쿠로스주의의 냄새가 진하게 풍기는 쾌락의 정원을 이야기했다.

17세기 가톨릭교회의 첨병 예수회에서는, "태초에 신께서 모든 것을 만드셨나니, …원자는 아무것도 만들지 못하고 따라서 원자는 아무것도 아니어라"라는 내용, 즉 에피쿠로스학파의 세계관을 부정하는 기도문을 젊은 수도사들에게 매일 암송시켰다.

시대가 좀 더 지나서도 에피쿠로스주의의 기세는 수그러들지 않았다. 계몽주의 사상가 몽테뉴는 『수상록』에서 『사물의 본성에 관하여』의 내용을 100여 행이나 인용했다. 그가 명예와 권력과 부를 향해 지독한 냉소적인 견해를 피력한 것이야말로 에피쿠로스주의의 전형이라고 할 수 있다. 이후 근대 사상가들이 에피쿠로스주의에 많은 영향을 받았다. 유물론의 대명사라고 할 수 있는 칼 마르크스의 박사학위 논문이 『데모크리토스와 에피쿠로스』일 정도이니 더 말할 필요가 있겠는가.

교부철학의 창시자 아우구스티누스가 그때까지 계시종교

에 불과했던 헐벗은 기독교에 플라톤의 이데아론을 끌어들여 멋스러운 옷을 입히고, 스콜라 철학의 최고봉 토마스 아퀴나스가 아리스토텔레스의 논리학으로 재단해 신앙과 이성 간의 조화를 꾀한 것처럼, 초기 인문주의 사상도 스콜라 신학에서 실과 바늘과 가위를 빌려오지 않았을까 하는, 기대에 가까웠던 나의 가설은 입증할 만한 자료나 논증할 수 있는 근거를 찾지 못해 논문으로까지 정련되진 못했다. 하지만 그 과정에서 나는 포조라는 인물을 만났다. 포조가 수도원의 장서고에서 몰래 훔쳐낸 『사물의 본성에 관하여』가 인문주의의 흥성에 지대한 영향을 주었으리라는 내 생각에는 변함이 없다.

루크레티우스는 『사물의 본성에 관하여』에서 신의 의지와 인간의 행동 간에는 아무런 관련도 없고, 신은 인간에게 관심도 없다고 주장했다. 세상은 창조가 아니라 일탈의 우연에 의해 만들어졌고, 그 일탈이 자유의지의 원천이라고 노래한다. 이것이야말로 주체성을 자각하고 자유의지를 인정하는 인문주의의 출발점이 아니고 무엇이겠는가? 문예부흥의 새벽닭이 되어 목청을 높인 문필가들은 하나같이 『사물의 본성에 관하여』에서 영감을 얻었고, 아름다움과 쾌락과 자유의지를 예찬한 루크레티우스의 사상을 체현하고 인간이 추구해야 할 궁극적 목표로까지 밀고 나간 사람들이 바로 르네상스 인문주의자들이다.

나는 가톨릭 사제다. 평생 절대자를 숭모하며 말씀에 따르기를 서원하고 실천하고자 노력하는 사람이다. 그런 내가 에피쿠로스주의의 바이블이라 할 수 있는 『사물의 본성에 관하여』에 관한 이야기를 풀어놓았다. 과연 나는 나의 신을 배신한 것인가. 너그럽게 봐주더라도 최소한 독신瀆神의 혐의에서 자유롭지 못한 것 아닌가. 이런 의문점을 가지지 않을 수 없다.

내 생각을 털어놓자면, 나는 포조의 모험담을 종교의 테두리 안에 가두고 싶지 않다. 그의 인간적 매력에 끌려서가 아니라 그가 시간의 무덤에서 건져낸 책이 인류의 유산으로서 가치가 크다고 여기기 때문이다. 만약 내가 사보나롤라 같은 성서 근본주의자라면 포조의 글을 읽고 난 후 터무니없이 불온한 내용이라며 거들떠보지도 않았을 것이다.

그러나 나는 그러지 않았다. 왜 그런지 나 자신도 정확히 모른다. 아니 굳이 이유를 대라면 그럴듯한 이야기로 둘러댈 수 있을 것이다. 하지만 포조의 글이 평생 가슴에서 지워지지 않은 진짜 이유를 말해보라면 나 자신도 알지 못하겠다는 게 솔직한 심정이다. 그냥 포조의 모험이 누구나 재밌게 즐길 수 있는 인류의 이야기 유산으로 남기를 바란다는 정도로 해두자. 우리가 아라비안나이트를 페르시아 민족의 항설巷說로 가두거나 이교도의 터무니없는 우화로 배척하지 않는 것처럼.

초고를 테레사 수녀에게 건네주며 나는 "신앙의 잣대로 재단하지 말고 이야기로만 읽어주세요"라고 말했다.

"그럴게요. 신부님."

그녀는 숙제를 받아든 초등학생처럼 대답했다.

노트를 건네면서 문득 한 생각이 스쳐 갔다.

'이 모든 것 역시 그분의 섭리라는 것을.'

올리베타노 수녀원에 저녁 햇살이 드리워졌다. 나는 길게 늘어진 회랑의 빛 그림자를 따라 내려와 숙소로 돌아왔다.

금욕을 강요하는 종교와 비밀스런 책 사이에서

이승하(시인, 중앙대학교 문예창작과 교수)

소설가 황인규 님과의 인연에 대해 먼저 말해보고자 한다. 2019년 해양문학상 공모전 심사를 했는데 대상작인 「미지의 항해」는 허먼 멜빌의 『모디빅』을 연상케 할 정도로 스케일이 큰 작품이라고 평했던 것이 기억난다. 선장과 감독관의 갈등 속 선상 반란, 암초에 부딪히는 해양 사고, 엄청난 태풍 등을 겪으면서 선장과 선원들은 결국 힘을 합쳐 '브로워르 루트'라는 새로운 항로를 개척하는 내용으로 구성되어 있는데 중편의 분량이 너무 아쉬워 장편소설로 확대시키는 것이 좋겠다는 조언을 덧붙였다. 작가는 내가 한 말 덕분인지는 모르겠지만 작년 12월에 장편소설 『마지막 항해』를 출간하게 된다. 시상식 자리에 안 가서 황인규 작가와의 만남은 지금까지 이뤄지지 않고 있다.

올해 들어 월간 『한국소설』 발표작들의 월평을 맡아서 쓰게 되었는데 「포조」라는 기막힌 소설을 보고 "근년에 이렇게 뛰어난 소설을 읽은 적이 없다.", "황인규 작가의 다른 소설을 읽고 싶은 강력한 독서욕을 불러일으킨 소설 「포조」는 『한국 소설』이 올해 거둔 최고의 수확물이 될 거라고 예감한다."면 서 격찬을 아끼지 않았다. 그런데 부산에서 진한 경상도 사투 리를 쓰는 사람이 전화를 해왔으니 바로 자신이 2019년 해양 문학상 대상 수상 작가인 황인규이며 「포조」를 쓴 사람이라는 것이다. 「포조」를 장편으로 썼는데 봐줄 수 있겠느냐고 부탁 을 해왔다. 나는 흔쾌히 "네, 좋습니다"라고 말했고 이렇게 짧 은 발문을 쓰기에 이르렀다. 작품으로 맺어진 좋은 인연이고 놀라운 인연이 아닌가.

14세기 말과 15세기 초 무렵의 이탈리아를 배경으로 한 이 소설은 칼뱅과 루터의 종교개혁 이전, 면죄부를 팔아 치부하 는 가톨릭 교단의 부정부패를 적나라하게 그리고 있다. 하늘 을 찌르는 교황의 권위에 도전한 프라하 사람 히에로니무스와 보헤미아 사람 얀 후스에 대한 화형이 소설 전반부에서 아주 중요하게 다뤄진다. 마녀사냥식 화형이 종교의 이름으로 행해 지는 것 자체가 가톨릭 교단의 부패를 그대로 드러내는 것이 다. 사실 르네상스 시대 초기인 이때, 무소불위의 권력을 휘두 르던 가톨릭 교단에 대한 비판과 도전이 있었기 때문에 문예 부흥도 이뤄질 수 있었고 셰익스피어도 등장할 수 있었던 것 이다.

단테(1265~1321)의 시대에도 교황 지지파인 겔프 당과 황제 지지파인 기벨린 당이 피비린내 나는 싸움을 전개했는데 유럽에서 이 싸움은 몇백 년 동안 대를 물리면서 계속된다. 『신곡』이 단테의 신앙심의 결과가 아니라 자신의 영구 추방을 판결한 겔프 당에 대한 적개심과 복수심의 결과물이었음은 보카치오가 쓴 전기에 나오는 확실한 역사적 사실이다.

소설 『책사냥』에는 나오지 않는데, 유럽 역사에 있어 카노사의 굴욕(1077)은 로마 교황청의 그레고리우스 7세 교황과 신성로마제국(독일)의 하인리히 4세 왕이 팽팽하게 대립하던 시대의 대표적인 사건이다. 각 나라 왕에 대한 임명권이 있던 교황이 자기 말을 잘 듣지 않는 신성로마제국의 왕을 다시 선출하겠다고 하자 하인리히 4세는 교황이 머물고 있던 카노사라는 이탈리아 북부의 성에 개인 자격으로 부인을 대동하고 가서 눈발이 흩날리는 성문 앞에서 맨발로 무릎을 꿇은 채 파문 철회를 눈물로 호소한다. 교황은 하인리히 4세와의 전면전을 선언하기는 했지만 강력한 힘을 가진 왕이 어떻게 나올지 노심초사하고 있었다. 이럴 때 하인리히 4세의 애걸복걸은 교황에게 회심의 미소를 짓게 했고 교황은 3일 뒤에 파문 철회를 선언하였다. 하지만 하인리히 4세와 독일의 주교들은 똘똘 뭉쳐 몇 년 뒤에 그레고리우스 7세를 폐위하고 클레멘스 3세를 교황으로 새로 옹립함으로써 복수에 성공한다.

성 바르톨로메오 축일의 학살(1572)은 구교와 신교의 오랜 대립과 반목이 최후로 곪아 터진 사건으로 구교도가 신교도를 대거 학살한 사건이다. 십자군의 전쟁도 그랬지만 1948년에 일어난 제1차 중동전쟁 이후 그 일대의 전쟁들이 모두 천주의 이름으로 혹은 알라신의 이름으로 벌어지고 있으니 인류 최고의 아이러니다. 어느 신도 동족이나 이민족과 전쟁을 하라고 말한 적이 없었다.

주인공 포조 브라치올리니는 고전문헌 애호가(작가는 그를 책사냥꾼이라고 한다)로서 필경사인 보조서기 마르코를 데리고 폴다 수도원의 장서고를 찾는다. 그곳에서 포조는 중세시대에 들어 금서로 치부된, 루크레티우스의 『사물의 본성에 관하여』를 발견한다. 루크레티우스의 생몰연대는 확실치 않지만 기원전 94년쯤에 태어나 기원전 50년쯤에 죽었다. 인간은 본래 쾌락을 추구하며 고통을 회피한다고 하여 에피쿠로스학파의 원조로 간주되었다.

에피쿠로스(BC 341~270)가 가르친 철학은 흔히 '쾌락주의'로 번역되는데, 이 철학의 원리에서 유래한 유쾌한 인생관과 삶의 자유로운 양식을 포괄하는 비신성적인 윤리 체계를 주장하는 내용이 루크레티우스의 책에 오롯이 담겨 있었다. 에피쿠로스주의의 윤리학은 선을 쾌락으로 보고, 최고선과 생의 궁극적인 목적을 고통 없는 몸과 마음의 상태와 동일시하며,

모든 인간관계를 효용의 원리로 환원시켰다. 그렇다고 인간의 모든 욕망을 마음껏 발산하는 것을 방임하는 무절제를 옹호한 것은 아니었다. 불교의 보시에 가까운 덕의 실천과 은둔 생활을 역설하였다. 에피쿠로스학파는 쾌락을 훌륭한 시민생활의 기준으로 삼았지만 결코 방탕한 생활과 주색잡기를 옹호하지는 않았던 것이다. 생활에서 행복을 찾자고 주장한 것은 일상에서의 소박한 즐거움, 한정된 범주 내에서의 쾌락을 가리키는 것이었다. 하지만 에피쿠로스학파를 완전히 쾌락주의자들로 간주한 수도원의 지도자들은 인간의 타락을 용인할 수 없다고 이 책의 열람과 대출, 필사조차 허용하지 않는다. 포조는 마르코의 연기력 도움으로 이 책을 훔쳐내는 데 성공한다. 도둑질하는 부분의 박진감은 움베르토 에코의 『장미의 이름』에 못지않고, 중세시대 유럽의 서체(타이포그래피)와 문헌들에 관한 박물학적 지식은 히라노 게이치로의 『일식』을 능가한다.

이 소설의 하이라이트는 사실상 폴다 수도원의 장서고에서 『사물의 본성에 관하여』를 훔쳐내는 극적인 과정과 마르코가 이 책을 갖고 성을 빠져나간 이후 이를 알게 된 장서관장 세베우스와 포조와 벌이는 긴 논쟁 부분이다. 이 논쟁은 여러 가지 복잡한 종교적인 쟁점을 포함하는데, 가톨릭 신앙을 갖고 있는 독자라면 비상한 관심을 갖고 읽을 수 있을 것이다. 삼위일체라고 하지만 신을 믿는다는 것과 예수를 믿는다는 것이 똑

같지는 않다. 종교를 갖는다는 것과 종교의 계율을 따른다는 것은 또 다른 문제다. 구원의 역사를 믿는 것과 천국이 있다고 믿는 것은 다른 차원이다. 신앙인의 윤리의식보다 더 추락한 것이 성직자의 양심이었음을 중세 때는 물론 지금도 증명되고 있다. (2015년 아카데미 작품상 수상작 〈스포트라이트〉를 보라.)

그런 점에서 너새니얼 호손의 장편소설 『주홍글씨』의 창작 배경이 흥미롭다. 미국으로 이주한 그의 조상 중 제일 윗대인 윌리엄 호손은 치안판사로서 퀘이커교도 여성을 공개 태형한 적이 있었다. 아버지보다 더 강직하고 고집 센 그의 아들 존 호손은 세일럼에서 마녀사냥 소동이 일어났을 때 19명을 교수형에 처한 재판관 중 한 사람이었다. 조상의 죄를 자기가 대신해서 속죄하고자 쓴 소설이 『주홍글씨』였던 것이다. 죄를 지었다고 타인의 몸에 낙인을 찍는 것이 옳은가, 낙인이 찍힌 인간은 평생 죄인으로 살아가는 것이 옳은가, 호손은 질문하였다.

이탈리아에서 14세기 중반에 탄생한 소설 보카치오의 『데카메론』을 보면 수도원이라는 곳이 '수도'만 하는 곳이 아니었음이 적나라하게 드러나 있다. 수도사인 세베우스 장서관장은 포조에게 다음과 같이 가톨릭 교계의 타락에 대해 변론한다.

"수도원은 신의 아들이 아닌 사람의 아들들이 모여 있

는 곳이지요. 수도자들도 가끔, 아주 가끔 정념과 욕정의 충동에 시달리고 있소이다. 끔찍한 일이죠. 연단의 시련으로 여기고 주님을 부르짖으며 떨쳐내야겠지만 그렇지 못하고 유혹에 넘어갈 때도 있다는 걸 수도원의 역사가 보여주고 있습니다. 천년의 전통 속에서 어떤 소질은 아름다운 꽃으로 피어나지만 어떤 속성은 곰팡이가 되어 수도원의 기둥을 갉아 먹기도 하오, 지나치게 촘촘한 그물은 물고기의 씨를 말리고 너무 맑은 물엔 고기가 살 수 없소이다. 맑은 물, 흐린 물 모두 받아들여야만 큰 강이 될 수 있는 것이오. 수도원의 엄격한 규율은 남색이라는 곰팡이가 피어나는 조건이 되기도 하오. 가장 성스러워야 할 곳에서 가장 더러운 곰팡이가 피어나는 이유가 뭘까요. 그건 악마도 이 세상에 존재하도록 허락하신 전능하신 그분의 뜻이 아니겠소. 그분의 뜻이 그러할진대 이 또한 어쩔 수 없다고 보아야지요. 하여 우리는 우리가 할 수 있는 권능 안에서 예방하고 다스리는 수밖에 없는 것이오. 극단적인 금욕은 하느님의 섭리를 뒤틀고 왜곡시킵니다. 차라리 교회의 법을 거스르는 것이 하느님의 섭리를 거스르는 것보다 낫지 않겠소?"

세베우스의 말은 신의 가르침을 인간이 그대로 행할 수 있느냐 하는, 인간의 한계를 말하고 있다. 인간은 신이 아니기에 아무리 신성을 본받으려고 해도 안 된다는 뜻과 함께, 욕망의 자연스러운 분출을 부추기는 이 책이 유포되면 안 된다는 말이 포함되어 있기도 하다. 위에 인용한 세베우스의 말 속에는 소설 『책사냥』의 주제가 숨어 있다. 성과 속, 영혼과 육체, 원론적인 교리와 현실의 욕망, 억압과 발산, 신성과 인간성에 대한 말이기에 음미할 필요가 있다. 이 상반된 것들 사이에 인간은 속, 육체, 욕망, 발산, 인간성(휴머니즘)에 기울게 되어 있다는 것을 황인규는 역설적으로 세베우스의 입을 빌려 말하고 있다.

아무튼 포조는 마르코가 훔쳐낸 책을 자신이 모시던 니콜리 경에게 맡긴다. 니콜리 경은 오랫동안 이 책의 열람을 금하였지만 훗날 포조가 필사하여 세상에 널리 알려지게 된다. 강대진이 번역한 『사물의 본성에 대하여』가 2012년 아카넷에서 번역되어 있다.

이 소설은 그러니까 신본주의 시대에 인본주의의 경전을 세상에 알리는 일이 아주 드라마틱하게 전개되는 내용으로 후반부는 추리소설을 방불케 한다. 포조는 나중에 피렌체의 총리가 되는데, 40대 때인 38년 전, 폴다 수도원에서 보냈던 사흘을 회상하는 것이 이 소설이다. 소설은 움베르토 에코의 『장미의 이름』에 못지않게, 중세에 대한 온갖 지식을 종횡무진으로 구사하면서 진행된다. 그리스 시대부터 중세에 이르기까지 온갖 저자들과 저서들의 면면, 심지어는 가톨릭 교회사와 타이포그래피의 역사까지 소상히 전개됨으로써 이 소설은 그 깊이와

넓이가 영 간단치 않다. 독자에 따라서 지루함을 느낄 수도 있을 테고 무척 흥미로움을 느낄 수도 있을 것이다. 이런 것들에 대한 자료조사를 어떻게 했는지, 신기할 뿐이다. 한 권의 소설에 집약되어 있는 이탈리아 중심의 유럽 중세 때의 일들을 어쩌면 이렇게 소상히 알고 있는지, 불가사의하기까지 하다.

김동리의 『사반의 십자가』 이후 이승우와 정찬 같은 작가가 신 앞에 발가벗고 선 인간의 고뇌를 그린 소설을 쓰기는 했지만 작품의 무대를 지금-이곳이 아닌 중세의 이탈리아로 삼아 책을 가운데 놓고 공방전이 벌어지는 소설을 썼다는 점에서 황인규의 작가정신을 높이 사고 싶다. 소설가는 자신의 체험을 어느 정도 반영해서 이야기를 만드는 자라고 알고 있는데, 상상력이 충만하고 자료 수집의 능력이 있으면 그때-그곳의 이야기도 이렇게 실감나게 할 수 있는 것이다.

사실 한국문학이 근본적으로 부족한 것이 종교적인 문제에 대한 성찰이었다. 민간신앙이나 무속신앙의 바탕 위에 불교가 접목되어 1600년의 역사를 갖게 되었다. 250년 전에 천주교가, 150년 전에 기독교가 전래되어 오늘에 이르는 동안 우리는 신의 침묵에 대해 질문을 제대로 하지 않았다. 이번에 황인규 작가의 손에 의해 탄생하게 된 『책사냥』은 잊고 있던 예수의 언행을 상기할 기회를 주었을 뿐만 아니라 그의 십자가 처형 이후 천주교회의 역사에 대해 많은 것을 알게 된 소중한 경험을 하게 되었다. 특히 종교와 예술, 종교학과 인문학 사이의 좁지 않은 거리를 좁히는 데 일조한 소설이 바로 『책사냥』이다. 21세기의 한국소설이 스토리의 부재, 인물의 몰개성, 중후한 소설 문체의 미흡으로 큰 위기에 봉착해 있는데 황인규의 등장으로 말미암아 이런 것들이 한꺼번에 해소될 수 있게 되었다. 특히 책에 대한 가치가 점점 소홀하게 여겨지는 이 시대에 책 자체가 일종의 주인공이 된 소설 『책사냥』의 의의는 결코 만만히 볼 수 있는 게 아니다. 천주교인이건 아니건 간에 인간성을 옹호할 것인가 신성을 믿을 것인가로 고민해본 사람이 있다면 이 소설은 한 명의 훌륭한 스승이 될 것이다. 필명 '심우'로 간행한 작가의 다른 장편소설 『디고』(2011, 전자책)와 『사라진 그림자』(2015)도 마저 읽기를 소망한다. 이탈리아에는 움베르토 에코가 있지만 우리나라에는 황인규가 있다.

작가의 말

　모든 작품은 작가의 자식이다. 자신의 피를 찍어 글자하나 하나를 써 내려간 결과물이다. 그런 자식이 불의의 사고로 사경에 이르렀다면 어떡하든 살리고 싶은 건 아비의 심정이다.

　2쇄를 찍은『책사냥』이 출판사 사정으로 시장에서 사라져야 할 운명에 처해졌다. 선택받지 못해 도태되었다면 받아들일 수밖에 없지만, 다른 이유라면 인정할 수 없었다. 하여 개정판으로 세상에 다시 선보이기로 했다. 이왕 다시 태어나는 거 초판에서 미진했던 부분을 보완하고 싶었다.

　초판본은 외부(출판진흥원) 지원 사업으로 출간해야 했기에 정해진 기한 내에 원고를 마감해야 했다. 부랴부랴 원고를 제출하고 나니 아차, 싶었다. 수도원에서의 결말을 너무 안이하게 처리했다는 생각이 들었다. 그러나 어쩌랴, 이미 인쇄까지 들어간 걸.

　치질 환자처럼 개운치 못했지만 나만 아는 찜찜함이었다. 다행히 출판사 '도화'를 만나 개정판을 내면서 나름 수술할 수 있게 되었다. 개운해졌다기보다는 안도의 숨을 내쉰다.

개정판이 나오기까지 도움을 준 돌, 역, 한에게 깊은 감사의 말을 전한다.

2024.3.
해풍 시원한 장산에서
황인규 올림

현대 한국인의 사유구조는 서구 근대의 산물이다. 영성하게나마 압축하자면 근대성이란 이성에 기반한 합리주의를 추구하는 가치체계다. 근대는 르네상스에서 비롯되었다. 신의 말씀이 인간의 언어로 대체되면서 인본주의 사상이 근대의 기초질서를 형성한 것이다.

우리 사회가 근대적 교육체계를 받아들이면서 우리의 사고방식 역시 서구 모더니즘의 인식체계를 이식받았다. 우리 민족의 의식 속에 천년 동안 자리잡았던 유교 원리는 백년 사이에 소멸되고 말았다. 유교는 우리 사회에서 매미가 되었다. 생활 속에서 옛사람의 가르침 운운하며 논어, 맹자의 구절이 문득 튀어나오지만 비유의 상황을 벗어나면 여름 한 철 매미 울음처럼 어느새 가라앉아 버린다.

내 사유의 틀이 동아시아의 유교적 사유체계에서 벗어나 있다는 걸 깨달은 건 삼십대였다. 그전까지는 유교적 관념이 당연히 우리의 근본이라고 생각했었다. 그러나 곰곰이 따져보면 유교적 원리는 내 실생활에서 껍데기에 불과했다. 그것은 명목상 내세운, 지나간 이념의 관성일 뿐이었다. 내 인식의 지도는 서구 근대의 사유체계로 그려져 있었다.

우리 인식의 근원을 탐구하는 측면에서 보자면, 르네상스를 지구 반대편 서구의 문화사적 사건으로만 좁힐 문제는 아니다. 르네상스에 관심을 기울이는 건 근대인의 한 사람으로서 내 사유체계의 유래를 알아보는 것이자 현재를 살아가는 내 의식의 근본을 들여다보는 일이다.

『책사냥』은 르네상스의 기폭제가 된―혹은 기폭제 중의 하나였다는―루크레티우스의『사물의 본성에 관하여』가 세상에 나오게 된 이야기이다. 이 작품은 역사에 근거한 팩션이다. 콘스탄츠 공의회에서 벌어진 요한네스 23세의 파멸, 후스와 히에로니무스의 화형 그리고 새로운 교황의 옹립 등은 역사적 사실이다. 그러나 포조의 모험담은 허구다.

픽션의 세계를 구축하기 위해 나는 사다리를 타고 올라가야 했다. 두 개의 사다리 기둥은 다음과 같이 이루어졌다. 첫 번째는 스티븐 그린블랫의『1414년, 근대의 탄생』이다. 작품의 모티브는 이 책에서 출발했다. 우연히 접하고 흥미롭게 읽고 나서 포조의 행적을 소설로 만들어보고 싶었다.『1414, 근대의 탄생』은 논픽션이니만큼 사실로 확인되지 않은 부분은 건너뛰고 그 공백을 막연한 추정으로 메꾸었다. 저자는 포조가 풀다수도원에 갔을지도 모른다고 했다. 이 모호한 추측 속에 소설이 끼어들 틈이 생긴다. 나는 포조가 풀다수도원으로 갔으리라는 전제하에 작품을 구상했다. 그밖에 작품에서 나오는 인물과 기록 등을 이 책에서 인용 또는 참고했다.

사다리의 다른 기둥은 움베르토 에코의 『장미의 이름』이다. 『책사냥』은 『장미의 이름』과 유사하다. 수도원 생활과 장서관의 갈등에서 그 연관성을 쉽게 떠올릴 것이다. 너그러운 독자께서는 모방이라 여기지 말고 오마주로 생각해주면 좋겠다. 『책사냥』을 스토리라인으로만 평가하지 말아 달라는 작가의 은밀한 당부이기도 하다.

두 기둥 사이의 가로대는 나의 취재로 채웠다. 수많은 책과 논문을 뒤졌다. 중세시대 유럽을 묘사하는 게 쉽지만은 않았지만 불가능하지도 않았다. 어설프거나 어긋난 부분이 있을지도 모른다. 독자의 양해를 구하는 따위의 변명은 하지 않는 게 작가의 본분이라고 생각한다. 어떠한 채찍이라도 달게 받겠다.

중세시대를 묘사하면서 어휘의 적실성 문제로 딜레마에 빠진 적이 많았다. 예를 들자면, 애초 나의 초고 (중편 '포조')에선 포조가 회상하는 장면에서 이렇게 적었다. "비록 메디치가의 얼굴마담에 불과할지라도". 여기서 '얼굴마담'이라는 표현이 부적절하다는 지적이 있었다. 마치 사극을 보다가 "대박!"

하는 요즘 말이 튀어나오는 것처럼 부자연스럽다는 것이다. 일리 있는 지적이다. '얼굴 마담'이란 현재 대한민국의 언중 사이에서 통용되는 비속어이다. 이를 중세 로마 사람의 입에서 나온다는 건 어색하다고 봄이 타당하다. 이를 두고 고민에 빠졌다. '꼭두각시'나 '허수아비'로 바꿨다가 작품 맥락으로 볼 때 캐릭터의 위상과 배치되는 것 같아 제외했다.

그래서 '간판'으로 대체했다. 간판? 간판은 시장경제가 활성화된 곳에서 불특정 다수에게 자신의 사업을 알리는 도구다. 당시 로마나 피렌체에 간판이 있었나? 그때도 시장이야 있었겠지만 간판이 활성화될 정도로 규모의 경제가 형성되었을까? 이런 의문이 생겼다. 조사해보니 15세기에는 외지인이 찾아올 수 있도록 여인숙 같은 숙박시설에만 출입구 위에 직각으로 튀어나온 조그만 광고판을 달았다. 의미는 통하겠지만 흡족하진 않았다.

다음으로 '레피두스'에 비유했다. 레피두스는 로마제국 2차 삼두정의 일원으로 옥타비아누스와 안토니우스 사이에 끼여 별 힘을 발휘하지 못한 인물이다. 15세기 이탈리아 사람들에게 레피두스는 잘 알려진 정치인이라서 은유가 통하겠지만 반면에 21세기 대한민국의 독자에겐 생소하다. 각주로 처리해 보충설명을 할 순 있지만 매끄럽진 않다. 고민 끝에 결국 ___ 으로 정했다. 본문에서 확인하기 바란다.

퇴고 과정에서 경성대학교 권용 교수가 큰 도움을 주었다. 사료, 관점, 심지어 문장에 이르기까지 그의 명철한 조언 덕분에 작품이 한결 미쁘게 되었다. 중앙대학교 이승하 교수님과의 놀라운 인연은 발문에 쓰여 있으므로 '고맙습니다'는 말을 다시 한번 덧붙이는 것으로 맺는다.

출판사 '인디페이퍼'가 아니었으면 『책사냥』은 내 컴퓨터 장서고(하드)에서 천년쯤 묵혀 있을 것이다. 그런 의미에서 최종인 대표는 『책사냥』의 포조다. 감사의 말을 전한다. 이 책이 나올 수 있도록 지원해준 한국출판문화산업진흥원에도 고마움을 표한다.

언제쯤 대박 날까. 눈 빠지게 기다리다가 인생 다 보낸 아내에게 간만에 외식 한번 할까? 하는 소확행의 말을 건네는 게 현명하리라.

여보, 이번 주말 스테이크 한번 썰자.

원고료 쪼매 나왔어!

2022년 가을에.

[참고문헌]

◆도서

-가와하라 아쓰시, 호리코시 고이치,『중세 유럽의 생활』, 남
  지연 옮김, AK커뮤니케이션즈. 2017

-강유원,『장미의 이름 읽기』, 미토. 2004

-글림자,『일러스트로 보는 유럽 복식 문화와 역사 1』, 혜지
  원. 2019

-남종국,『중세를 오해하는 현대인에게』, 서해문집. 2021

-로빈 도드,『타이포그래피의 탄생』, 김경선 옮김, 홍디자인.
  2010

-루크레티우스,『사물의 본성에 관하여』, 강대진, 아카넷,
  2012

-로스 킹,『피렌체 서점 이야기』, 초파일 옮김, 책과함께. 2023

-뤼시앵 페브르, 앙리 장 마르탱,『책의 탄생』, 강주헌·배영란
  옮김, 돌베개. 2014

-브라이언 타이어니, 시드니 페인터,『서양 중세사』, 이연규
  옮김, 집문당. 2019

-사이먼 록슬리,『타이포그래피의 역사』, 송성재 옮김, 생각의
  나무. 2005

-스티븐 그린블랫,『1417년, 근대의 탄생』, 이혜원 옮김, 까치.
  2013

-시오노 나나미,『르네상스를 만든 사람들』, 김석희 옮김, 한

길사. 2001

−시오노 나나미, 『신의 대리인』, 김석희 옮김, 한길사. 2001

−신상옥, 『서양복식사』, 수학사. 2016

−아리스토텔레스, 『니코마스 윤리학』, 김재홍·강상진·이창우 옮김, 길, 2011

−알랭 코르뱅, 『역사 속의 기독교』, 주명철 옮김. 길. 2008

−야콥 부르크하르트, 『이탈리아 르네상스의 문화』, 이기숙 옮김, 한길사. 2003

−오토 루트비히, 『쓰기의 역사』, 이기숙 옮김, 연세대학교출판 문화원. 2013

−요한 하위징아, 『중세의 가을』, 이종인 옮김, 연암서가. 2012

−우베 요쿰, 『책의 역사』, 박희라 옮김, 마인드큐브. 2017

−움베르토 에코 외, 『경이로운 철학의 역사 1』 윤병언 옮김. 아르테. 2018

−움베르토 에코 기획, 『중세 1,2,3,4』, 김효정 외 옮김, 시공사. 2015

−움베르토 에코, 『장미의 이름 창작노트』 이윤기 옮김, 열린책 들. 2002

−임병철, 『르네상스기 이탈리아인들의 자아와 타자를 찾아서』, 푸른역사. 2012

−임영방, 『이탈리아 르네상스의 인문주의와 미술』, 문학과지 성사. 2003

−전경옥, 『서양 고대 중세 정치사상사』, 책세상. 2011

-카를 수소 프랑크, 최형걸 옮김,『기독교 수도원의 역사』, 은
  성. 2018

-토니 레인,『기독교 인물 사상 사전』, 박도웅·양정호 옮김,
  홍성사. 2016

-토마스 아퀴나스,『지성단일성』, 이재경 옮김, 분도출판사. 2007

-최종원,『중세교회사 다시 읽기』, 홍성사. 2020

-최형걸,『수도원의 역사』, 살림. 2004

-페르디난트 자입트,『중세, 천년의 빛과 그림자』, 차용구 옮
  김, 현실문화. 2013

-폴 스트래던,『피렌체 사람들 이야기』, 이종인 옮김, 책과함
  께. 2023

-폴커 레핀,『중세신학』, 이준섭 옮김 호서대학교출판부. 2014

-프란체스코 페트라르카,『칸초니에레』, 이상엽 옮김, 나남,
  2005.

-프레드릭 코플스턴,『후기스콜라 철학과 르네상스 철학』, 이
  남원·정용수 옮김, 북코리아. 2021

-피터 머레이,『이탈리아 르네상스 건축』, 엄미정 옮김, 시공
  아트. 2022

-필립 샤프,『교회사전집 6』이길상 옮김, CH북스. 2004

-한동일,『라틴어 수업』, 흐름출판. 2017

-한스 바론,『초기 이탈리아 르네상스의 위기』, 임병철 옮김,
  길. 2020

-허성준,『수도전통에 따른 렉시오 디비나 1, 2』, 분도출판사.

2014

-호르스트 푸어만, 『교황의 역사』, 차용구 옮김, 길. 2013

-후스토 L. 곤잘레스, 『중세교회사』, 엄성옥 옮김, 은성. 2012

◆논문

-강치원, 「귀고 2세(Guigo II)의 수도승들의 사다리에 나타난 Lectio Divina」, 『한국 교회사 학회지』 제21집, 2004

-김율, 「철학의 진리와 신앙의 진리」, 중세철학 17권, 2011

-류지한·장혜정, 「에피쿠로스의 쾌락주의 행복론에 관한 비판적 고찰」, 새한철학회 철학논총 제94집, 2018

-박경자, 「마르실리우스 파도바의 정치철학에 드러난 권력과 평화」, 새한철학회 철학논총 제55집, 2009

-박승찬, 「인격에 대해 영혼-육체의 통일성이 지니는 의미」, 철학사상 vol,35. 2010

-박승찬, 「인간 지성에 대한 세기의 논쟁」, 중세철학 15권, 2009

-서병창, 「신앙과 이성의 관계와 이중진리론」, 한국중세철학회, 중세철학 17권, 2011

-양창삼, 「토마스 아퀴나스를 통해 본 중세와 우리의 생각 다지기」, 현상과인식, 제43권 1호, 2019

-이경재, 「토마스 아퀴나스의 인간 인격에 대한 철학적 정당화」, 서강대학교, 신학과철학 제6호. 2004

-이경재, 「토마스 아퀴나스 인간학의 논리적 출발점에 대한

정당화」, 가톨릭철학 vol, no.5, 2003

－이재경, 「마이모니데스의 부정과 아퀴나스의 유비」, 서강저
널, 철학논집 제41집, 2015

－이상봉·김재철, 「서양 중세 철학에서의 상상력 개념」, 새한
철학회, 철학논총 제44집, 2006

－이창우, 「아리스토텔레스, 에피쿠로스, 스토아」, 새한철학회,
철학논총 제94집, 2018

－이후정, 「동방교부 수도원 전통에서의 거룩한 독서」

－장미성, 「에피쿠로스의 행복으로서의 쾌락」, 서양고전학회,
서양고전학연구. Vol. 60－2

－장준철, 「교령〈Unam sanctam〉에 나타난 교황의 보편적 지
배권론」, 西洋中世史硏究 第5輯, 1999.

－전재원, 「아리스토텔레스의 자연 개념」, 새한철학회, 철학논
총 제75집, 2014

－정현석, 「토마스 아퀴나스의 보편적 질료」, 연세대학교 인문
과학119권, 2020

－진원숙, 「Lorenzo Valla 의 비판사학 소고」, 대구사학19, 1981

－최중화, 「중세 유대교로 보는 마이모니데스의 삶과 철학」, 서
강저널 철학논집 제59집, 2019

책사냥

개정판 1쇄 발행 2024년 6월 10일

저 자 황인규
발행인 박지연
발행처 도서출판 도화
등 록 2013년 11월 19일 제2013-000124호

주 소 서울시 송파구 중대로34길 9-3
전 화 02) 3012-1030
팩 스 02) 3012-1031
전자우편 dohwa1030@daum.net
인 쇄 유진보라

ISBN ㅣ 979-11-92828-57-2*03810
정가 15,000원

도화道化, fool는
고정적인 질서에 대한 익살맞은 비판자,
고정화된 사고의 틀을 해체한다는 뜻입니다.